KB061758

모 던 ⋮ 하 트

제18회 한겨레문학상 수상작

모던 : 하트

정아은 장편소설

한겨레출판

차례

1

이직의 시대

카페 안은 후덥지근했다. 중앙 카운터 앞에는 커피를 사려는 사람들이 줄지어 서 있고, 작은 목제 테이블들에는 정장 차림의 회사원들이 모여 앉아 목소리를 높이고 있었다. 나는 코트를 벗어 의자에 걸면서 창밖의 흡연석을 쳐다보았다. 지난주까지만 해도 모자와 목도리로 몸을 꽁꽁 싸매고 다니던 사람들이 외투 하나만 걸친 채 여유롭게 커피와 담배를 즐기고 있었다. 아, 맛있겠다! 문득 내가 오늘 첫 담배를 개시하지 않았다는 생각이 들었다.

"어휴, 더워. 오늘 같은 날은 난방 안 해도 될 텐데 엄청 틀어대네요. 팀장님, 오늘 날씨 꼭 봄 같지 않아요?"

나는 이렇게 말하면서 짙게 스모키 화장을 한 여자가 커피를 들고 창 너머 테이블에 앉는 것을 바라보았다.

"봄은 무슨. 추워 죽겠구만. 근데 이강혁 얘는 왜 이렇게 안 오니?"

최 팀장이 코를 훌쩍이며 테이블에 올려놓았던 목도리를 다시 집어 들었다.

"아, 맞다. 팀장님 감기 드셨죠? 깜빡했네. 지한이한테 옮으신 거예요?"

최 팀장은 아침부터 연신 재채기를 하며 코를 풀어댔다. 그걸 잊어버리고 봄 타령을 했던 게 미안해서 나는 얼른 최 팀장의 아들을 들먹였다. 관심의 표시로는 아이들 얘기가 최고니까.

"지한이? 걔 지금 집에 없다니까. 아까 차에서도 말했잖아."

최 팀장이 목도리를 두르다 말고 나를 흘겨보았다.

맞다! 지한인 병원에 가 있다고 했지! 나는 손으로 입을 두드리는 시늉을 하며 최 팀장의 눈치를 살폈다. 열여섯 살 먹은 최 팀장의 큰아이 지한이는 지금 대학병원 정신과에 입원해 있다. 어릴 때부터 신동 소리를 들으며 자랐던 지한이가 컴퓨터 게임에 빠져들기 시작한 것은 초등학교 3학년 때였다. 그 이후, 지한이는 점점 학교 친구들과 어울리지 못하게 되었고 급기야 자폐 증상을 보였다. 일할 때 좀처럼 빈틈을 보이지 않던 최 팀장이 갑자기 내게 자기 후보자를 대신 만나달라고 요청하기 시작한 것이 작년 여름부터니까 지한이가 본격적으로 정신과를 드나들게 된 것도 아마 그때부터였을 것이다. 지금 지한이는 S대 대학병원에 입원해서 정식 치료를 받고 있다. 지난주부터 최 팀장이 옆 부서 강 팀장에게 한숨을 쉬며 하소연하는 것을 수없이 봐놓고도 지한이 얘기를 꺼내다니, 나도 정말 센스 없는 인간이다.

"그럼 지민이가 감긴가 보다, 그죠?"

큰애가 병원에 입원해 있다면 그 아이의 누이동생 이야기로 넘어가는 것이 자연스러운 수순일 것이다.

"지민인 미국 가 있잖아. 김 차장 오늘 왜 그래? 제발 우리 애들 얘기 좀 꺼내지 마. 안 그래도 골치 아파 죽겠는데."

아, 정말 나는 왜 이럴까. 지민이는 작년 12월에 미국에 있는 이모 집에 갔다. 그곳에서 3개월 정도 어학 코스를 밟다가 적응을 잘하면 아예 미국에서 초등학교를 다니게 하려고 최 팀장이 여기저기 문의 전화를 걸던 기억이 난다.

"죄송해요, 팀장님. 제가 오늘 아침에 좀 정신이 없네요."

"알았어. 이번은 봐줄 테니까 앞으론 나한테 관심 좀 가져. 근데 이 인간 정말 왜 이렇게 안 오니? 배고파 죽겠는데."

창밖 테이블에 앉은 여자는 어느새 노트북을 꺼내놓고 서류 더미를 뒤적이며 분주하게 자판을 두드리고 있었다. 한참 자판을 두드리다가 왼손으로 커피 잔을 들고, 오른손으로 가는 담배를 들어 올리는 모습이 꽤 그럴싸했다. 뚱뚱하고 키 작은 여자였으면 좀 우스워 보였을 텐데, 키가 크고 이목구비가 화려한 여자가 그러고 있으니까 굉장한 전문직 여성 같아 보였다. 저 여자는 무슨 일을 하는 사람일까. 짧은 반바지에 무릎까지 오는 긴 부츠를 신은 것으로 보아 어디에 소속되어 일하는 사람은 아닐 것이다.

"저 여자, 뭐 하는 사람일까요? 아까부터 계속 키보드를 치고 있는데."

나는 고개를 창에 갖다 대고 여자의 옆모습을 내다보았다. 여자는 전체적으로 흠잡을 데 없는 미인이었는데, 특히 코가 예술이었다. 시원스레 뻗어나가다가 끝이 살짝 위로 올라간 높은 코. 코만 놓고 보면 서양인이라 해도 될 정도였다.

"뭐 하긴. 채팅으로 남자 꼬시고 있겠지. 화장이랑 옷 입은 거 봐라. 저런 애들이 하면 뭘 하겠니? 아무튼 꼴같잖은 애들이 노트북 들고 다니면서 폼 재는 거 보면 가소롭다니까."

여자가 앉은 테이블은 유리창 하나를 사이에 두고 거의 우리 테이블과 붙어 있다시피 했다.

"쉿, 저 여자 듣겠어요."

만류했지만 최 팀장은 아랑곳하지 않았다.

"듣긴 뭘 들어. 여기가 얼마나 시끄러운데."

빌딩 1층을 모두 차지하고, 흡연석으로 도로 안쪽 보도의 반 이상을 차지하고 있는 널찍한 카페는 사람들로 북적거려서 꼭 패스트푸드점이나 푸드 코트처럼 느껴졌다.

"이 커피 체인점이 왜 이렇게 잘될까요? 강남역에만 해도 세 군데나 있는데 볼 때마다 늘 북적거려요. 비결이 뭘까요? 운치도 없고, 특색도 없고, 커피 전문점계의 맥도날드인 셈인데."

"비결은 무슨 비결. 강남역에 있으면 뭘 해도 잘되는 거야. 김 차장도 돈 있으면 강남역에다가 카페나 하나 차려. 이렇게 후보 자 쫓아다니느라 밥도 못 먹는 일 때려치우고."

자식이 정신병원에 들어가 있어서일까. 요즘 들어 최 팀장은 무슨 말을 해도 비비 꼬인 대답을 내놓는다. 하긴 내가 최 팀장이 라도 그러겠다. 매년 몇천만 원씩 들여 영재교육을 시켜놓은 아들이 날마다 조금씩 미쳐간다면, 내가 먼저 미치지 않았을까.

유리창 너머의 여자는 비스듬히 의자에 기대앉아 담배를 물고 거리를 바라보고 있었다. 저 코는 자연산일까, 수술한 걸까. 고 개를 길게 빼고 여자의 옆모습을 내다보았다. 코는 자연산이라 고 보기엔 너무 완벽했지만 딱히 수술한 것처럼 보이지도 않았다. 나는 조바심이 났다. 도대체 한 거야, 안 한 거야. 마음 같아서는 여자의 코앞에 얼굴을 들이밀고 확실한 답을 얻고 싶었다. 내 시 선을 느꼈는지 여자가 이쪽을 향해 고개를 돌리다가 돌연 허공에 시선을 고정하고 움직이지 않았다. 나는 여자의 시선을 따라갔 다. 훤칠한 키에 서글서글한 인상의 남자가 카페 문을 열고 들어 서고 있었다.

"왔다, 이강혁."

팀장이 그 남자를 향해 번쩍 손을 들었다. 나는 허리를 곧게 펴고 머리를 매만졌다.

"늦어서 죄송합니다."

진회색 정장에 노타이 차림인 이강혁이 맞은편 의자에 앉으면서 활짝 웃었다. 의자를 빼고 자리에 앉는 동작이 시원스럽고 자신감에 차 있다. 잘생긴 외모는 아니지만 눈을 가늘게 뜨고 웃으면 사람의 마음을 편하게 만드는 분위기가 배어난다. 이런 사람을 면접에 보내놓으면 안심이 된다.

"어플라이하는 포지션에 대해서는 다 말씀드렸죠?"

최 팀장은 바로 본론으로 들어갔다. 이강혁이 30분이나 늦게 나오는 바람에 우리 일정이 빠듯해졌다. 현재 12시 30분. 2시에 여의도에서 다른 인터뷰 약속이 잡혀 있다. 이강혁과 인터뷰를 30분 만에 끝내고 여의도로 바로 간다 해도 약속 시간에 빠듯하게 닿거나 살짝 늦을 것이다. 만약 인터뷰가 늦게 끝나거나 올림픽대로가 막힌다면 약속 시간을 훌쩍 넘기게 된다. 월요일 점심시간이니 차가 막힐 확률은 거의 100퍼센트, 점심을 먹지 못하게 되는 것은 물론 말할 필요도 없다.

"자세히 좀 말씀해주시죠."

이강혁이 눈을 가늘게 뜨면서 살짝 고불거리는 머리를 쓸어 올렸다. 습관처럼 눈에 웃음이 배어 있는 남자다.

"어머, 우리 김 차장이 이메일에 잡 애플리케이션(job application: 입사 지원서. 헤드헌터들 사이에서는 '직업 개요' 정도로 이해된다) 어태치해서 보냈을 텐데요?"

팀장이 놀랍다는 듯 나를 쳐다보았다. 우리 쪽에서는 나오기 전에 필요한 정보를 다 보내주었다는 것을 보여주기 위한 오버액션이다.

"네, 지난주 금요일에 잡 애플리케이션이랑 컴퍼니 비전 같이 보내드렸어요."

나는 재빨리 팀장의 액션에 호응했다.

"에이, 그런 거 말고 진짜 중요한 거 말씀해주셔야죠. 최 팀장님 왜 그러세요, 저랑 한두 번 본 것도 아닌데."

이강혁. 70년생 남자. 현재 외국계 인터넷 검색업체 A사의 인사부 차장으로 재직하고 있다. 쟁쟁한 외국계 회사 다섯 군데의 인사부를 거치며 직원 성과 관리와 직업군 관리 쪽 이력을 쌓아왔다. 이직이 잦다는 점을 제외하면 Z사에서 원하는 이력과 상당히 일치한다. 학부가 SKY 출신이 아니라는 점이 살짝 걸리긴 하지만, MBA를 미국에서 했고 영어를 능숙하게 구사해서 외국계 회사 인사부 헤드로는 맞춘 듯한 인재상이다. 이강혁이 최 팀장과 인연을 맺은 것은 처음 다녔던 독일계 제조업체 K사에서 미국계 제조업체 E사로 옮길 때였다. 그 이후 세 번째 회사인 C사에서 네 번째 회사인 I사로 옮길 때도 최 팀장의 손을 거쳤다.

"걘 사실 C사에 계속 있었어야 돼. I사에 보낼 만한 애가 너무 없어서 내가 꼬시긴 했지만 속으론 좀 미안했지. I사가 본사는 쟁쟁해도 우리나라에서 제대로 자리 못 잡았잖아. 이강혁한텐 사실 악수였어."

이번에 Z사에 추천할 인재를 고르면서 이강혁이 물망에 올랐을 때 최 팀장은 이렇게 말했다. 알아보니 이강혁은 I사에서 1년도 채 채우지 못하고 현재 소속되어 있는 A사로 옮겨가 있었다.

"그새를 못 참고 A사로 갔어? 어떤 헤드헌터 하나 재미 톡톡히 봤겠네. A사는 피(fee: 기업이 서치펌에 지불하는 수수료)도 25퍼센트나 주는데. 하여튼 이강혁 걔 귀 얇은 건 알아줘야 한다니까. 자기 경력 망치는 것도 모르고."

잦은 이직은 회사 측에서 가장 꺼리는 사항 중의 하나다. 10년 경력에 이직이 네 번인 후보자는 사실 어느 회사에도 소개해주기 힘들다. 하지만 Z사는 정통 인사부 경력이 있으면서 영어에 능숙한 사람을 원했고, 그 조건이 충족되기만 한다면 다른 조건은 웬만하면 감수하겠노라고 공언했다. 경쟁사인 A사의 인력을 끌어올 수 있으면 더욱 좋겠다는 노골적인 요구를 덧붙이기도 했다. 수소문 끝에 A사의 인사부 차장이 이강혁이라는 사실을 알아냈을 때 최 팀장은 상당히 분개했다. 자기가 아닌 다른 헤드헌터가 이강혁을 옮겨주고 수수료를 챙겼다는 사실이 분해서인지, 이강혁이 이직을 너무 많이 하는 바람에 Z사에 그를 추천하는 데 살짝 장애가 생겼다는 점이 아쉬워서인지는 알 수 없었다.

"Z사죠?"

최 팀장이 선뜻 정보를 주지 않자 이강혁이 단도직입적으로 물었다.

"어, 어떻게 알았지?"

최 팀장이 당황스럽다는 듯 한쪽 눈을 찡그렸다. 이강혁이 알고 있다는 것을 알고 있으면서도 저렇게 자연스럽게 대사가 나오는 것을 보면 최 팀장의 별명인 능구렁이가 얼마나 적확한 것인지 새삼 실감하게 된다.

"어떻게 알긴요. 여기 업계 최고라면 Z사밖에 더 있습니까?"

이강혁이 다리를 바꾸어 꼰 뒤 살짝 떨기 시작했다. 다리가 긴 남자는 뭘 해도 시원스럽고 멋지게 보인다. 나는 그를 찬찬히 훑어보았다. 콧대가 오뚝하고 눈매가 서글서글하다. 시원시원하고 단도직입적인 말투도 호감을 준다. 이런 사람은 남녀 불문하고 모두에게 지지를 받을 수 있다. 여성 친화적이면서도 남자들에게 얄밉다는 인상을 주지 않는 것이다.

"맞아요, Z사. 뭐 그럼 다 알겠네, Z사에서 어떤 사람 좋아하는지."

최 팀장은 Z사에 대해 구구절절 늘어놓기 시작했다. 얼마나 높은 연봉을 주는지, 얼마나 직원 복지가 잘돼 있는지, 하지만 그런 혜택을 얻게 될 인재를 뽑을 때는 얼마나 까다롭게 구는지.

"냉장고에 직원 각자가 좋아하는 과일을 따로 칸까지 만들어 채워준다니까. 그게 회사야? 카페지. 아무튼 요즘 회사들 직원

복지 하나는 끝내줘. 나 현직에 있을 때는 이런 분위기 절대 아니었는데."

Z사 담당자인 최 팀장을 따라다니면서 귀에 못이 박이도록 들은 말들이 다시 한번 유려하게 흘러나왔다.

"근데 제가 어플라이할 수 있을까요? 거긴 학벌도 무지하게 따진다고 하던데."

이강혁은 자신의 약점을 학벌로 생각하고 있었다. Z사는 인재 채용 시 출신 대학을 따지는 것으로 유명하다. 사람들은 보통 외국계 회사가 능력을 중시하고 학벌은 크게 따지지 않는다고 생각하지만, 실상은 그렇지 않다. 인사부 헤드가 한국인인 경우, 출신 대학이 관건이 될 때가 꽤 많다. Z사도 그렇다. SKY 출신, 그중에서도 S대 출신을 선호한다. 학부 때 받았던 학점까지 따진다. 하지만 이강혁의 경우, 현재 경쟁사인 A사에 재직 중이고 성과 관리 경력이 있기 때문에 학벌은 무난하게 넘어갈 수 있을 것이다. 문제는 잦은 이직이다.

"사실 이 차장님의 핸디캡은 학벌이 아니라……."

최 팀장은 말을 잇지 못했다. 잦은 이직이라고 말하고 싶은데, 그의 잦은 이직에 가장 큰 공헌을 한 인물이 자신인지라 차마 말이 나오지 않는 것이다.

"차장님이 회사를 비교적 자주 옮기신 편이라서요……."

내가 조심스럽게 끼어들었다.

"아…… 저도 그것 때문에 처음부터 안 하겠다고 했던 겁니다. 근데 최 팀장님께서 상관없다고 하셔서……."

최 팀장은 어느새 자리를 비우고 없었다. 카운터 앞에 줄 서 있는 걸로 보아 이강혁이 마실 커피를 사 오려는 것 같았다.

"Z사 쪽에서는 경력하고 영어만 되면 다른 건 상관없다는 입장이에요. 근데 저희 입장에서는 아무래도 핸디캡이 될 수 있는 부분을 미리 말씀드려야 할 것 같아서……."

얼른 이렇게 말했다.

Z사가 이강혁의 잦은 이직을 문제 삼을지 아닐지는 이력서를 보내봐야 알 수 있다. 누가 알겠는가. Z사의 인사 담당자가 이강혁의 경력이 마음에 든 나머지 그 정도 이직은 대수롭지 않게 봐줄지. 하지만 만에 하나 떨어질 때를 대비해서 이 부분은 미리 언급해야 한다. 안 그러면 나중에 이강혁에게 엄청나게 욕을 먹게 된다.

"아메리카노로 사 왔어요. 이 차장님 전에도 이거 마셨던 것 같아서."

최 팀장이 돌아와 앉으면서 나와 재빨리 시선을 교환했다. 나는 눈빛으로 그동안 맡은 역할을 충실히 했음을 알렸다.

"최 팀장님. 그냥 솔직하게 말씀해주세요. 저, 이 자리 가능성 있어요?"

이강혁이 의자 뒤로 기대앉으며 진지하게 말했다.

"어머, 이 차장님이 제일 유력한 후보예요. 그러니까 내가 여기까지 왔지. 내가 왜 시간 버리면서 왔겠어요? 이 차장님도 알잖아, 나 얼마나 바쁜 사람인지."

최 팀장은 국내에 들어와 있는 외국계 회사 중 유명하다 싶은 회사는 모두 고객사로 잡고 있는 유능한 컨설턴트다. 그녀 자신이 외국계 회사 다섯 군데를 거치며 인사부 헤드 자리까지 올랐기 때문에 여기저기 거미줄 같은 인맥을 가지고 있다. 인사부 경력 17년을 거치면서 사람 보는 눈, 사람 다루는 법, 인사 담당자 대하는 법을 터득했고, 특유의 친화력으로 한번 인연을 맺은 사람들은 모두 든든한 사업 파트너로 만들어놓았다. 그래서 외국계 회사 인사부에 있는 사람들은 최 팀장이라는 존재를 우습게 여기지 못한다. 최 팀장에게 일을 주는 인사부 실무자라 할지라도. 그런 최 팀장이 후보자를 회사로 불러들이지 않고 만나러 왔다는 건 그만큼 후보자가 중요한 사람이라는 이야기다.

"물론 그러시겠지만, 가끔 그런 경우 있잖아요. 떨어질 거 뻔히 알면서도 고객사에 생색내기용으로 그럴싸한 후보자 하나 들이미는 경우."

이강혁은 최 팀장을 빤히 바라보았다. 나는 숨을 죽이고 이강혁의 옆모습을 바라보았다. 이 사람, 이직을 자주 하더니 눈치가 빤해졌다.

"저 A사 와서 아직 2년도 안 됐습니다. 웬만하면 여기서 진득하게 버티고 싶습니다. 이 바닥도 좁아서 제가 Z사 지원하면 바로 소문 쫙 퍼질 텐데, 되지도 않을 자리 때문에 쟤 또 이직하려고 한다는 손가락질 받고 싶지 않아요."

처음 전화를 걸었을 때 그는 이직 의사가 없다고 단호하게 말했다. 지금 있는 회사에서 근무한 지 얼마 안 돼서요. 죄송합니다. 차장님. 그 말을 듣고 다음 후보자로 넘어가려고 했는데 최 팀장이 다시 전화해보라고 했다. 이강혁 개 말만 그렇게 하지 자꾸 꼬시면 넘어올 거야. 얼마나 귀가 얇은데. 다시 전화를 걸었을 때 그는 살짝 흔들리는 기색이었다. 그리고 세 번째 전화에서, 인터뷰 제안을 받아들였다. 똑똑한 인재가 스스로 무덤을 판 셈이다. 그러고 보면 신은 얼마나 공평한가. 그에게 쟁쟁한 경력과 호감 가는 외모와 영어 구사 능력을 주었지만 한 가지, 얇은 귀를 달아놓아 헤드헌터들의 밥이 되도록 하신 것이다.

이강혁과의 인터뷰는 1시 반이 되어서야 끝났다. 인터뷰 내내 이강혁은 자신의 실제 입사 가능성을 알아내려 했고, 최 팀장은 그때마다 상당히 유력한 후보자라는 말을 앵무새처럼 반복했다. 그리고 결국, 이강혁은 Z사에 지원하기로 했다.

"그럼 내일 아침까지 이력서 업데이트해서 이메일로 보내주세요. 서류 넣고 결과 나오는 대로 연락드릴게요."

다짐하는 듯한 최 팀장의 말을 끝으로 우리는 모두 자리에서 일어섰다. 이강혁은 찜찜한 표정을 지으며 고개를 꾸벅 숙여 보이고 서둘러 카페를 빠져나갔다. 사실 이강혁이 점심시간에 짬을 내 이 자리에 나오기로 했을 때부터 그의 Z사 지원 여부는 확정된 것이나 다름없었다.

바깥은 거의 봄이었다. 빳빳하게 날이 선 와이셔츠 차림의 남자들이 햇살을 받으며 바삐 보도를 걸어갔고, 주차장을 방불케하는 강남대로에서는 클랙슨 소리와 호루라기 소리가 쉴 새 없이 울려댔다. 우리는 건너편에 있는 유료 주차장에서 차를 뺀 뒤 강남대로로 향했다. 내비게이션 정보에 의하면 여의도까지 가는 데 45분이 걸릴 예정이었다.

"어떡해. 2시까지 가야 하는데."

최 팀장이 투덜거리면서 차들이 일렬로 늘어선 강남대로에 차 머리를 들이밀었다. 사방에서 빵빵거리는 소리가 들려왔다.

"김 차장, 2시에 만나는 애 어디 다닌다고 했지? 히스토리 좀 읊어봐."

최 팀장이 운전석 창을 내리고 손으로 턱을 받쳐 비스듬히 기대며 말했다. 이강혁에 대해선 깨끗이 잊어버린 얼굴이었다. 나는 백에서 프린트해 온 임현주의 이력서를 꺼내 들고 읊기 시작했다. 1968년생. B대 경영학과 졸업. 1993년 G Life 입사……. 머릿속에선 아직도 이강혁의 얼굴이 맴돌았다. 우리 셋 모두, 이강혁이 Z사에 입사하기 힘들 것이라는 사실을 알고 있었다. 다만 최 팀장과 나는 알고, 이강혁이 모르는 것은 확률이었다. 실제로 입사

20

하게 될 확률. 냉철하게 생각해본다면 이강혁도 자기가 Z사에 들어가기 힘들다는 걸 알 것이다. 그렇게 이직이 잦은 사람은 Z사뿐만 아니라 어느 회사에서도 환영받지 못한다. 자기가 헤드헌터의 생색내기용 후보자가 아닐까 했던 그의 우려는 사실 정확한 판단이었다. 하지만 Z사라는 화려한 회사 브랜드가 그의 판단력을 마비시키고 말았다. 참으로 안타까운 일이다.

그렇지만 헤드헌터인 우리 입장에서는 '안 될 가능성이 99퍼센트이니 괜히 업계에 이직쟁이라고 소문만 나지 말고 지원하지 마시라'고 말해줄 수 없었다. 헤드헌터는 가능성이 0.000000001퍼센트만 있어도 열심히 후보자를 들이밀어야 한다. 이 바닥에서는 예상을 깨고 의외의 결과가 나오는 경우가 종종 있기 때문이다. 그러니 누굴 탓하겠는가. 이직이 잦은 우리들의 시대. 그것이 시대를 대표하는 그의 숙명인 것을.

2

통하는 사람

흐물이 돌아왔다.

"흐물! 돌아왔군!"

전화가 걸려왔을 때 나는 사무실에 있다는 사실도 잊고 소리부터 질렀다. 다행히 최 팀장과 양 대리가 자리를 비워 우리 팀에는 예성만 자리를 지키고 있었다.

"그렇게 소리 질러도 돼? 사무실 아니야?"

"사무실이든지 말든지. 우리 흐물이 돌아왔는데 그깟 사무실이 문제야?"

큰소리치긴 했지만 내 목소리는 처음보다 훨씬 수그러져 있었다.

"저녁때 뭐 해? 민선이랑 만나기로 했는데 올 수 있어?"

"오늘 저녁?"

"응."

"글쎄…… 오늘 저녁은 좀…….'"

오늘 저녁엔 우리 부서 전체 회식이 있다. 세 팀이 모이는 꽤 큰 회식이다. 거기 가는 대신 흐물을 만나러 가고 싶다고 말하고 싶은데, 예성이 신경 쓰여서 말할 수가 없다.

"옆에 누구 있구나? 그럼 카톡 들어와."

"오케."

나는 전화를 끊고 바로 아이패드를 켰다. 금요일 아침, 직원들 대부분이 외근을 나가고 사무실에는 대여섯 명만 남아 간간이 키보드 두드리는 소리를 내고 있었다.

"누구예요? 남자 친구?"

대각선 건너편에 앉아 있던 예성이 파티션 위로 고개를 길게 뺐다.

"아아니. 그냥 아는 오빠야."

"에이, 아닌 것 같은데?"

예성이 눈을 흘겼다.

"좀 친한 사람인데, 2주 동안 해외 출장 가서 연락이 안 됐거든. 오랜만에 목소리 들으니까 반가워서 그래."

"남자 친구도 아닌데 2주 만에 연락됐다고 그렇게 반가워해요?"

예성의 눈이 호기심으로 반짝거렸다.

흐물: 오늘 저녁때 왜 안 돼? 약속 있어?

흐물이 카톡으로 먼저 말을 걸어왔다.

"어떻게 만났는데요? 나도 그렇게 친한 오빠 좀 있었으면 좋겠어요. 내가 아는 남자들이랑은 도대체 그런 관계가 성립이 안 되거든요. 애인 할 거 아니면 연락하지 말자, 다 이렇게 나와요."

"예성 씨가 너무 예쁘게 생겨서 그런가 보지. 내 주위 남자들은 모두 아는 오빠 할 거 아니면 연락하지 말자, 이렇게 나오던데?"

일부러 비아냥거렸다. 예성은 무슨 말만 나오면 모두 자기 과시로 연결시킨다.

"근데 그분 원래 이름이 흐물이에요?"

"아니, 본명은 따로 있는데 인간이 워낙 흐물거려서 우린 그냥 흐물이라고 불러."

흐물의 본명은 정경훈이다. 처음 만났을 때 사람들이 그를 너무 자연스럽게 흐물이라고 불러서 나도 처음엔 흐물이 그의 본명인 줄 알았다.

미연: 회식 있어. 부서 전체 회식이라 빠지기 힘들 것 같아. 아, 오랜만에 흐물이랑 민선이랑 놀고 싶은데. 흐물이 외국에서 사 온 선물도 받고.

"우리라니, 그게 누군데요? 차장님 그분 어디서 만났어요?"

요즘 젊은 애들은 궁금한 게 있으면 자리나 상대를 개의치 않고 바로 질문을 던진다. 이런 거 물어봐도 될까, 같은 생각은 애당초 하지도 않는 것 같다.

"동호회에서 만났어. 지금은 거기 잘 안 나가는데, 친한 사람들 몇 명이랑은 자주 연락해."

흐물을 만난 건 1년 전, '시, 와인, 그리고 우리'라는 동호회 모임에서였다. 와인에 관심이 가기도 하고 모임명이 그럴싸해 보여 들어갔는데, 알고 보니 그 동호회는 와인 동호회라기보다는 시 동호회에 가까운 문학 모임이었다. 원래 시 동호회였는데 회원이 너무 안 들어와서 동호회 이름에 '와인'이라는 말을 넣었더니, 회원 수가 며칠 만에 확 늘었다고 했다. 흐물은 그 모임에 가장 열성적으로 참여하는 회원이었다.

흐물: 선물 미치도록 많이 사 왔는데 나오지 그래?

미연: 선물? 오호…… 시가로 얼마나 되는데?

"몇 살이에요? 무슨 일 해요? 잘생겼어요?"

말이 끝나기가 바쁘게 예성이 다시 물어왔다.

"마흔한 살. 대전에 있는 공사 다니고, 키만 멀대같이 큰 게 까무잡잡하고 얼간이처럼 생겼어. 근데 그런 거 알아서 뭐 하게? 소

25

개해줄까?"

카톡을 하면서 예성의 말에 대답하려니 정신이 하나도 없다.

흐물: 한 돈백 되지? 아니다, 백오십쯤 되려나?

미연: 헉! 백오십!! 그거 택배로 보내주면 안 될까?

"공사라면 공무원이에요? 그럼 돈은 별로 못 벌겠네?"

"응, 돈 못 벌고 생긴 것도 촌스럽고 성격은 완전 또라이야. 이제 됐지? 그만하고 일이나 하시지요?"

흐물: 택배는 안 돼. 오늘 만나야만 줄 거야. 너 오늘 안 오면 다 민선이 줘버려야지~~

"근데 그런 사람을 왜 만나세요? 나이가 젊은 것도 아니고, 마흔한 살이면 완전 중년 아저씬데."

예성은 정말 이해가 되지 않는다는 표정을 지었다.

"예성 씨, 나도 낼모레면 마흔이거든? 지금 나 늙었다고 얘기하고 싶은 거야?"

"에이, 차장님은 액면가 완전 20대예요. 어디 가서 20대라 그래도 다들 믿을걸요? 얼굴 완전 브이 라인에 키도 크고 늘씬하시잖아요. 뭐, 피부 톤이 살짝 어둡긴 하지만 그것도 나름 섹시하다고 봐줄 만하고. 아무튼 처음에 차장님 나이 듣고 저 완전 기절한 거 아시죠?"

아무리 만만해도 직장 상사인데 어쩜 저렇게 맘 편하게 말할 수 있을까. 요즘 애들, 참 인생 편하게 산다.

미연: 그건 너무하네. 딴것도 아니고 회식 때문에 못 가는 건데.

"결국 나 피부 나쁘다는 말이 하고 싶은 거였지? 근데 예성 씨, 최창민한테 C사 떨어졌다고 메일 보냈어?"

이 아이의 입을 다물게 하려면 일 얘기를 해야 한다. 최창민은 C사 어카운트 매니저(account manager: 고객사 관리자)로 유력할 것 같아 인터뷰까지 해보았으나 생각보다 영어가 달려서 C사에 이력서도 보내지 않고 탈락시켰던 후보자다.

"당연하죠. 최창민 만나고 오신 다음 날 바로 보냈어요. Z사 프레젠테이션 파일도 다 만들어놨는걸요? 말씀만 하세요. 뭐든 한 시간 내에 해결해드릴 테니까."

입만 살아 있고 일을 못하면 혼내기라도 할 텐데, 예성은 일하는 데 한 치의 빈틈도 없다. 내가 지시한 건 물론이고, 지시하지 않은 것도 알아서 다 해놓는다. 요즘 애들 정말 무섭다.

"다음 날 바로 보냈다고? 그렇게 빨리 보내면 어떻게 해? 너무 가벼워 보이잖아."

할 말이 없어서 억지로 트집을 잡았다.

미연: 뭐야? 왜 대답 안 해? 야, 흐물! 대답해, 대답해, 대답해!

"저번엔 이틀 있다 보냈더니 너무 늦게 보냈다고 하셨잖아요?"
예성이 눈을 동그랗게 뜨고 나를 쳐다보았다. 내가 그랬나?
"이번 건은 좀 다르지. 최창민 건은 살짝 센시티브하잖아. 전화
로 인터뷰하자고 꼬실 때 서류만 내면 입사는 바로 될 것처럼 했
단 말이야."
"알았어요. 앞으론 조심할게요. 근데 차장님, 그 흐물이라는
분 말이에요."
예성은 내 억지를 유연하게 받아치고 다시 흐물 얘기로 돌아
갔다.
"마흔하나면 차장님보다 나이도 네 살이나 많은데 왜 반말해
요? 아까 들으니까 반말하는 거 같던데?"
남이 통화하는 걸 엿들은 주제에 참 당당히도 따지고 든다. 너
무 당당하게 따지고 들어서 전혀 뻔뻔하다는 느낌이 들지 않을
정도다.
"그 아저씨는 말이죠, 예성 님. 마음이 하해와 같이 넓고 개방
적이신 분이라서 위아래 다섯 살까지는 다 말 놓고 친구 하는 걸
좋아하신대요. 그래서 나랑도 말 놓고 친구 하기로 했어요. 이제

되셨나요?"

처음 만났을 때, 내 나이를 들은 흐물은 대뜸 말을 놓자고 했다. 전 존댓말 체계가 있는 우리나라 말이 싫습니다. 늦게 태어났다는 이유 하나로 일방적으로 존댓말을 써야 한다니 그건 너무 억울하지 않습니까? 그런 면에서 이상적인 언어는 영어라고 할 수 있죠. 남녀노소 불문하고 서로를 평등하게 단 하나의 호칭, You라고 칭하니까요. 서로 친해지는 데는 뭐니 뭐니 해도 반말이 최곱니다. 아니면 우리 그냥 영어로 대화할까요, 달링? 이렇게 말하고 제풀에 폭소를 터뜨리던 흐물. 첫눈에, 통하는 데가 있는 사람이라고 생각했다.

그날부터 우리는 서로 말을 놓고 친구가 되었다. 흐물은 키가 크고 얼굴이 가무잡잡했다. 누가 뭐라고 말만 하면 커다란 소리로 웃음을 터뜨렸는데, 그럴 때마다 가늘고 붉은 입술 사이로 하얀 치아가 드러나 피부색과 묘한 조화를 이루었다. 낮은 콧대만 아니었다면 꽤 봐줄 만했을지도 모르겠다는 생각이 들게 하는 얼굴이었다. 말하는 것을 엄청나게 좋아했는데, 말할 때 침을 튀기는 버릇이 있어서 사람들은 그가 말을 시작하면 서둘러 먼 거리로 이동해갔다. 글을 멋들어지게 잘 쓰고, 시구 인용하기를 즐겼으며, 직장이 대전인데도 서울에서 모임이 있다 하면 총알처럼 날아왔다. 그는 사람들에게, 특히 여자들에게 엄청나게 잘해주었다. 모든 여자들에게 잘해주었기 때문에 그와 따로 만나도 특별

29

히 부담스럽지 않아 편하게 불러낼 수 있었다.

"와, 멋지다. 그래서 서로 반말하는 거예요?"

"그렇다고 할 수 있지."

미연: 흐물아아아아아아~~~

흐물: 잠깐만, 나 지금 온라인 쇼핑 중이야.

미연: 뭐 사는데? 흐물아아아아아~~~ 뭐 사니이이이이~~ 너, 또 주식 사고 있구나?

흐물: 오늘 코스피 폭락했잖아. 좀만 기다려. 점심 먹기 전에 쓸어 담아야 해. 오후부터 바로 반등할지도 몰라.

흐물은 돈을 물 쓰듯 했다. 부잣집 아들도 아니고 연봉이 높은 전문직에 있는 것도 아닌데 왜 그리 돈을 펑펑 쓰느냐고 물으면, 흐물은 주식 한 판만 돌리면 너희랑 두세 달 먹고 마실 돈은 충분히 나온다고 큰소리를 쳤다. 본인에 의하면 흐물은 주식 투자의 귀재였다. 민선에 의하면 그게 모두 '순 개뻥'이었지만.

"차장님, 제가 볼 땐요."

"응."

"차장님이 그 사람 좋아하는 것 같아요."

흐물: 다 담았다!

미연: 오늘 뭔 일 있어? 주식 왜 떨어졌는데? 나도 살까?

흐물: 유럽에 일 났어. 그래서 전 세계 주식장이 막 떨어져. 이럴 때 열라 쓸어 담아야 해.

미연: 뭔 일이 났는데?

흐물: 그리스라는 나라 알지?

미연: 신들이 사는 나라?

흐물: 그래, 신들의 고향. 그 나라에 문제가 있어. 오늘 담았다가 일주일 후에 팔면 돈 좀 남을 거야. 그때 용돈 좀 보내줄까?

미연: 흥, 그랬다가 말아먹어서 나한테 돈 꿔 가려고? 아, 근데 배고프다. 지금 몇 시지?

흐물: 오늘 저녁때 올 거지?

미연: 못 간다니까!

흐물: 핑계 대고 빠져나와.

미연: 그동안 온갖 핑계를 다 써먹어서 더 이상 써먹을 핑계가 없어.

흐물: 선보러도 갔어?

미연: 아! 선보러 안 갔다!

흐물: 그럼 오늘 선보러 가면 되겠네.

미연: 그거 괜찮네. 함 시도해볼게. 근데 있잖아.

흐물: 응.

미연: 내 앞에 앉은 여자애가 나보고 흐물 좋아하는 것 같대. ㅋㅋ

흐물: 좋아하잖아.

미연: 물론 좋아하지. ㅋㅋ 점심 많이 먹어.

흐물: 사랑해.

미연: ㅈㄹㅁ

사장실 앞에 걸린 벽시계를 보니 12시 반이었다.

"예성 씨, 우리 밥 먹으러 가자. 벌써 1시 다 돼가."

예성과 나는 서둘러 자리를 정리하고 일어섰다.

오늘도 카톡 하다가 아침이 다 가버렸다. 어제도 하루 종일 인터넷으로 연예인 근황만 들여다봤는데. 책상에만 앉으면 신들린 것처럼 인터넷 서핑을 하거나 아이패드로 수다를 떨게 된다. 이놈의 전자기기들을 다 갖다 버리든가 해야지, 도대체 일하러 오는 건지 놀러 오는 건지 알 수가 없다.

칼국숫집에서도 예성은 취조를 계속하려 했다.

"차장님, 아까 대답 안 하셨잖아요."

"뭐?"

"차장님이 흐물 씨 좋아하는 것 같다니까요?"

정말 집요한 아이다.

"예성 씨, 어떤 때 보면 생각하는 게 최 팀장님보다 더 진부한 것 같아."

"그게 아니고요. 두고 봐요, 차장님. 나중에 내 말이 맞나 안 맞나."

사람들은 나이 든 싱글 여성은 허우대만 멀쩡하면 웬만한 남자는 다 좋아할 거라고 생각한다. 자기라면 돈을 줘도 안 가질 남자라도 나이 든 싱글 여성은 이게 어디냐 하며 덥석 받아 들 거라고 생각하는 것이다.

"어유, 그래. 그렇다고 하자. 아이 러브 흐물. 됐지? 그건 그렇고. 나 오늘 저녁 회식 참석 못 할 것 같아."

"왜요? 흐물 씨 만나러 가요?"

"아니. 선보러 가."

"선이요?"

예성이 눈을 크게 떴다.

"그래, 선. 남자와 여자가 만나 결혼 가능성을 탐색하는 아름다운 자리."

"갑자기 웬 선이요? 차장님 그런 거 안 보시잖아요."

"안 보긴 왜 안 봐. 이때까지 일주일에 한 번씩 몰래몰래 봐 왔어."

예성은 나를 빤히 쳐다보다가 칼국수 국물을 후루룩 들이켰다.

"외근 나갔다가 바로 선보러 갈 거니까 팀장님한테 말 좀 잘해줘."

"직접 말씀하시지 그러세요?"

"쪽팔리게 선보러 간다고 어떻게 말해? 예성 씨가 말해줘."

"어떤 남잔지 말해주시면요."

으음, 나는 목청을 가다듬고 심각한 표정을 지었다.

"나도 잘 몰라. 부잣집 아들이고 돈을 물 쓰듯 한다는 것밖에."

"우와! 부잣집 아들! 돈을 물 쓰듯! 바로 결혼하셔야겠다."

"안 그래도 그럴 생각이야. 그 생각 하니까 가슴이 막 떨리네? 얼른 먹자."

그렇게 회식을 해결했다. 오후에 후보자 인터뷰 두 건을 마치면 5시가 좀 넘을 것이다. 그럼 강남역에 미리 가서 근사한 호프집을 물색해놓아야지. 오랜만에 민선과 흐물을 만날 생각을 하니 정말로 가슴이 떨린다. 골치 아픈 회사 일은 모두 잊고 콸콸 맥주를 마셔주리라. 입이 부르트도록 수다를 떨어주리라. 아, 늙은 싱글 여성에게 함께 술잔을 기울일 친구들이 있다는 건 얼마나 다행스러운 일인가. 이런 날은 결혼 안 한 싱글인 것이 몹시 기쁘다.

3

윗집 여자

벌써 세 시간째다. 쿵. 쿵. 초저녁부터 아이들이 뛰는 소리와 고함 소리가 들려오더니 이제는 바위가 떨어진다. 나는 벌떡 일어나 앉았다. 금방이라도 천장이 무너질 것 같았다. 침대 머리맡에 둔 핸드폰으로 시간을 확인해보니 밤 11시. 10시부터 잠을 청했지만 잠이 들 만하면 윗집에서 소음이 들려와 깨기를 반복했다.

이 아파트에 입주한 것은 5년 전 여름이었다. 막 이사를 마친 동생네 집에 놀러 갔다가 충동적으로 같은 단지의 아파트를 계약하게 되었다. 롯데월드와 갤러리아 팰리스, 새로 신축한 두 개의 초고층 아파트 단지에 둘러싸여 있는 신축 아파트였다. 동생이 결혼할 때 재테크 차원에서 사두었던 잠실의 허름한 저층 아파트가 어느새 하늘을 찌를 듯한 고층 건물로 뒤바뀌어 있었다. 그새 가격도 많이 올라서 내가 계약하려는 12평형 아파트의 시세가 동생이 살고 있는 33평형 아파트 입주권의 구입 당시 시세에 근접해 있었다. 이 아파트의 장점은 버스로 네 정거장이면 삼성동에 있는 우리 회사 코앞까지 갈 수 있다는 점이었다. 부모님이 계신 양평에서 왕복 세 시간씩 차를 몰고 다니던 내게는 굉장히 매력적인 조건이었다. 원래는 전세로 계약하려 했는데 동생이 '앞으로는 소형 평수가 엄청나게 뜰 것'이라며 매입을 적극 권했다. 신문 기자로 일하면서 세상사와 이재에 일찍 눈을 뜬 동생의 말이라 별로 생각해보지도 않고 집을 매입했다. 그리고 2주 후, 이 즐비한 초고층 아파트 숲 속으로 입성했다.

입주 당시 아파트는 입주민들이 내놓은 각종 박스와 아파트 건축 자재로 거대한 쓰레기장을 방불케 했다. 입주 기간만 지나면 괜찮아질 것이라고 위안하며 두어 달을 버텼지만, 시간이 흐를수록 점점 더 많은 문제들이 속출했다. 베란다 확장 공사를 한 곳에서 시커멓게 피어나는 곰팡이, 생활 편의 시설은 없고 뷰티 숍과 부동산으로만 가득 찬 인근 상가들, 집 앞 12차선 대로에서 들려오는 자동차 소리, 비행기 지나가는 소리, 층간 소음. 그중에서 가장 견디기 힘든 것은 층간 소음이었다. 이사 온 지 얼마 되지 않았을 때였다. 욕실에서 이를 닦고 있는데 갑자기 옆에서 "엄마, 치약이 없어" 하는 소리가 들리는 것이 아닌가. 깜짝 놀라 주위를 둘러보았지만 아무도 없었다. "없긴 왜 없어, 여기 있잖아." 짜증 섞인 여자의 목소리를 듣고 나서야 그것이 윗집에서 나는 소리임을 알았다. 아파트 동호회 게시판에서 우리 아파트가 층간 소음이 심하다는 글을 몇 번 본 적은 있었지만, 윗집에서 하는 말의 내용이 또렷이 들려올 줄은 상상도 하지 못했다. 부실공사 때문이라 생각하고 웬만하면 쫓아 올라가지 않으려고 했지만, 윗집은 소음이 너무 심했다. 12평 남짓 되는 이 좁은 아파트에서 도대체 아이들 몇 명을 키우는 건지 하루가 멀다 하고 너덧이 뛰어다니는 소리가 들려왔다. 그럴 때면 당장에라도 뛰어 올라가고 싶은 마음이 굴뚝같아졌고, 실제로 몇 번 올라가본 적도 있었다. 하지만 막상 윗집 대문 앞에 서면 남자애 둘을 키우고 사는 동생의 얼굴이 떠올라 번번이 그냥 돌아서게 되었다.

아, 오늘은 도저히 못 참겠다. 지금 시간이 몇 신데! 도대체 윗집 아줌마는 상식이 있는 거야, 없는 거야! 너무 참아줬더니 사람을 우습게 보는 게 틀림없어!

씩씩거리며 추리닝을 걸치고 윗집으로 올라가 세차게 초인종을 눌렀다. 대답이 없었다. 안에서는 여전히 아이들이 꺅꺅거리는 소리가 들려왔다. 간간이 여자들의 웃음소리도 섞여 나왔다. 띵동 띵동 띵동. 초인종을 연거푸 세 번 울린 후에야 문이 열리면서 여자 하나가 나왔다.

"누구세요?"

갸름한 얼굴에 단발머리를 한 앳된 얼굴의 여자였다. 한창 재미있는 얘기를 하다 나온 듯 얼굴에는 아직 웃음기가 남아 있었다.

"1707호예요."

목소리가 살짝 떨렸다.

"야, 너네 조용히 해봐. 아랫집에서 올라왔잖아. 그러게 엄마가 조용히 하랄 때 조용히 했어야지!"

여자는 내 말을 듣자마자 고개를 돌리고 소리를 질렀다. 그러자 집 안이 순식간에 조용해졌다. 여자의 뒤로 대여섯 살쯤 되어 보이는 남자아이 세 명과 여자아이 한 명, 아이들의 엄마로 보이는 여자 셋이 겁먹은 표정으로 내 쪽을 쳐다보고 있었다. 가구와 각종 세간으로 둘러싸인 좁은 거실은 무너져 내린 이불과 방석, 옷가지, 퍼즐 조각, 장난감 자동차, 먹다 남은 음식이 담긴 그릇, 귤껍질로 난장판이 되어 있었고, 실내는 돈가스 냄새와 된장찌개 냄새가 혼탁한 공기와 뒤섞여 형언할 수 없는 악취를 풍겼다.

"너무 시끄럽죠. 죄송해요."

여자가 내 손을 덥석 잡으면서 말했다. 하얀 얼굴에 가늘고 자연스러운 쌍꺼풀, 선명한 입술 색을 가진 고운 여자였다.

"내일 아침 일찍 나가야 해서 자려고 누웠는데 도대체……."

"죄송해요. 이노마들, 내 뭐라 캤나. 자꾸 뛰면 아랫집에서 올라온다 캤나 안 했나. 이제 또 뛰어봐라. 그땐 경찰 아저씨가 온다 아이가. 정말 죄송해요. 잠도 못 주무시게 하고."

여자는 내게 말할 때는 표준말을, 아이들에게 소리를 지를 때는 심한 경상도 사투리를 썼다.

"얘네들은 친구들인가요?"

딱히 할 말이 없어서 이렇게 물었다. 아이들을 이 시간까지 놀리다니 이 아줌마들은 대체 생각이 있는 걸까, 없는 걸까.

"네. 우리 애 친구들인데 제가 모아서 가끔 영어를 가르쳐요."

"이렇게 늦은 시간에요?"

"엄마들이 회사에 다녀서 수업을 좀 늦게 시작해요. 수업 끝나고 잠깐 놀다 간다는 게 이렇게 늦어졌네요. 죄송해요."

자세히 보니 여자는 임산부였다. 불룩 튀어나온 배를 붙잡고 고개를 한쪽으로 기울이며 연신 미안하다는 말을 반복하는 여자에게, 더 이상 뭐라 쏘아붙일 수 없었다.

"그만 갈게요. 앞으로는 좀 조심해주세요."

"평소에도 우리 애들 너무 뛰죠? 안 그래도 과일이라도 사 들고 함 내려갈라 캤는데 먼저 올라오시게 했네요. 죄송해요, 언니."

여자의 손이 다시 한번 내 손등 위에 얹혔다. 매끈하고 부드러운 촉감. 투명 매니큐어가 칠해진, 잘 손질된 손이었다.

"괜찮아요. 쉬세요. 그만 갈게요."

나는 어색하게 웃으며 천천히 손을 뺐다.

"그냥 가시게요? 들어와서 차라도 한잔하고 가세요, 언니. 진작 초대했어야 하는 건데."

풋, 나는 웃음을 터뜨리고 말았다. 언니라니. 나를 언제 봤다고 언니란 말인가. 하지만 그런 여자가 얄밉거나 뻔뻔하게 느껴지지는 않았다. 여자에게는 뭐랄까, 상대방을 너그럽게 만드는 친화력 같은 게 있었다.

"지훈아, 나와서 인사드려. 아랫집 이모야."

여자가 닦달하자 안쪽에 있던 남자애 하나가 나와서 겁먹은 표정으로 나를 올려다보았다. 고불거리는 머리와 커다란 눈망울, 또렷한 입술 선을 가진 아이였다.

"아이가 정말 예쁘네요. 꼭 서양 인형 같아요."

나도 모르게 그런 말이 튀어나왔다. 평소에 아이를 좋아하는 편은 아니지만 아이가 너무 예쁘게 생겨서 그냥 지나칠 수 없었다.

"어머, 고마워요 언니. 송지훈, 니 뭐 하노. 얼른 인사드리지 않고."

빤히 나를 쳐다보던 아이가 눈을 내리깔고 조그맣게 안녕하세요, 라고 말했다. 기어들어가는 듯한 아이의 목소리를 들으면서 나는 뭔가를 떠올리려 애썼다. 이 아이, 어디선가 본 적이 있다. 빤히 사람을 쳐다보거나 눈을 내리깔 때 살짝 드러나는 냉소적인 표정이 굉장히 낯익다.

"아이가 인상이 많이 익어요. 여기 이사 오기 전에 어디 사셨어요?"

"우리요? 우린 신도림에 살다 작년 3월에 이사 왔는데. 언니는 어디 살다 왔는데요?"

"아, 그럼 아니네요. 전 양평 살다가 왔거든요. 근데 이상하게 아이 얼굴이 낯익어요."

"텔레비전에서 봤나 보다. 애 조인성 닮았단 소리 많이 듣거든요."

여자가 이렇게 말하면서 하하하, 커다랗게 웃었다.

하, 나는 실소를 터뜨렸다. 이 여자 넉살 한번 끝내준다. 아이들 뛴다고 쫓아 올라온 아랫집 여자한테 자기 아이가 조인성을 닮았다니.

"언니, 실은 제가 엘리베이터 탈 때 가끔 언니를 뵀는데, 옷이랑 되게 잘 입어서 관심이 많이 갔어요. 죄송한데 무슨 일 하시는지 여쭤봐도 돼요? 정장 좍 빼입고 다니시는 거 보니까 전문직에 계시는 것 같은데 어떤 일 하세요? 결혼은 하셨어요?"

여자가 따발총처럼 질문을 퍼부었다.

"전…… 헤드헌터예요. 그럼 이만, 내일 새벽에 나가야 해서……."

"헤드헌터? 헤드헌터가 뭐지?"

여자가 내 말을 끊으며 고개를 갸우뚱했다.

"그거 있잖아. 회사에 사람 소개해주는 거. 우리 회사에서도 헤드헌터 써."

안쪽에 있던 짧은 파마머리 여자가 큰 소리로 말했다.

"그럼 직업소개소 같은 건가요?"

여자가 눈을 둥그렇게 뜨고 검지를 입에 갖다 댔다. 나는 할 말을 잃고 여자를 쳐다보았다. 여자에겐 백치미라고 해야 할까, 그런 종류의 순수한 매력이 있었다.

"그만 가봐야겠어요. 내일 새벽부터 프레젠테이션이 있어서…… 앞으로 좀 조심해주시길 다시 한번 부탁드릴게요."

일부러 프레젠테이션이라는 말을 사용했다. 나 중요한 일 하는 사람이야. 밤에는 집에서 충분한 수면을 취해야 한다고.

"그래요, 언니. 다음에 차 한잔 하러 올라오세요."

차는 무슨. 다시 올라올 일이 없기를 기도할 뿐이다. 나는 고개를 까딱 숙여 보이고 뒤돌아 나왔다.

"지훈이 니 뭐 하노. 얼른 인사 안 하고. 니 때문에 잠도 못 자고 올라오셨다 아이가."

여자가 채근하자 아이의 가느다란 목소리가 새어 나왔다.

"안녕히…… 가세요."

"그래, 잘 있어라."

나는 뒤돌아보지 않고 대꾸한 뒤 서둘러 계단을 내려왔다.

다시 침대에 누워 잠을 청했다. 잠깐 조용한가 싶더니 채 10분도 지나지 않아 다시 쿵쾅거리는 소리가 들려왔다. 이번에는 쿵쾅거리는 소리와 함께 "조용히 몬 하나, 또 뛰면 경찰 아저씨 온다 아이가" 하는 여자의 고함 소리가 세트로 따라왔다. 나는 이불을 뒤집어쓰고 양손으로 귀를 막았다. 자야 한다. 내일 아침 10시에 Z사의 미국인 사장 앞에서 프레젠테이션을 해야 한다. 예성이 만든 파일을 점검하고 발표 연습을 하려면 적어도 7시까지는 회사에 도착해야 할 것이다.

평소에 중요한 프레젠테이션은 최 팀장이 직접 진행하는데, 이번 Z사 건은 내게 넘겼다. 요즘 들어 최 팀장이 내게 일을 많이 넘겨주고 있다. 왜 그럴까. 중요한 후보자를 만나러 갈 때도 꼭 나를 대동하고 간다. 지한이 때문일까. 지한이는 조만간 요양소로 들어가 집중적으로 치료를 받아야 한다고 했다. 자기가 자리를 비울 때를 대비해 나를 훈련시켜 놓으려고 하는 것일까. 모르겠다. 아무튼 내게 과히 나쁜 일은 아니다. 리서처로 일한 지 만 2년, 햇수로는 3년째다. 슬슬 내 거래처를 갖고 컨설턴트로 일할 때가 됐다. 최 팀장이 담당하는 회사들의 10분의 1만 내 몫이 되어도 웬만한 컨설턴트보다 나은 입지를 갖게 될 것이다.

쿵. 윗집에서 바위 떨어지는 소리가 들리더니 천장에 달린 형광등이 덜컹덜컹 흔들렸다. 이것들이 이젠 레슬링을 하나. 나는 벌떡 일어서서 주먹을 불끈 쥐었다가 이내 다시 드러누웠다. 이번에 올라가면 그 임산부에게 붙잡혀 더 오랜 시간을 허비하게 될 것이다. 호기심으로 반짝거리던 그 여자의 눈빛을 떠올리자 쫓아올라가겠다는 생각이 싹 가셨다.

그래도 그 여자가 아주 싫지는 않았다. 기분 좋은 상황에서 만났다면 친하게 지냈을지도 모른다. 생각해보면 얼굴도 상당히 예뻤다. 커다란 눈과 갸름한 얼굴이 화장품 광고에 나오는 여자 연예인을 떠올리게 할 정도로 청순했다. 건성으로 보면 임산부인지 모를 정도로 배를 제외한 다른 곳은 전혀 살이 찌지 않았고, 피부는 잡티 하나 없이 투명했다. 아이 하나를 키우고 있고, 배 속에 또 다른 아이를 임신 중이면서 어떻게 그런 미모를 유지할 수 있을까? 조금씩 잠이 밀려왔다. 근데 그 여자는 아이도 있으면서 왜 그렇게 좁은 집에서 살지? 12평짜리 집에서 남편이랑 아이랑 셋이 사는 걸까? 좀 있으면 애가 하나 더 나올 텐데, 네 가족이 그렇게 좁은 집에서 사는 게 가능한가? 아, 그런데 그 집 남자애 정말 예쁘게 생겼어. 분명 어디서 본 얼굴인데…… 어디서 봤더라……. 깊은 잠이 엄습해왔다.

4

슈퍼맘과 짝퉁 용

프레젠테이션을 마치고 사무실로 돌아오니 책상 위에 커다란 꽃바구니가 놓여 있었다. 분홍색과 하늘색, 연노란색 장미가 촘촘히 꽂힌 근사한 꽃바구니였다.

"김 차장, 진짜 선을 보긴 봤나 봐?"

복사기 키를 조작하던 최 팀장이 내가 들어서는 것을 보고 웃으며 말을 건넸다.

"네?"

"차장님, 저도 이제부터 선 들어오면 다 볼 거예요."

내 책상 옆에 서서 꽃바구니에 코를 박고 있던 예성이 고개를 돌리며 말했다.

"무슨 소리야, 지금?"

나는 꽃바구니 앞으로 다가섰다. 꽃바구니에는 굵직한 리본이 둘려 있고, 리본의 매듭 아래에 이런 글귀가 쓰여 있었다.

만남은 짧았지만 그대의 향기는 사라지지 않았습니다.
        —지난 금요일 선본 남자로부터

쿡, 나는 터져 나오는 웃음을 애써 참았다. 팀원들의 시선이 일제히 내게 쏠렸다.

"차장님, 그 남자 어땠어요? 어땠어요?"

예성이 박수 치는 시늉을 하며 물었다.

"어떻긴 뭘 어때? 비밀이지."

"잘생겼어요? 정말 돈 많아요? 누가 소개해준 거예요?"

예성은 궁금해서 미칠 것 같은 표정을 했다. 이럴 때 보면 예성이 참 어리긴 어리다.

"말했지, 비밀이라고? 팀장님, 오늘 Z사에서 오더 두 개 또 받아 왔어요. 급하게 찾는 포지션인데 컨피덴셜(confidential: 비밀의)로 진행해달래요."

나는 얼른 화제를 돌렸다.

"큰일이다. T사 변호사 찾아주는 것도 급한데. 일단 커리어 앤 잡에 올려. 오후에 나랑 후보자들 파일 한번 훑어보자."

"커리어 앤 잡에 올려도 될까요? 컨피덴셜이라고 신신당부하던데."

최 팀장은 코웃음을 쳤다.

"우리 말고도 서치펌 세 군데나 끼고 하면서 컨피덴셜은 무슨 얼어 죽을 컨피덴셜? 벌써 다른 서치펌에서 커리어 앤 잡에 올렸더라. 안 올리면 우리만 후보자 놓치는 거라고. 이 기회에 쓸 만한 애들 좀 건지게 아예 커리어 앤 잡, 코리아 커리어, 구인나라에 다 올려버려. 저쪽에서 뭐라고 하면 그때 싹 다 내리면 되니까."

나는 바로 커리어 앤 잡에 접속해서 구인 광고를 타이핑했다. 내게서 아무런 반응이 없자 예성과 양 대리도 슬그머니 자기 자리로 돌아갔다. 나는 꽃바구니를 발치에 내려놓고 흐물에게 카톡을 했다.

미연: 흐물.

흐물: 프레젠테이션 잘했어?

미연: 미치도록 잘했지. Z사 사장이 날 어찌나 사랑스러운 눈길로 바라보던지.

흐물: 지난주에 누설했던 게 천기로 드러났다. ㅋㅋㅋ

미연: 천기? 그게 뭐지? 주식인가? 우와, 주식 진짜 올랐어? 그거야?

흐물: 나 샀다 하면 바로 오르잖아. 오늘 폭등했어. 좀 더 갈 거 같아서 들고 있을까 하다가 너희랑 놀 자금 마련하려고 다 팔아버렸다. 오늘 저녁 어때?

지난주보다 훨씬 럭셔리하게 놀 수 있는데.

흐물이 지난주 얘기를 꺼내자 갑자기 속이 울렁거리기 시작했다. 지난주 금요일, 오랜만에 만난 기쁨을 주체하지 못하고 미친 듯 마셔댔던 우리들. 하늘이 붉어지는 것을 바라보며 새벽까지 마셨던 와인. 아아, 그때는 몰랐다. 그 후 집에 가서 얼마나 많이 토하게 될지. 얼마나 심한 두통에 시달리게 될지. 그날의 여파로 주말 내내 배를 붙잡고 침대에 들러붙어 있어야 했다. 2~3년 전까지만 해도 밤새워 마셔도 끄떡없었는데, 확실히 내가 늙긴 늙었다.

미연: 나 이제 술 끊을 거야. 앞으로 마시자고 꼬시지 마.

흐물: 그날 아침에 많이 토했어?

미연: 아침뿐이야? 하루 종일 토했어. 그 얘기 하니까 지금도 토할 것 같아. 민선이도 장난 아니었대. 흐물은 괜찮았어?

흐물: 나, 짐승돌이잖아. 근육과 체력 빼면 시체인.

미연: 뭐야, 정말 토한다.

흐물: 그럼 오늘은 좀 우아하게 놀까? 이따가 세종문화회관 앞으로 나와. 우아하게 오페라나 한 편 때리자. 오늘 우리 부장 없으니까 오후에 도망갈 수 있어.

미연: 나 오늘 저녁에 동생네 가야 해. 변호사 구하러.

흐물: 변호사?

미연: T사에서 법무팀장 구해달래. 흐물이 너 혹시 아는 변호사 없니? 미국 바(bar : 법정 변호사직) 가진 변호사.

흐물: 딱히 생각나는 사람은 없는데……. 한번 알아봐줄까?

미연: 됐어. 괜히 알아본다고 헛물켜지 말고 일이나 해. 나 인터뷰 들어가야겠다.

나는 흐물을 말렸다. 내버려두면 흐물은 정말로 변호사를 구하겠다고 사방팔방 뛰어다닐 것이다. 하지만 아무리 노력한다 한들 흐물이 어디서 변호사를, 한국도 아닌 미국 변호사 자격증 소유자를 구하겠는가.

흐물: 그래, 나중에라도 필요하면 말해. 알아봐줄 테니까. 인터뷰 잘해.

미연: 잠깐.

흐물: 왜?

미연: 꽃 잘 받았어.

흐물: 무슨 꽃?

미연: 이거 왜 이래. 나랑 선도 본 양반이.

흐물: 크훗……. 예쁜 걸로 갔어? 장미 색깔도 하나하나 내가 다 지정해줬는데 그대로 갔나 몰라.

미연: 파스텔 톤의 정말 예쁜 장미들이 왔어.

흐물: ^^

미연: 깜짝 놀랐어. 선본 사실을 까먹고 있었거든.

흐물: ^^

미연: 흐물도 가끔 멋질 때가 있단 말야.

흐물: ^^

미연: 리셉션에서 연락 왔다. 후보자 왔나 봐. 나 간다.

나는 꽃바구니를 들고 미팅 룸에 들어갔다. 말끔한 정장 차림으로 온 키 큰 남자 후보자가 꽃바구니를 보고 깜짝 놀라며 일어섰다. 인터뷰 내내, 꽃향기 때문에 기분이 좋았다. 이 꽃바구니가 태환에게서 온 것이었다면 얼마나 좋았을까. 살짝 그런 생각이 들기도 했지만 누구에게서건 이렇게 커다란 꽃바구니를 받았다는 건 가슴 벅찬 일이었다.

퇴근 후 동생네 집에 갔다. 엘리베이터 문이 열리자 동생네 옆집에서 아이 우는 소리가 들려왔다. 조카 민준이의 울음소리였다. 나는 서둘러 비밀번호를 누르고 동생네 집으로 들어갔다. 집 안은 난장판이었다. 소파에는 민준이의 내복 바지가 몸이 빠져나간 모양 그대로 놓여 있고, 바닥에는 말라붙은 밥풀과 우엉조림 찌꺼기, 분유가 반쯤 차 있는 젖병, 기저귀, 레고 조각, 볼풀 공이 여기저기 널려 있었다. 눈에 보이는 것만 한쪽으로 대강 치우고 옆집에 가려고 일어서는데, 갑자기 현관방 문이 열리면서 제부가 나왔다.

"엄마야!"

나는 놀라 소리를 질렀다.

"뭘 그렇게 놀라요?"

제부가 기지개를 켜면서 말했다. 눈이 게슴츠레하고 머리 한쪽이 뻗쳐 있는 것으로 보아 자다 나온 듯했다. 제부가 움직일 때마다 빨간색 추리닝 상의에서 나풀나풀 비듬이 날렸다.

"집에 있었어요?"

"안 보여요?"

무릎이 튀어나온 추리닝 바지를 끌어 올리면서 제부는 인상을 썼다. 눈앞에 뻔히 보고도 뭘 물어보느냐는 듯한 말투였다. 옆집에서는 여전히 민준이의 울음소리가 들려오고 있었다.

"민준이가 우는 것 같은데……."

화를 내게 될까 봐 일부러 제부와 눈을 마주치지 않고 말했다. 민준이는 동생이 출근하면서 옆집에 맡기면 옆집 아줌마가 아침 10시에 유치원 통학 버스에 태워주었다가 3시에 데려와 동생이 퇴근할 때까지 돌봐준다. 오늘처럼 동생이 늦는 날엔 하루 종일 집에 있는 제부가 옆집에서 민준이를 데려와도 될 텐데, 제부는 그럴 생각이 전혀 없어 보인다.

"이놈의 자식은 하루 종일 울어. 야, 너 조용히 해. 안 그러면 있다가 아빠가 때려준다."

제부가 버럭 소리를 질렀다. 그러자 민준이의 울음소리가 뚝 그쳤다.

"층간 소음이 좋을 때도 있군요. 가만히 앉아서 옆집이랑 의사소통이 되니."

비아냥거렸지만 제부는 들은 척도 하지 않고 냉장고 쪽으로 걸어갔다. 그러다가 부엌 바닥에 묻은 밥풀 찌꺼기를 밟았는지 에잇, 하면서 발을 들어 올렸다. 양말에서 밥풀을 떼어내고 냉장고에서 콜라를 꺼내 페트병째 벌컥벌컥 마시더니 바닥에 묻은 음식 찌꺼기들을 피해 다시 조심조심 현관방으로 갔다.

동생이 처음 집에 데려왔을 때부터, 나는 제부가 마음에 들지 않았다. 당시 그는 서울대 법학과를 졸업하고, 우리나라 최대 로펌이라는 K법무법인을 다니고 있었다. 엄마는 서울대 나온 사위를 보게 되었다고 노골적으로 좋아하는 기색을 보였지만 나는 그의 왜소한 몸집이나 겉멋이 잔뜩 든 말투, K법무법인 사무장이라는 직책이 마뜩잖았다. 정식 변호사도 아니고 겨우 사무장이라니. 사법고시에 합격할 때까지만 사무장 일을 할 거라고 했지만, 내가 보기에 졸업하고 4년째 고시 준비를 하고 있는 그가 고시에 패스할 가능성은 지극히 희박했다. 위로 누나가 다섯인 막내아들에, 가난한 집의 삼대독자라는 사실도 마음에 걸렸다. 그는 자기 부모가 경주에서 펜션을 하고 있다고 떠벌렸지만, 말이 좋아 펜션이지 살고 있는 허름한 집의 2층을 여행객들에게 가끔 내주는 것에 불과했다. 동생도 "개천에서 난 용이랑 결혼하면 골치 아프다던데……"라며 가정환경을 마음에 걸려 했다. 하지만 내가 보기에 그는 개천에서 난 용이라는 말도 과분한 사람이었다. 굳이 말하자면 개천의 짝퉁 용쯤 될까. 서울대 합격은 그가 인생에서 이룩한 가장 위대한 쾌거이자 마지막 쾌거가 될 거라고, 나는 예감했다.

동생에겐 안된 일이지만 내 예감은 그대로 적중했다. 제부는 3년 동안 K법무법인의 사무장으로 일하면서 매해 고시에 응시했지만 번번이 실패했고, 그 후로 아예 사무장을 때려치우고 '본격적인 고시 준비'에 들어가 지금에 이르렀다. 그동안 동생은 직장에 나가 돈을 벌고, 두 아이를 낳고, 아침저녁으로 아이들을 맡기고 찾아오고, 새벽에 일어나 반찬을 만들고, 끊임없이 집 안을 쓸고 닦고, 명절과 제사 때면 시집에 내려가 몸이 부서져라 일하다 오기를 반복했다. 그런 동생을 통해 나는 밤을 새우기 일쑤인 신문기자가 두 아이의 육아와 살림을 동시에 해내는 게 가능하다는 것을 알게 되었다. 과연 세상에 불가능한 일이란 없었다.

K법무법인에 사표를 낸 첫해, 제부는 고시원에 들어가기도 하고 학원도 다니는 등 나름대로 열심히 공부하는 분위기를 냈다. 그러다가 다음 해부터 조금씩 나태해지더니 근래 들어서는 아예 공부에서 손을 놓은 분위기다. 동생 집에 갈 때마다 현관방에 틀어박혀 컴퓨터 게임을 하거나 바닥에 드러누워 잠을 자고 있는

제부의 모습을 보게 된다. 이참에 아예 고시를 포기하고 작은 기업에라도 들어가면 좋으련만, 그러기에 제부는 눈이 너무 높고 나이가 너무 들었다. 대학 동기들이 모두 판사, 검사, 변호사를 하고 있는데 자기만 중소기업에 들어가 일한다는 것은 상상도 할 수 없는 일이리라.

"김세연, 언제 와? 나 배고파."

민준이를 데리러 가려고 신발을 신는데 현관방에서 제부가 동생에게 전화하는 소리가 들렸다.

"언니? 와 있어. 빨리 와. 나 배고파아."

제부가 아이처럼 말을 길게 끌며 어리광을 부렸다. 나는 눈을 감았다. 분노로 온몸이 부들부들 떨렸다. 세연은 지금쯤 어떻게든 일찍 퇴근하기 위해 기를 쓰고 기사를 작성하고 있을 것이다. 일찍 나오기 위한 핑계를 생각하면서 데스크에 굽실굽실하다가 겨우 회사를 빠져나올 것이다. 인파로 북적이는 지하철에 끼어 타인의 몸 냄새에 시달리다가 헐레벌떡 집으로 뛰어올 것이다. 그런데 무릎이 툭 튀어나온 헐렁한 추리닝을 입은 이 남자는 컴퓨터 앞에 눕듯이 기대앉아 게임을 하면서 부인에게 빨리 와서 밥을 해달라고 어리광을 부리고 있다. 아이를 찾아올 생각은 전혀 없고, 난장판이 된 집을 보고도 손 하나 까딱하지 않으며, 밥을 해놓을 생각은 꿈에도 하지 못한다.

나는 도로 신발을 벗고 부엌으로 갔다. 전기밥솥에는 지은 지

71시간이 지난 밥이 누렇게 변색된 채 반 공기 정도 달라붙어 있고, 개수대에는 설거짓거리가 잔뜩 쌓여 있다. 제부, 밥이라도 해놓지 그래요! 목구멍까지 차오르는 말을 꿀꺽 삼켰다.

설거지를 마치고 밥솥에 있는 밥을 음식물 쓰레기통에 버리고 있는데 현관문 열리는 소리가 났다.

"언니 왔어?"

세연이 성준을 안고 들어섰다.

"와, 성준이 많이 컸다. 이제 고개 완전히 세우네?"

나는 세연에게서 성준이를 받아 안았다. 지난번에 봤을 때만 해도 갓난아기 같았는데 그새 갓난아기티를 벗고 또렷한 눈빛을 하고 있다.

"얘 몇 개월 됐지? 6개월인가?"

같은 아파트에 살고 있으면서도 세연과 한 달 가까이 얼굴을 보지 못했다.

"응, 다음 달 11일이면 7개월이야. 언니 잠깐 얘 좀 봐줘. 민준이 찾아올게. 오빠, 나 옆집에 갔다 올게."

세연이 내게 성준이를 안겨주고 현관방을 향해 외쳤다.

"배고파 죽겠어. 왜 이제 왔어?"

제부가 방에서 소리를 질렀다.

"어유, 사람이 왔으면 나와서 아는 척 좀 해. 그게 뭐야? 방에 틀어박혀서, 배고파 배고파. 내가 오빠 식모야? 그렇게 배고프면 밥이라도 좀 안쳐놓든가!"

세연은 따발총처럼 퍼부은 뒤 현관문을 열고 나갔다.

나는 성준이를 안은 채 가제 수건을 찾아 헤맸다. 성준이의 얼굴은 콧물 범벅이 되어 있고, 윗도리는 침으로 흥건히 젖어 있어서 안자마자 내 블라우스가 축축해졌다.

"제부, 가제 수건 어디 있어요?"

소리쳤지만 현관방은 잠잠했다.

"제부, 이리 좀 나와봐요!"

결국 꽥 소리를 질렀다.

"네? 왜요?"

제부가 추리닝 안으로 손을 넣어 엉덩이를 벅벅 긁으며 방에서 나왔다.

"성준이 좀 닦아줘요. 애가 콧물이랑 침으로 범벅이 됐네."

"어, 성준이 왔어? 까꿍."

제부는 이렇게 말하면서도 성준이를 받아 들지 않았다. 나는 성준이를 제부에게 억지로 떠안기고 소파 밑으로 기어들어 가제 수건을 끄집어냈다. 가제 수건이 얼굴에 닿자 성준이가 기침을 하면서 큰 소리로 울기 시작했다.

"하루 종일 어린이집에 있으니까 자꾸 감기에 걸려요. 어이구, 우리 불쌍한 성준이."

나는 고개를 주억거리며 성준이를 달랬다. 성준이는 세연이 3개월의 출산 휴가를 마치고 직장에 복귀하면서부터 24시간 운영하는 영아 어린이집에 맡겨졌다. 세연의 퇴근이 늦어질 때는 밤 10시까지 어린이집에 있는 날도 있었다. 세연은 그런 성준이를 늘 마음에 걸려 했다. 은근히 내가 일찍 퇴근하는 날 성준이를 찾아다 돌봐주기를 바랐지만, 나는 그런 세연의 바람을 모르는 척했다. 아이 아빠가 집에서 노는데 왜 이모가 나서야 하나 싶기도 했고, 한번 성준이를 봐주기 시작하면 그게 자연스럽게 내 몫이 되어버릴 것 같았다.

"이모!"

현관문이 열리면서 민준이가 총알같이 내 쪽으로 뛰어왔다.

"우리 민준이 왔구나. 어디 보자, 지난번보다 더 컸네? 오늘은 우리 민준이가 알로사우루스인가?"

민준이는 요즘 공룡에 열광하고 있어서 자기를 공룡처럼 말하길 좋아한다.

"아니, 오늘은 티라노사우루스야. 알로사우루스는 비 오는 날만 되는 거야."

"언니, 밥 안 먹었지? 내가 빨리 밥해줄게. 어머, 언니가 설거지다 했어? 그냥 두지."

부엌에 들어서던 세연이 말했다. 말은 그렇게 했지만 설거지가 해결돼 있어 기뻐하는 기색이 역력했다.

"밥도 해놓으려고 했는데 네가 막 들어섰다. 우리 뭐 시켜 먹

자. 지금 밥해서 언제 먹니."

이렇게 말하고 얼른 "내가 살게"라고 덧붙였다. 세연은 금방 볶음밥을 할 수 있다며 부엌에서 부산을 떨다가 결국 포기하고 피자를 시켰다.

세연이 다람쥐처럼 빠르게 몇 번 왔다 갔다 하자 집 안은 금세 깨끗해졌다. 성준이도 목욕을 시켜주자 바로 잠이 들었다. 피자가 오기 전 30분 동안 세연이 집 안 정리와 성준이 목욕과 민준이 숙제 지도를 일사불란하게 해치우는 광경을 바라보면서, 그동안 방 안에 틀어박혀 발을 까딱거리며 컴퓨터 게임을 하는 제부의 모습을 바라보면서 나는 다짐했다. 절대로, 절대로 결혼하지 말아야지.

피자를 먹을 때는 분위기가 그럭저럭 괜찮았다. 세연은 신문사에서 있었던 크고 작은 일화들과 아이 둘 키우면서 직장에 다니는 고충에 대해서 허겁지겁 말했고, 제부는 늘 그래왔듯 자기 친구들이 얼마나 잘나가고 있는지에 대해 열심히 떠들어댔다. 나는 둘의 얘기에 적당히 맞장구를 쳐주다가 슬며시 본론을 꺼냈다.

"제부. 혹시 주위에 로펌 말고 제조업체에서 일하고 싶어 하는 변호사 있어요? 지금 우리 팀에서 급하게 찾고 있는데."

"어느 회사인데요? 얼마 준대요?"

후보자를 찾고 있다는 말이 나오면 제부는 늘 이런 것부터 묻는다.

"T사예요. 유럽계 네트워크 장비회사인데, 전체 직원이 300명 정도 되고……."

"얼마 준대요?"

제부가 난폭하게 내 말을 끊었다.

"연봉은 맥스 1억 잡고 있는데, 혹시 제조업체 경력이 있는 사람이면 그 이상도 가능해요."

"에이, 연봉이 너무 적네. 누가 1억 받겠다고 변호사 하다가 제조업체로 가겠어요?"

제부는 항상 이런 식이다. 해줄 사람을 생각해보지도 않고 포지션에 대한 비난부터 늘어놓는다.

"그렇게 말하지 말고 추천해줄 만한 사람이 있는지 잘 생각해봐. 요즘 경기가 안 좋아서 변호사들 폐업도 많이 한다며. 업체에서 일하고 싶어 하는 변호사들이 분명 있을 거야."

세연이 내 눈치를 보며 슬며시 끼어들었다.

"1억에 누가 업체를 가. 나나 가볼까?"

"미국 변호사 자격증이 있고 영어가 돼야 해요."

나는 얼른 제부의 말을 잘랐다. 적당한 사람을 소개해주지도 않을 거면서 말장난만 치는 제부를 오늘은 받아주고 싶지 않았다.

"광석이 해줄까?"

제부가 세연에게 말하며 씩 웃었다. 광석은 제부의 대학 동창인데, 변호사로 일하다가 작년 말에 S물산 법무팀장으로 들어갔다. 연봉 5억에 각종 인센티브를 받는 조건이었다. T사와는 비교도 할 수 없을 만큼 좋은 대우였다. 그런데도 제부는 내가 사람을 소개해달라는 부탁을 할 때마다 광석을 들먹거렸다. 나는 아무 대꾸도 하지 않고 자리에서 일어섰다. 마침 안방에서 성준이 울음소리가 들려왔다.

"언니 앉아. 내가 갈게."

세연이 피자를 입에 구겨 넣으며 자리에서 일어섰다.

"내가 갈 테니까 천천히 먹어. 난 다 먹었어."

나는 세연을 눌러 앉히고 안방으로 뛰어갔다. 기침 때문에 잠에서 깬 성준이는 안아주자마자 이내 다시 잠들었다. 꼭 감은 두 눈에는 작고 동그란 눈물이 이슬처럼 맺혀 있었다.

"어머, 얘 눈물 맺힌 거 봐. 울 때 눈물도 나네?"

"그럼, 걔도 인간인데."

뒤따라온 세연이 피자를 우물우물 씹으며 말했다. 우리는 성준이를 다시 침대에 눕히고 식탁으로 돌아왔다.

"아, 맞다. 엄마가 성준이 주라고 나한테 아기 모자 하나 주고 갔는데. 오늘 갖고 온다는 걸 깜빡했네."

식탁 한쪽에 놓인 민준이의 모자를 보니 갑자기 성준이 모자 생각이 났다. 아침에 가지고 나오려고 신발장 위에 올려놓았는데 바쁘게 나오느라 그만 깜빡 잊었다.

"엄마 만났어?"

세연의 눈빛이 확 변했다.

"어? 어…… 저번주에."

"어디서?"

성준이를 낳은 뒤부터 세연은 엄마와 내가 따로 만났다는 얘기를 들으면 화부터 낸다. 자기는 아이 둘 보느라 허덕이고 있는데, 엄마와 언니가 만나서 여유롭게 놀았다는 사실을 용납하지 못하는 것이다.

"코엑스에서. 평일 낮에 잠깐 만나서 점심 먹었어."

"평일에? 엄마가 거기까지 갔어?"

치켜떴던 세연의 눈꼬리가 살짝 내려갔다. 엄마와 언니가 주말에 만나 논 것이 아니라는 사실을 알고 마음이 누그러진 것이다.

"응. 친구분들이랑 오후에 삼성동 아트홀에 뮤지컬 보러 가기로 하셨다고 해서. 마침 나도 코엑스에서 후보자랑 약속이 있었고. 그러니까 너무 흥분하지 마."

지난달, 엄마와 내가 토요일에 만나 같이 영화 보고 찜질방을 갔다 왔다는 사실을 알았을 때 세연은 눈물을 펑펑 흘리며 소리를 질렀다.

"어떻게 그럴 수가 있어! 내가 주말 내내 집에서 애들 둘 데리고 씨름하고 있다는 사실을 뻔히 알면서 어떻게 친엄마와 친언니라는 사람들이 그럴 수가 있어! 다시는 나한테 연락하지 마!" 그렇게 말하고 나를 자기 집에서 쫓아내더니, 일주일 만에 먼저 전화를 걸어와 토요일에 자기 치과 가야 한다며 성준이 좀 봐달라고 부탁했다.

"나도 부르지."

세연이 겸연쩍은 듯 조그맣게 말했다.

"아, 잘 먹었다."

피자 네 쪽을 눈 깜짝할 새에 먹어치운 제부가 꺽, 트림을 하며 자리에서 일어섰다. 맞은편에 있던 내게 역한 냄새가 고스란히 건너왔다.

"트림할 때 입 좀 막고 해. 언니 얼굴에 대고 그게 뭐야?"

세연이 제부를 발로 찼지만, 제부는 들은 척도 하지 않고 퍼즐 더미를 건너뛰어 현관방으로 들어갔다.

"널 어떻게 부르니? 분명 어디 가서 취재하느라 넋이 나가 있을 텐데."

세연은 업무 중에 전화를 받으면 '취재하느라 넋이 나가 있다'며 서둘러 끊곤 했다. 나는 식탁 밑에 떨어져 있는 백을 주워 올렸다. 맞은편 의자에 놓아두었는데 제부가 앉으면서 밑으로 차버린 것 같았다.

"그래도. 전화라도 한번 하지. 근데 언니 벌써 가려고? 피자 한 쪽 더 먹고 가."

"가야지. 벌써 9시 반이야. 주말에 보자. 근데 양평에는 일요일에 올 거니, 월요일에 올 거니?"

이번 주 주말부터 구정 연휴가 시작된다. 매년 설이면 세연은 시댁에 갔다가 엄마 집에 연휴 마지막 날 늦게 오거나 피곤하다고 아예 오지 않는다. 시댁인 경주에 갔다가 엄마, 아빠가 계신 양평까지 들러서 돌아오면 조금도 쉬지 못하고 다음 날 출근해야 하니 그럴 만도 하지만, 엄마는 그런 세연에게 은근히 서운한 눈치다.

"아, 이번 주가 명절이구나. 어쩌면 명절은 이렇게 금방금방 돌아올까. 엊그제 추석 지냈던 것 같은데."

세연이 한숨을 쉬었다.

"명절 때만 되면 확 이혼하고 영원히 해방되고 싶어. 차례니, 제사니…… 어휴, 지긋지긋해."

"기왕 가는 거 좋은 마음으로 가."

"좋은 마음? 나도 결혼하기 전에는 그렇게 생각했지. 1년에 대여섯 번 가는 건데 그냥 좋은 마음으로 갔다 오자. 근데 막상 닥쳐봐. 그렇게 되나. 저 인간은 자빠져서 텔레비전 보고 있지, 애들은 빽빽 울지, 그러든 말든 시댁 식구들은 자기들끼리 화투 치면서 내가 밥상 내오기만 기다리고 있지. 난 완전히 이 집 식모구나 싶어. 언니가 결혼을 안 해봤으니까 그렇게 말하지 막상 결혼해봐……."

"그래서, 양평에 언제 올 건데?"

나는 세연의 넋두리를 가로막았다. 명절 때면 반복되는 뻔한 레퍼토리를 더 이상 들어주고 싶지 않았다. 그게 싫으면 이혼하

63

면 될 것 아닌가. 왜 그렇게 살면서 구질구질하게 불평을 늘어놓는가.

"모르겠어. 상황 봐서 가야지. 언니는?"

"난 토요일부터 가 있으려고. 쉬기도 할 겸 일찍 가 있지 뭐."

엄마, 아빠는 2년 전부터 양평의 전원주택에서 살고 계신다. 원래 아빠의 은퇴 시기에 맞춰서 내려가려 했는데, 아빠에게 일이 생기는 바람에 몇 년 앞당겨 내려가게 되었다. 마당에 감나무, 사과나무를 심고 농사지으며 살고 싶다고 입버릇처럼 말하던 아빠의 바람이 이루어지긴 했지만, 그 시기가 타의에 의해 너무 빨리 왔다는 점 때문에 우리는 부모님의 양평행을 순수하게 기뻐하지 못하고 있다.

"역시 싱글이라 자유롭구나. 명절을 자기 의지대로 보낼 수 있고……."

"나 간다."

또 한바탕 넋두리가 이어질 것 같아 얼른 말을 끊었다.

"잠깐만."

세연이 현관으로 따라 나왔다.

"왜?"

"언니 내일 뭐 해?"

"내일? 글쎄. 일찍 끝나면 찜질방이나 갈까 하는데? 어제 윗집 애들이 밤새 뛰어서 잠을 못 잤어."

64

이렇게 말해놓고 아차, 싶었다. 세연이 저런 눈빛으로 특정한 날의 일정을 물어오면 그다음엔 어김없이 민준이나 성준이를 봐달라는 부탁이 따라왔다.

"그래? 혹시 내일 민준이 유치원에서 픽업 좀 해주면 안 될까? 옆집 아줌마가 내일 일이 있으시다고 해서…….."

처음에 내일 뭐 하느냐고 물었을 때 회사가 늦게 끝난다거나 약속이 있다고 해야 했다. 세연에게 내가 피곤해서 쉬고 싶다거나 찜질방에 가고 싶다는 것은 시간이 남아돌아서 자기 애들을 봐줄 여력이 충분하다는 의미였다.

"민준이 아빠는 뭐 하고? 오늘도 하루 종일 집에 있었던 것 같던데?"

나는 현관방에 들리도록 일부러 큰 소리로 말했다.

"오빠는 공부해야 하잖아."

"공부? 아까 보니까 컴퓨터 게임 하고 있던데?"

세연은 나를 빤히 쳐다보다가 한숨을 내쉬었다.

"됐어. 친이모가 돼서 그거 한번 해주는 게 그렇게 어려워? 내가 알아서 할 테니까 그만 가."

세연은 평소에는 나를 가족의 테두리 밖에 두었다가 자기 필요할 때만 '애들 친이모'라는 이름으로 가족에 포함시킨다.

나는 현관문을 열고 나가려다 다시 돌아섰다. 얄밉긴 해도 눈앞에 빤히 보이는 동생의 딱한 처지를 차마 외면할 수 없었다.

"내가 내일 민준이 픽업해서 데리고 있을 테니까 퇴근하면 우리 집으로 찾으러 와. 유치원엔 이모가 5시 좀 넘어서 데리러 갈 거라고 미리 전화해놓고."

민준이를 몇 번 봐주면서 터득한 지혜가 하나 있다면, 그것은 절대로 세연이네 집에서 민준이를 봐주면 안 된다는 것이다. 처음에 민준이를 봐주러 세연이네 집에 갔다가 집에서 놀고 있던 제부가 자기 밥 챙겨주기를 은근히 기대하는 것을 보고 학을 뗀 적이 몇 번 있었다. 그 이후로, 세연이 민준이를 봐달라고 하면 단호하게 우리 집으로 데리고 가겠다고 한다.

"고마워, 언니."

세연이 풀 죽은 목소리로 말했다. 성질대로라면 됐다, 내가 알아서 하겠다고 끝까지 거절했을 텐데 대안이 없으니 어쩔 수 없이 저자세를 보이는 것이다. 나는 그런 세연이 안쓰러웠다. 자존심 세고 불같은 성격인 세연이 저렇게 풀 죽은 모습을 보이다니. 자식 가진 죄인이란 말이 정말 맞긴 맞다.

집에 돌아와 거실의 불을 켜는데, 거실 등 밑으로 드러난 내 집이 너무나 아늑하고 깔끔해 보였다. 전쟁터에서 돌아온 느낌이라고 해야 할까. 총성과 비명이 난무하는 전쟁터에 있는 세연은 언니에게도 한 번뿐인 소중한 인생과 사생활이 따로 있다는 생각을 하지 못한 채 필사적으로 언니의 손을 잡으려 한다. 전쟁이 끝나면 뒤도 돌아보지 않고 자기 나라로 가버릴 거면서. 남편도, 자식도, 애인도 없는 나는 잠깐의 쓸모 때문에 임시로 고용된 단기 용병. 이 어리숙한 용병은 애국심에 들끓는 다른 나라 병사들의 절절한 손길을 뿌리치지 못하고 그만 내일의 휴식을 반납하고 말았다. 참으로 통탄할 일이다.

5

미스 커뮤니케이션

애인과 점심 약속이 잡혀 있는 날은 웬만한 일에는 기분이 상하지 않는다. 화요일, 태환과의 점심 약속 장소로 향하는 길. 사무실을 나오기 직전에 최 팀장이 갑자기 후보자에게 탈락 통보 메일을 보내라고 해서 살짝 불쾌해질 뻔했지만, 그 정도는 거뜬히 넘겼다. 5분 만에 이메일을 작성해서 전송 버튼을 누른 뒤, 새로 산 하이힐을 신고 또각또각 발소리를 내며 사무실을 빠져나왔다.

사실 태환이 내 '애인'인 것은 아니다. 태환과 나는 뭐랄까, 연인으로 가는 길목의 초입에서 서성거리는 남녀라고 해야 할까. 아무튼 우리는 결혼하지 않은 싱글 남녀이고 서로에게 호감을 갖고 있으며 '단둘이' 여덟 번이나 되는 만남을 가졌다. 물론 서로를 연인이라고 호칭하거나 신체 접촉이 있거나 한쪽에서 노골적인 애정 표현을 한 적은 없지만, 그래도 마음 저 깊은 곳에서 우리는 서로가 향후 연인이 될 것임을 알고 있다. 음, 정말 그런가? 막상 그렇게 묻고 보니 확신이 서지 않는다. 그럼 이렇게 말하기로 하자. '적어도 내 쪽에서는' 그렇게 생각하고 있다고.

저기, 드디어 약속 장소가 있는 프라이어 빌딩이 보인다. 붉은 벽돌로 지어진 견고한 빌딩 옆으로 1층과 지하를 잇는 물 계단이 시원하게 떨어져 내린다. 나는 건물 앞에 나란히 서 있는 모자이크 원기둥 조형물을 지나쳐 간다. 이렇게 멋진 건물에서의 데이트라면 삼성역에서 강남역까지 지하철을 타고 와서 상당 시간 걸어야 하는 고생을 감수할 가치가 있다.

오늘 아침, 태환이 전화로 자기 회사 건물 지하에 있는 스파게티집에서 점심을 먹자고 했을 때 사실은 살짝 기분이 상했다. 그동안 태환과 만날 때마다 늘 내가 그의 회사가 있는 강남역으로 갔다. 태환은 회사에 틀어박혀 일하는 사람이고 나는 외근이 잦은 편이니까 내가 시간 내기가 수월하겠다 싶어 선선히 가주곤 했다. 하지만 오늘 아침, 불현듯 그가 우리 회사 근처로 온 적이 한 번도 없다는 사실을 깨달았다. 그래서 삼성동으로 오라는 뜻을 넌지시 비추어보았지만 태환의 반응은 싸늘했다. "이쪽으로 못 오시겠다면 그냥 다음에 만나는 게 좋을 것 같아요." 여느 때처럼 예의 바르고 침착한 말투였다. 결국 내가 강남역으로 가는 것으로 하고 전화를 끊었다. 막상 출발하긴 했지만 지하철을 타고 가는 길 내내 크게 손해 보는 것 같아 마음이 찜찜했다. 그런데 여기 와서 이 멋진 건물을 보니 그런 마음이 싹 가신다.

오길 잘했어! 시간이 자유로운 사람이 오는 게 낫지!

건물로 들어서서 엘리베이터를 향해 걸어갔다. 깔끔하게 차려입은 선남선녀들이 바쁜 걸음으로 지나쳐 갔다. 좋은 건물 안에 있으니 지나다니는 사람들도 굉장히 근사해 보였다. 나는 엘리베이터를 기다리면서 사람들을 구경했다. 그러다가 이쪽을 향해 달려오는 남자 하나와 눈이 마주쳤다. 내 입이 떡 벌어졌다.

"어머, 오 대리님!"

"아, 김 차장님! 어디…… 가시는 길이세요?"

남자의 얼굴에 살짝 당황하는 기색이 어렸다.

"여기 지하에서 점심 약속이 있어서요. 근데 오 대리님은 여기 웬일이세요?"

오 대리가 다니는 A사는 강남역 목화예식장 뒤편에 있다. 같은 강남역이라도 이쪽과는 상당한 거리다.

"아…… 저 여기 다니잖아요. O사."

"네?"

나는 고개를 갸우뚱했다. 이 사람, 2주 전까지만 해도 A사에 다녔는데? 어떻게 된 거지? 가만, 이 사람 2주 전에 내가 O사에 면접 보냈었잖아? 그렇다면…….

"O사라니요? 그때 그 회사 안 되셨다고 제가 메일 보내드렸지 않나요?"

당시 O사는 A사에 재직 중인 오 대리를 자기 회사로 빼 와달라고 노골적으로 부탁해왔다. 그것도 지금 당장 자기네 회사 인사팀장과 인터뷰를 볼 수 있게 해달라는 것이었다. 말도 안 되는 일이었지만 O사 인사팀장이 하도 성화를 해대서 회의 중이었던 오 대리를 억지로 빼내 당일 인터뷰를 성사시켜 주었다. 같은 인터넷 검색업체이지만 A사는 조금씩 입지가 약화되고 있었고, O사는 무서운 기세로 뜨고 있었다. 오 대리는 '큰아버지가 위독하시다'는 말도 안 되는 핑계를 대고 회의실을 빠져나왔다. 그렇게 난리를 쳤건만 인터뷰 후 O사는 '훌륭한 인재이지만 우리 회사와는 케미컬(chemical: 화학적인. 주로 기업이나 헤드헌터들이 탈락한 후보자들을 납득시킬 만한 이유가 없을 때 둘러대는 말로서 '성격이 맞지 않는다'는 의미다)이 맞지 않는다'며 오 대리의 영입을 없던 일로 만들어버렸다. 면접에 가기만 하면 O사에 입사하게 될 것처럼 해서 불러냈던 오 대리에게 면접에서 떨어졌다는 메일을 쓰면서 내가 얼마나 진땀을 흘렸던가. 직접 통화하는 것도 아니고 메일을 쓰는 것뿐인데도 오 대리에게 미안해서 손끝이 덜덜 떨렸다. 그런데 지금, 오 대리가 O사에 다니고 있다니! 그러고 보니 오 대리의 목에 O사 로고가 새겨진 파란 ID 카드 목걸이가 걸려 있다.

"근데 그게 어떻게 인연이 닿아서…… 결국 여기 오게 됐어요."

이럴 수가! 이건 있을 수 없는 일이다. 서치펌에 구인 의뢰를 해서 후보자를 만난 뒤 서치펌을 통하지 않고 직접 연락을 해서 그 후보자를 채용하는 것은 이 바닥에서 상상할 수 있는 가장 저열한 짓이다. O사 정도 되는 회사가 그런 짓을?

나는 가려는 오 대리를 붙잡고 꼬치꼬치 캐물어 일의 전말을 알아냈다.

오 대리는 O사 면접에서 떨어졌다는 내 메일을 받고 황당하고 화가 났지만 꾹 참았다. 인연이 아닌가 보다 생각하며 자신을 다독였다. 그런데 일주일 후에 O사에서 직접 연락을 받았다. 알고 보니 오 대리를 영입하려는 실무 부서의 팀장과 인사팀장 사이에 '미스 커뮤니케이션'이 있어서 오 대리에게 탈락 연락이 갔던 것. 미스 커뮤니케이션은 단시일 내에 바로잡혔고, 오 대리는 결국 O사에 합류하게 되었다.

"어머, 결국 그렇게 될 거였구나. 잘됐네요. 비전 면에서 A사보다는 O사가 훨씬 낫죠. 축하드려요, 오 대리님. 또 뵈어요."

이 말을 끝으로 오 대리를 보내주었다. 물론 생글생글 웃는 얼굴로.

태환과 만나면서도 오 대리에 대한 생각은 머릿속을 떠나지 않았다.

"토마토 브루스케타에 포모도로, 포모도로 만드실 때 치즈는

빼주시고요, 캐모마일차 두 잔, 스파게티는 뭐로 할 거예요, 미연 님?"

태환이 이렇게 물어올 때까지 나는 줄곧 오 대리에 대한 생각에 빠져 있었다.

"아, 저는 씨푸드 스파게티로……."

"네? 씨푸드요?"

태환이 눈을 깜빡이며 나를 쳐다보았다. 주문을 받으러 온 남자는 둥근 쟁반을 옆구리에 낀 채 차렷 자세로 우리의 대화가 끝나길 기다리고 있었다.

"아, 아니요 아니요. 전 카르보나라로 주세요."

"카르보나라요? 여기 카르보나라 만드실 때 계란 빼고 해주실 수 있어요?"

태환이 이렇게 문자 주문을 받아 적던 남자가 당혹스러운 표정을 지었다.

"계란……이요? 잘 모르겠는데, 저기, 주방장님께 여쭤봐드릴 까요?"

태환은 철저한 채식주의자다. 둘이 따로 만났던 첫날, 태환은 내게 고기를 즐겨 먹는지부터 물었다. 사람들이 다 먹으니까 고기를 먹긴 먹지만 채식이 좋다고 생각한다, 기회 되면 채식을 해볼 요량이다, 라는 것이 내 대답이었다. 실은 고기를 몹시 좋아했지만 채식주의자인 태환에게 혐오감을 주고 싶지 않아서 듣기 좋게 얼버무렸다. 어쩐지 미연 님에겐 그런 마인드가 있을 것 같았어요, 제가 좀 도와드려야겠네요, 채식하는 거 생각보다 쉽습니다, 라고 그는 응수했다. 그날부터, 태환과 만날 때마다 나는 채식주의자로 돌변했다. 뭔가를 먹으러 갈 때마다 알아서 고기가 들어가지 않는 메뉴를 주문했다. 그런 내 모습을 보면서 태환은 내가 완전히 채식을 하고 있다고 생각했다. 그런데 갑자기 조개, 새우, 오징어가 들어간 씨푸드 스파게티라니. 이게 무슨 망발이란 말인가. 그러고 나서는 카르보나라라니. 카르보나라에는 닭이 낳은 알, 즉 육류가 들어간다. 태환이 나를 뭘로 생각할까. 혹시 내가 채식에 관심이 없다는 걸 눈치채지 않았을까. 아아, 애초에 나는 왜 채식에 관심 있는 척했던 것일까.

"아니요, 그러실 것까지 없고요. 아마트리치아나에 베이컨 빼고 주세요."

나는 얼른 사태를 수습했다. 베이컨을 뺀 아마트리치아나는 태환과 이탈리안 레스토랑에 갈 때마다 내가 주문하는 단골 메뉴였다.

식사하는 내내 내 눈길은 태환의 손가락에 머물렀다. 손가락은 태환의 신체 가운데 가장 매력 있는 부분이었다.

"뭘 그렇게 쳐다봐요?"

태환이 길고 가는 손가락으로 천천히 머리를 쓸어 넘겼다. 살짝 긴 갈색 머리가 풀럭이며 넘어가다가 하늘색 와이셔츠 깃에 가지런히 내려섰다.

"혹시 기타 칠 줄 아세요?"

저 손으로 기타 줄을 튕긴다면 참으로 고혹적이리라. 저 손으로 빠르게 키보드를 친다면 참으로 지적이리라. 저 손으로 내 얼굴을 쓰다듬는다면…….

"기타요? 좀 치죠."

태환이 피식 웃었다. 태환에게는 코로 숨을 내쉬며 웃는 습관이 있다. 자기의 멋쩍음을 무마하기 위해 그렇게 웃는 것 같기도 하고, 상대방의 말이 너무 어이없어서 비웃는 것 같기도 한, 특이한 버릇이다.

태환을 처음 만난 것은 작년 가을, 외국계 회사원 동호회를 통해서였다. 유명한 동호회 몇 군데에서 활동하면 네트워크를 넓힐 수 있을 거라는 최 팀장의 말을 듣고 쓴 약을 삼키듯 억지로 참가한 모임이었다. 스탠딩 파티여서 와인 잔을 들고 돌아다니면서 회원들과 명함을 교환했는데, 내가 서치펌에서 일한다는 것을 밝히면 사람들은 곧바로 경계심을 보였다. 특히 인사부에 있는 사람들은 노골적으로 꺼리는 기색을 보였다. 알고 보니 참가자의 반 이상이 보험사 혹은 서치펌 직원이었다. 그런 모임에서 웃으며 내 명함을 뿌리고 다니는 것은 상당한 수치심을 동반하는 고역이었다. 태환은, 그날 내 명함을 받은 사람들 중에서 자신의 향후 진로를 진지하게 물어온 유일한 인물이었다.

태환은 그날 참가했던 50여 명 가운데 가장 돋보였다. 일단 눈에 띄게 키가 컸고, 길고 가는 얼굴에 날렵하고 높은 콧대, 살짝 긴 듯한 머리가 순정 만화에 나오는 남자 주인공을 연상케 했다. 프로필도 착했다. 국내 제일의 사립대학이라 불리는 Y대를 졸업한 뒤 미국계 유명 핸드폰 제조업체인 H사에 다니고 있었다. 그런 태환과 장시간 이야기를 나누자 내 주가가 상승했는지, 아니면 내가 자신감이 생겨 괜히 그렇게 생각했는지는 모르겠지만 아무튼 그 후부터 사람들은 내게 호의를 보이며 먼저 접근해왔다.

모임이 끝난 후 먼저 연락을 한 것은 나였다. 마침 유럽계 핸드폰 제조업체인 I사에서 핸드폰 개발 쪽 차장급 인재를 구하고 있었다. 사실 태환이 그 자리에 딱 들어맞는 인재는 아니었지만, 그가 유럽 쪽 회사에 관심을 보였던 것이 생각나서 전화를 걸었다. 태환은 포지션에 대한 설명을 듣자마자 회사에는 관심이 가지만 자기가 하는 일과는 미묘하게 차이가 있다면서 지원하지 않겠다고 딱 잘라 말했다. 헤드헌터의 전화에 승진이나 연봉 상승에 대한 막연한 기대감으로 일단 긍정적인 반응을 보이는 대부분의 사람들과는 확연히 다른 태도였다. 혹시 내가 사심이 있어서 그 자리를 빌미로 전화했다고 생각하는 것은 아닐까, 염려가 될 정도로 냉정한 목소리였다.

그 전화 이후로 핸드폰 업계에 대해 자문을 구한다는 명목으로 두어 번 더 전화를 걸었고, 자문을 해주어 감사하다는 명목으로 저녁을 대접하면서 그와의 만남을 시작했다.

"미연 님은요?"

그가 반문했다.

둘이 따로 여덟 번을 만났고 전화 통화도 상당히 했는데, 우리는 아직도 서로를 '님'이라고 칭하고 있다. 태환이 나보다 한 살 많으니 적당히 말을 놓고 오빠라고 부르려고 호시탐탐 노리고 있지만, 기회가 좀처럼 와주지 않는다.

"저요? 저 뭐요?"

우리가 무슨 얘기를 나누고 있었지? 갑자기 생각이 나지 않았다. 요즘 들어 이런 일이 흔하다. 바로 전에 했던 생각이나 대화가 기억나지 않는 것이다. 냉장고 문을 열었다가 '어, 내가 냉장고 문을 왜 열었지?' 하고 멍하니 서 있기도 하고, 회사에서 이메일을 쓰려고 아웃룩을 띄웠다가 누가 옆에서 말을 시키는 바람에 누구에게 메일을 쓰려고 했는지 기억해내지 못하기도 한다. 서른일곱. 이만큼 나이를 먹으면 다 이렇게 되는 걸까. 며칠 전에는 가르마 주변으로 흰머리 두 가닥이 속속 솟아 있는 걸 발견했다. 아직 결혼도 안 하고 애도 안 낳았는데 나이에 따른 노화는 기다리는 법 없이 착착 진행된다.

"기타요."

그가 되짚어준 뒤 나를 빤히 쳐다보았다. 그는 늘 이런 식이다. 내가 뭘 물어보면 '예, 아니오'로 짧게 대답한 뒤 바로 질문을 되

돌려준다. 길게 말하는 건 자기가 먼저 말을 꺼낸 경우뿐이다. 매번 당할 때마다 똑같이 해줘야겠다고 다짐하지만, 막상 그가 뭔가를 물어오면 깜빡 잊고 내 얘기를 장황하게 늘어놓게 된다. 하지만 이번에는 절대 당하지 않을 것이다.

"전 못 치죠. 근데 만날 때마다 느끼는 건데, 태환 님은 못하시는 게 없는 것 같아요. 저번에 말씀하시는 거 들으니까 외발자전거도 잘 타시고, 본업인 핸드폰 설계도 잘하시고, 영어도 잘하시고, 기타까지 좀 치신다고 하고. 아 참, 요즘엔 무슨 요가 서적인가 뭐 그런 거 번역도 하신다고 했던 것 같은데 그건 잘되고 있나요?"

태환은 내 말에 바로 대답하지 않고 입에 들어 있는 음식을 천천히 씹어 삼켰다. 등을 곧게 펴고 앉아 입을 꼭 다물고 천천히 음식을 씹는 아름다운 남자의 모습. 그는 결코 입을 벌려 음식 씹는 소리를 내거나 입 안의 음식물을 보이는 법이 없다. 그래서 그와 함께 식사를 할 때면 나도 긴장하게 된다. 혹시나 쩝쩝 소리를 내거나 입 안의 음식물을 튀기게 될까 봐. 입 안에 있는 음식을 모두 삼키고 물을 한 모금 마신 뒤, 그가 또박또박 말했다.

"요가 서적이 아니고 명상 서적이에요. 번역이 아니라 번역 작업에 앞서 리뷰를 하고 있는 거고요."

나는 조심스레 그의 표정을 살폈다. 내가 제대로 기억하지 못해서 혹시 짜증이 난 건 아닐까? 다행히 그런 것 같지는 않다. 그는 잘못된 정보를 바로잡아주고 있을 뿐이다.

"책이 굉장히 좋아요. 명상 쪽의 대부라고 할 수 있는 요시 하타미쉬의 정수가 들어 있거든요. 우리나라에는 아직 명상에 관한 정보가 많이 들어와 있지 않아서 잘 모르시겠지만, 선진국에는 하타미쉬의 작품이 전부 다 번역되어 있어요. 리뷰를 거의 마쳤는데 어쩌면 번역까지 맡게 될지도 몰라요."

그러고 보니 2주 전에 만났을 때도 이런 비슷한 얘기를 했던 것 같다.

"근데 회사 다니면서 번역하는 게 가능해요? 태환 님 하시는 일이 야근도 많고 그리 만만한 일이 아닐 텐데요."

태환은 핸드폰을 설계한다. 한번 프로젝트가 잡히면 회사 앞에 숙소를 잡고 며칠 밤을 새워야 할 정도로 강도가 센 일이다.

"실은 요즘 회사를 그만둘까…… 생각 중이에요. 이 일이 나한테 맞는 길인가, 회의하고 있거든요."

"네?"

나는 입을 딱 벌렸다.

"회사를 그만둔다고요?"

"네."

"다른 회사로 가시려고요?"

내가 헤드헌터인데, 나와 상의 한번 하지 않고?

"아니요. 회사 그만두면 이 일에서 손 뗄 거예요."

79

혹시 다른 헤드헌터를 통해서 이직 절차를 밟고 있는 걸까?

"그럼 무슨 일을 하시려고요?"

나는 포크를 내려놓았다. 조심조심 음식을 먹으면서 대화를 이어가기에는 내용이 너무 충격적이었다. 태환은 얇게 썰린 토마토를 포크로 찍어 꼼꼼히 씹어 넘긴 뒤 다시 입을 열었다.

"당분간 명상도 하고 여행도 좀 다니려고요. 하타미쉬를 만나러 가볼 생각도 있어요."

태환의 눈빛이 반짝였다.

이 남자, 진심이다. 정말로 일을 그만둘 생각을 하고 있다.

"아무리 경력이 좋아도 일단 일을 손에서 놓으면…… 다시 돌아오기 힘든 건 아시죠?"

나는 조심스럽게 말했다. 일하지 않은 기간이 두세 달을 넘어가면 전에 다니던 회사와 같은 레벨의 회사로 들어가기가 힘들어진다. 전보다 레벨이 낮은 회사로 들어가거나, 아예 회사에 들어가지 못할 수도 있다. 사람들이 쉬쉬하면서 이직 절차를 밟다가 지원한 회사에서 최종 합격 통보를 받은 다음에야 다니던 회사에 사표를 내는 것은 이런 이유 때문이다.

"이번에 나오면 회사 같은 데 다시 다니게 될 것 같지 않아요."

그동안 이 남자가 보통 사람들과 좀 다르다는 생각을 하지 않았던 것은 아니다. 고기나 술을 입에 대지 않고 명상을 즐기며 자기보다 나이가 어린 여자에게 깍듯이 존댓말을 쓰면서 전혀 스킨

십을 시도하지 않는 남자는 세상에 흔치 않다. 태환을 이루는 키워드는 자기 절제와 지적 향상 욕구, 이 둘로 집약될 수 있을 것이다. 그런데 그 정도가 너무 지나쳐서인지 그와 함께 있으면 뭔가가 가슴에 얹혀 있는 것처럼 숨이 막힌다. 혹시 교양 없다고 비난받을까 봐 말할 때도 늘 조심하게 된다. 선뜻 말 놓자는 얘기를 꺼내지 못했던 것도 아마 그런 분위기 때문이었을 것이다.

그는 더 이상 말을 하지 않고 묵묵히 음식을 먹었다. 음식에 들어간 채소와 소스를 음미하는 듯 신중하게 입을 오물거리며 성실하게 접시를 비워나갔다. 그 분위기에 압도되어, 나도 소리 내지 않으려 조심하면서 부지런히 접시를 비워나갔다. 머릿속엔 다시 오 대리가 들어앉았다.

결국 태환이 화장실에 간 틈을 타 최 팀장에게 전화를 걸었다.

"팀장님. 저 강남역 프라이어 빌딩에 와 있는데요. 제가 여기서 누구 만났는지 아세요?"

최 팀장이 전화를 받자마자 얼른 이렇게 말했다. 태환이 돌아오기 전에 통화를 끝내고 싶었다.

"누구 만났는데?"

식사 도중이었는지 최 팀장은 우물우물 음식 씹는 소리를 냈다.

"오현준 대리요."

"오현준? 그게 누구지? ……아, A사 다니는 애! 근데 걔 왜?"

"아이, 팀장님. 생각 좀 해보세요. 프라이어 빌딩에 어떤 회사가 있나."

"프라이어 빌딩? 거기 무슨 회사가 있지?"

"아이, 참. 여기에 O사 있잖아요, O사! 제가 점심 약속이 있어서 이 건물 엘리베이터 앞에 서 있는데 글쎄 오현준이 뛰어오지 않겠어요? 목에는 O사 ID 카드를 달랑거리면서요."

최 팀장은 언뜻 이해가 가지 않는지 한동안 가만히 있다가 갑자기 소리를 질렀다.

"어머 어머 어머 어머, 웬일이야 웬일이야!"

나는 핸드폰을 귀에서 멀리 떨어뜨렸다.

"그럼 걔 O사에 간 거야? 우리 몰래?"

"뭐, 오현준이 몰래 갔겠어요? O사에서 몰래 데려갔겠지. 오현준은 O사랑 서치펌 사이에 수수료가 걸려 있다는 건 생각 못 하는 눈치였어요. 제가 티 안 나게 잘 구슬려 전말을 알아냈으니까 팀장님은 세금 계산서나 써놓고 기다리세요. 갖고 쳐들어가게."

"김 차장, 잠깐. 끊지 말아봐."

"어, 저 전화 들어왔어요. 나중에 회사 들어가서 얘기해요, 팀장님."

서둘러 전화를 끊었다. 태환이 테이블 근처로 오고 있었다.

"무슨 전환데 그렇게 서둘러 끊어요?"

태환이 앉자마자 서빙하는 남자가 캐모마일차를 내왔다.

"아니에요, 일 때문에요."

O사가 서치펌 수수료를 떼먹으려고 일부러 우리를 속였을까. 설마, 아닐 것이다. O사는 그렇게 속여먹자고 작당할 시간도 없을 정도로 바쁘게 돌아가는 조직이다. 정말로 인사 담당자와 실무 부서 사이에 의사소통이 잘 안돼서 그랬을 가능성이 높다. 그렇다 해도, 우리에게 한마디 상의도 없이 직접 오현준을 데려간 것은 큰 결례다. 요 몇 년 새에 서치펌이 지나치게 많아져서 기업들이 서치펌을 언제든 갈아치울 수 있는 만만한 존재로 보는 경향이 짙어졌지만, 이 정도로 막 나가는 기업은 없었다. 업계 인재들이 모두 한창 뜨고 있는 자기네 회사로 오고 싶어 한다는 사실을 알고 있는 O사가 만용을 부리고 있는 것이다. 오현준의 면접을 진행하는 과정도 얼마나 무례했던가. 월요일 아침 시간에 다짜고짜 전화를 걸어 당장 후보자를 만나게 해달라니. 그것도 재직 중인 회사의 사장 회의에 투입되어 있는 후보자를.

"무슨 일인데요?"

"별일 아니에요. 고객사 인사부랑 실무 팀 사이에 미스 커뮤니케이션이 있었어요."

이렇게만 말했다. 다니던 회사를 그만두고 명상하러 가겠다는 사람에게 수수료 받을 건이 생겼다고 좋아서 팀장에게 전화를 걸었다는 이야기를 늘어놓고 싶지는 않았다.

"미스 커뮤니케이션이요?"

태환의 눈에 웃음이 서렸다. 나는 살짝 불안해졌다. 저런 웃음 뒤엔 늘 내 말에 대한 트집이 따라붙곤 했다.

"원래 헤드헌터들이 다 그래요? 미연 님 만나면서 느낀 건데, 영어 섞어 쓰는 걸 참 좋아하시는 것 같아요. 미스 커뮤니케이션 이란 말도 그래요. 그냥 '의사소통이 잘 안됐다'고 하는 편이 더 일반적이지 않나요?"

지난달 한창 번역 일에 관심을 보이던 태환은 급기야 '우리말 사랑 동호회'에 가입했다. 번역을 잘하려면 우리말부터 잘 써야 한다나. 그러더니 요즘 들어 부쩍 말할 때 영어를 섞어 쓰는 사람 에 대한 비난이 잦아졌다.

"태환 님도 외국계 회사 다니니까 잘 아시겠지만 원래 외국계 쪽이 좀 그렇잖아요. 근데 외국계 회사보다 더 심한 데가 서치펌 이에요. 저도 원래 그런 거 별로 안 좋아했는데, 주위 사람들이 다 그렇게 말하니까 결국 그렇게 되더라고요. 어쩔 수 없어요. 용 어 자체가 그런걸."

처음 서치펌에 입사해서 오가는 용어들을 들었을 때, 나도 태 환과 똑같은 느낌을 받았다. 일이 성사됐다고 하면 될 걸 꼭 '석세 스 났어'라고 하고, 일이 들어왔다고 하면 될 걸 꼭 '오더 들어왔 어'라고 했다. 어플라이하시려면 잡 애플리케이션을 잘 읽어보세 요, 그 회사하고는 케미컬이 잘 안 맞으실 것 같아요, 파일을 킵하 고 있다가 나한테 센딩해줘, 와 같은 문장들이 아무렇지도 않게 오갔다. 더러 문법상 맞지 않는 말이 들어가는 경우도 있었고, 아예 영어로 말하라면 그렇게 하지도 못할 사람들이 폼 잰다 싶어 우스운 마음이 들기도 했지만, 언젠가부터 나도 그렇게 되고 말았다. 자주 듣는 말은 결국 자주 쓰게 되는 법이다.

"그렇지만 의식적으로라도 그렇게 안 하려고 하면 가능하지 않은 건 아니잖아요."

그가 일침을 놓았다. 또 시작이다. 그는 훈계하고, 나는 반성하고.

하지만 그의 말이 아주 틀린 것도 아니라 결국 나는 그의 말을 받아들였다.

"그러게요. 안 그러려고 하는데 저도 모르게 자꾸 그렇게 되네요. 조심해야죠."

이렇게 말하는데 살짝 기분이 상했다. 김미연, 너 너무 비굴한 거 아니야.

나는 아직 식지 않은 캐모마일차를 소리 나지 않게 한 모금 마시고 백을 챙겨 들었다.

"그만 일어날까요? 저 사무실에 빨리 들어가봐야 할 것 같아요. '의사 소통' 잘 안된 건 때문에 팀장님이랑 회의 좀 해봐야 할 것 같아서요."

태환이 놀랍다는 듯 나를 쳐다보았다. 그동안 태환과 만나면서 내가 먼저 일어서자는 말을 한 것은 이번이 처음이었다.

85

태환이 계산을 하는 동안 나는 레스토랑 밖으로 나와 엘리베이터 주변을 서성거렸다. 보통 식사를 하고 나면 태환과 내가 각자 카드로 먹은 금액의 반씩 계산했지만, 이번에는 그냥 태환이 혼자 계산하도록 내버려두었다. 여기까지 오느라 든 시간과 교통비가 얼만데, 하는 마음이었다.

"잘 먹었어요. 전 이 앞에서 택시 타고 갈게요."

태환이 밖으로 나오자마자 나는 이렇게 말하고 엘리베이터 버튼을 눌렀다. 태환은 고개를 까딱해 보인 뒤 계단 쪽으로 걸어갔다.

혹시 태환이 기분 상하지 않았을까, 택시를 타고 가는데 잠깐 그런 생각이 들었다. 같이 엘리베이터를 탈 수 있었는데 태환이 굳이 계단으로 갔다는 점도 마음에 걸렸다. 하지만 그 생각은 그리 오래가지 않았다. 오현준 건이 어떻게 될지 상상의 나래를 펼치느라 바빴기 때문이다.

결국 O사에서 수수료를 내놓게 되겠지. 서치펌에 의뢰해놓고 뒤에서 몰래 후보자를 직접 컨택해서 데려가다니. 이건 상도의 기본을 어긴 것이다. 명분도 완전히 우리 쪽에 있고, O사에서 아무리 서치펌을 우습게 안다고 해도 상대는 최 팀장이다. 최 팀장이 정식으로 컴플레인을 걸겠다며 세게 나가면 O사도 결국엔 꼬리를 내릴 것이다. 이 건의 진행은 오더 테이킹(order taking: 일 받기)에서부터 후보자 컨택까지 모두 내가 했다. 최 팀장이 한 일은 최초의 오더 전화를 받아 내게 넘겨준 것이 전부다. 물론 나는 최 팀장의 전속 리서처니까 이 건이 성사된다고 해서 별도로 회사에서 수수료를 받지는 않을 것이다. 하지만 요즘 들어 최 팀장은 내가 주도적으로 진행한 일이 성사됐을 때, 내게 자기 몫에서 일정 부분을 떼어주곤 했다. 음, 그럼 어디 한번 계산해볼까. 오현준의 연봉이 6천이니까 최 팀장이 자기 몫에서 10퍼센트만 떼어준다 쳐도 150만 원, 20퍼센트면 300만 원이 떨어질 것이다. 이게 웬 공돈인가! 공돈이 생기는 일을 그냥 지나쳐 갈 수는 없지!

더 중요한 것은 오현준 건까지 합치면 이번 달의 내 석세스가 열 건이 된다는 사실이다. 아직 리서처에 불과한 내가 한 달에 석세스를 열 건이나 하다니. 다음 달 우리 회사 사보에 내 인터뷰 기사가 나가게 될지도 모른다. '최단 기간, 최다 석세스를 기록한 김미연 리서처에게 그 비결을 들어본다.' 나는 창밖을 내다보았다. 평일 점심시간인데도 차가 막히지 않아 우뚝 솟은 빌딩들이 시원스럽게 지나갔다. 오늘, 태환과의 만남이 그리 성공적이지는 않았지만 그래도 여기 오길 잘했다. 오지 않았다면 오현준을 만나지 못했을 것 아닌가. 저녁땐 흐물이나 불러내서 오늘의 횡재에 대해 실컷 떠들어야겠다.

6

퍼즐의 완성

지각이다! 눈을 떴더니 방 안이 환했다. 침대 머리맡에 놓아둔 핸드폰을 보았더니 8시 반. 서둘러 준비하고 나가면 9시에 시작하는 아침 회의에 빠듯하게 닿을 수 있는 시간이었다. 그런데도 나는 침대에서 몸을 빼지 못했다. 햇살이 참 좋다는 생각이 들었다. 햇빛이 방 안 구석구석을 비추는 모습을 보고 있으려니 밖에 나가는 게 너무 끔찍한 일처럼 여겨졌다. 내가 결혼해서 집안일만 하고 있었다면, 지금쯤 베란다에 앉아 향기로운 커피 잔을 앞에 놓고 있었을까⋯⋯. 게으름을 피우고 싶을 때는 결혼에 대한 환상이 어김없이 밀려온다.

8시 45분. 서둘러 세수와 화장을 마치고 엘리베이터 앞에 당도

했다. 엘리베이터 두 대는 이미 우리 층을 통과해서 1층으로 내려가고 있고, 나머지 한 대는 30층을 통과해서 내려오고 있다. 삼성동까지는 버스로 네 정거장이니 잘하면 9시까지 사무실에 도착할 수 있을 것이다.

그런데 엘리베이터가 28층에서 멈추더니 깜빡거리기만 하고 내려오지 않았다. 12평 단일 평형으로 구성된 우리 동은 출근 시간대에 엘리베이터가 몹시 붐빈다. 혼자 사는 직장인이나 맞벌이하는 신혼부부가 많이 살아서 그럴 것이다. 엘리베이터가 세 대인데도 어떤 땐 엘리베이터로 1층까지 내려가는 데만 15분이 넘게 걸린다. 드디어 움직이는가 싶었던 엘리베이터가 다시 23층에서 섰다. 벌써 3분이 지났다. 22층, 21층, 20층. 엘리베이터가 다시 18층에 멈추어 섰다. 나는 엘리베이터 앞으로 다가섰다. 엘리베이터가 다시 내려왔다. 17층. 땡, 소리와 함께 문이 열렸다. 엘리베이터 안에는 감색 정장을 입은 여자와 검은색 양복을 입은 남자가 타고 있었다. 나는 안으로 들어서면서 코를 움켜쥐었다. 남자의 손에 들린 검은색 비닐봉지 밖으로 길쭉한 김치 쪼가리가 얼굴을 내밀고 있었다. 금방이라도 터질 듯 꽉 찬 음식물 쓰레기 봉지. 뭐야, 출근길에 냄새나게. 나는 인상을 쓰면서 남자의 얼굴을 쳐다보았다. 남자와 내 시선이 허공에서 마주쳤다. 아. 남자와 내 입이 동시에 벌어졌다.

"여기…… 살아?"

내가 이렇게 말하는 순간 땡, 소리가 나면서 엘리베이터 문이 열렸다. 1층이었다.

"빨리 온나, 와 이리 늦게 왔는데?"

문이 열리자마자 짜증 섞인 경상도 사투리가 날아왔다. 사투리의 주인공은 긴 원피스 임부복에 허리 밑으로 살짝 내려오는 밍크코트 차림으로, 한쪽 손으로 부푼 배를 받친 채 아파트 현관문에 기대어 있었다. 2월에 밍크코트라……. 어이없어하며 여자를 쳐다보는데 여자가 활짝 웃으며 알은척을 했다.

"안녕하세요."

윗집 여자였다.

"응, 엘리베이터가 빨리 안 와서."

남자가 나와 여자를 번갈아 쳐다보며 말했다.

"재활용 쓰레기는? 그건 안 가지고 왔나?"

"그거까지 챙겨 올 시간이 어디 있어? 지각하게 생겼는데."

신경질적으로 쏘아붙인 뒤 남자는 아파트 현관문을 통과해 음식물 쓰레기 수거함 쪽으로 성큼성큼 걸어갔다.

"그러게 내가 일어나랄 때 빨딱 인나 아침 먹고 준비했으면 이런 일이 생겼겠나. 내가 아 아침 먹이고 세수시키고 옷 입힐 동안 니는 뭐 했노. 자빠져 잠이나 처자고."

여자가 뒤따라가며 쉴 새 없이 면박을 주는 동안 남자는 손가락 하나로 음식물 쓰레기 수거함 뚜껑을 열고, 음식물이 튀지 않도록 조심조심 비닐봉지를 털었다. 중간에 내 쪽을 살짝 쳐다본 것 같기도 했다.

"야, 송지훈. 니 거서 모 하고 있노. 엄마 아빠 늦었다. 빨리 안 튀어온나."

여자가 소리를 지르자 놀이터를 뱅뱅 돌고 있던 아이가 쓰레기장 쪽으로 뛰어갔다. 순식간에 내 눈앞에 엄마와 아빠와 아이가 나란히 손을 잡고 가는 풍경이 정갈하게 펼쳐졌다. 나는 그 풍경을 멍하니 바라보았다. 여기저기 흩어져 있던 퍼즐 조각들이 제자리를 찾아 아귀를 맞추듯, 모든 것이 명확해졌다.

회의실 문을 열고 들어서니 최 팀장과 양 대리, 예성이 앉아서 커피를 마시고 있었다. 9시 10분. 다행히 아직 부사장이 도착하지 않아 회의는 시작되지 않았다.

"김 차장, 웬일로 지각을 다 했어?"

최 팀장이 종이컵에 원두커피를 따라주었다. 얼굴에 웃음기가 가득한 것으로 보아 기분이 상당히 좋은 듯했다.

"죄송합니다."

나는 꾸벅, 머리를 조아리는 시늉을 했다.

"근데 표정이 왜 그래? 넋 나간 사람같이. 오다가 전철에서 옛날 애인이라도 만났어?"

"최 팀장님, 유치해요. 옛날 애인이 뭐예요, 진부하게."

예성이 핀잔을 주었다.

"옛날 애인이 진부하면, 엑스 보이프렌드라고 할까? 그럼 안 진부하겠어?"

최 팀장이 보이프렌드 발음을 느끼하게 굴렸다.

"그게 그나마 좀 낫네요."

예성이 최 팀장의 어깨를 치며 웃자 최 팀장이 "그치?" 하며 깔깔 웃었다. 확실히 젊다는 게 좋긴 좋다. 스물다섯 먹은 예성은 40대 후반인 최 팀장에게 조금 나이가 많은 언니나 이모 대하듯 스스럼없이 군다. 유치하다는, 나라면 감히 엄두도 내지 못할 말을 아무렇지도 않게 내뱉고 최 팀장은 또 그런 예성을 귀여워한다. 상대가 나였다면 말을 가려서 하는 게 좋을 것 같다는 직설적인 꾸지람을 바로 날렸을 것이다.

얼마 남지 않은 머리를 가지런히 빗어 넘긴 부사장이 도착하자 회의가 시작되었다. 최 팀장의 일을 많이 넘겨받은 내게 부사장이 집중적으로 질문을 던졌고, 나는 그럴싸한 대답을 토해내느라 정신이 없었다.

최 팀장이 폭탄 발언을 한 것은 회의가 끝나갈 무렵이었다.

"부사장님. 저번에 한번 말씀 드렸었는데요. 닷컴기업들, 이참에 아예 김 차장에게 넘길까 합니다. 김 차장도 이제 컨설턴트 일할 만한 때가 됐고, 저도 일이 너무 많아서 한 파트 정도는 정리해야 할 것 같아요."

나는 깜짝 놀라 최 팀장을 쳐다보았다. 갑작스러운 이야기였다.

"김 차장하고 얘기는 됐나요?"

"아직 확실하게 얘기가 된 것은 아니지만, 지금도 O사와 Z사 실무는 김 차장이 거의 맡아서 하고 있습니다."

"김 차장은 어때, 이제 컨설턴트 일을 맡을 수 있을 것 같나?"

"아, 네……."

나는 말꼬리를 흐렸다. 최 팀장이 최근 내게 일을 많이 맡긴다 싶긴 했지만, 아예 자기 거래처들을 뚝 떼어 줄 줄은 상상도 하지 못했다.

기업에서 채용 오더를 받는 것은 서치펌 일 중에서 가장 핵심적인 부분이다. 오더를 받지 못하면 아무리 훌륭한 후보자를 보유하고 있어도 소용이 없다. 수수료를 나눌 때 오더 테이킹을 해온 컨설턴트가 후보자를 댄 컨설턴트보다 더 많은 몫을 가져가는 것은 이런 이유 때문이다. 혼자서 다 관리하기 힘들 정도로 거래처를 많이 갖고 있는 중견 컨설턴트들은 전속 리서처를 두고 고객사와의 컨택을 제외한 다른 잡다한 일들을 맡긴다. 그 과정에서 리서처는 친숙해진 후보자들을 통해 오더를 받거나 독자적으로 영업을 하면서 하나둘 고객사를 확보해나간다. 대형 고객사가 대여섯 개쯤 생기고 자기 오더를 진행하는 것만으로도 충분한 수입을 올릴 수 있을 때, 리서처는 비로소 '컨설턴트'가 된다. 자기 위에 있는 컨설턴트의 고객사와 친분을 쌓은 뒤 다른 서치펌으로 옮겨서 그 고객사를 빼앗아 가는 경우도 종종 있다. 컨설턴트와 리서처들이 서로 경계하는 이유가 여기에 있다. 그런데 최 팀장은 지금 자기 리서처에게 고객사를 아예 뚝 떼어 주겠다고 하는 것이다. 서치펌에서는 좀처럼 보기 드문 케이스다.

회의가 끝난 뒤 최 팀장이 내게 닷컴기업들의 인력 현황과 관련 자료, 인사부 실무자들의 인적 사항을 넘겨주었다.

"팀장님, 감사합니다."

나는 허리를 90도로 꺾었다.

"감사는 무슨. 나 홀가분해지려고 한 건데. 이제부터 나 닷컴 쪽은 완전히 손 뗄 테니까 김 차장이 알아서 다 해. 죽이 되든 밥이 되든. 아, 그리고 수수료 레이트는 알지? 석세스 나면 회사가 3 갖고 김 차장이 7 갖는 거. 후보자를 다른 컨설턴트가 조달하면 7 중에 3은 그 컨설턴트 주고."

나는 거의 울 뻔했다. 최 팀장이 이렇게 아름다운 사람이었던가! 7 대 3 시스템 같은 건 물론 잘 알고 있다. 수수료에 관한 건 회사에 들어온 지 일주일도 되지 않아 빠삭하게 파악했다. 내가 잘 알고 있을 거라는 건 최 팀장도 빤히 알고 있을 터였다. 다만 최 팀장은 고객사뿐만 아니라 수수료도 깔끔하게 넘겨주겠다는 말을 하고 싶은 것이다.

"팀장님 몫은 제가 알아서 챙겨드릴게요."

이런 경우 석세스가 날 때마다 자기 몫에서 10~20퍼센트를 떼어 주는 것이 관례다.

"안 그래도 되니까 밥이나 한번 사."

최 팀장이 한쪽 눈을 찡긋하며 웃었다. 이런 날 보면 최 팀장이 꼭 천사 같다. 갑자기 양 대리가 최 팀장을 욕할 때마다 장단을 맞추었던 것이 후회되었다. 아들을 사교육 도가니에 빠뜨려서 정신 나가게 한 여자. 양 대리는 최 팀장에 대해 이렇게 말하곤 했다. 근데 지금 생각해보니까 그건 양 대리의 질투심에서 나온 어불성설이었던 것 같다. 초등학교 2학년 쌍둥이 자매의 아빠인 양 대리는 리서처로 3년 동안 있었는데, 아직까지 연 매출 1억을 넘겨본 적이 없다. 반면, 최 팀장은 매년 연 매출 3억 이상을 올려 회사에서 공로상을 받았다. 자기는 돈이 없어서 사교육을 시키고 싶어도 시킬 수 없는데, 최 팀장은 매년 2억이 넘는 돈을 집으로 가져가니 얼마나 배가 아팠겠는가. 그런 배후 사정을 생각하지 못하고 양 대리가 최 팀장을 욕할 때마다 장단을 맞추었다니, 나도 참 철이 없었다.

회의가 끝난 뒤 후보자를 만나러 시청으로 갔다. 지난주, A사의 재무팀장이 갑자기 사의를 표명해서 A사가 발칵 뒤집혔다. A사의 인사팀장이 최 팀장에게 전화를 걸어 2주 안에 새 재무팀장을 구해달라고 애원했다. 확실히 A사가 사운이 기울긴 기울었다. 사운이 기울면 가장 먼저 나타나는 현상이 직원들의 이동이다. 요즘 A사 직원들의 엑소더스(exodus: 이탈) 때문에 최 팀장과 나만 즐거운 비명을 지르고 있다. 빠져나오는 A사 직원들을 O사와 Z사에 퍼 나르느라 눈코 뜰 새가 없는 것이다. 그러면서 A사의 빈자리도 계속해서 채워줘야 하니, 한 회사의 사운이 기우는 것은 서치펌엔 최고의 호재라 할 수 있겠다.

커리어 앤 잡 사이트에 A사 재무팀장 구인 광고를 올린 뒤 많은 인재들이 이력서를 보내왔지만 쓸 만한 사람은 딱 한 사람, 지금 만나러 가고 있는 '이준상'뿐이었다. 이준상은 S대에서 MBA를 하고 현재 유럽계 소비재 제조업체에서 재무팀 차장을 맡고 있다. 이직은 한 번뿐이었고, 지금 다니는 회사에서 8년 동안 일했다. 바로 위 상사인 재무팀장이 스위스 사람이라고 하니 영어 구사에는 문제가 없을 것이다. 사진상으로 본 외모도 깔끔했다. 한 가지, 이력서상에 출신 대학을 쓰지 않았다는 점이 마음에 걸린다. 학사를 어디서 했는지 쓰지 않는 사람치고 좋은 대학을 나온 사람이 없다. 비록 사운이 기울고 있긴 하지만 A사는 출신 대학을 상당히 따진다. 그건 A사의 방침이라기보다는 A사 인사팀장의 방침이다. 그 자신이 Y대를 나와 정통 엘리트 코스를 밟았기 때문인지 사람을 뽑을 때도 꼭 그런 사람을 뽑으려 한다. 그래야 자기가 다니는 회사의 '수준'이 유지된다고 생각하는 것이다.

이준상은 미리 와서 앉아 있었다. 카페 2층 창가 좌석에 앉아 햇살을 받고 있던 이준상이 내가 들어서자 한눈에 알아보고 일어서서 까딱 고개를 숙였다. 크지도 작지도 않은 키에 정돈된 스포츠머리, 회색 줄무늬 양복을 입은 그는 깔끔한 회사원의 전형이었다.

녹차를 주문한 뒤 바로 이력서를 꺼내 인터뷰를 시작했다. 시청까지 오는 데 한 시간이나 걸렸다. 인터뷰를 빨리 끝내고 돌아가도 점심시간을 넘길 것이다. 늦게 일어나는 바람에 아침도 못 먹고 나왔는데 점심은 꼭 제대로 먹고 싶다.

인터뷰는 순조롭게 진행되었다. 이준상은 질문의 요지를 금방 알아듣고 간결한 대답을 내놓았다. 유머 감각이나 융통성이 있는 건 아니지만, 어카운팅(accounting: 회계, 재무) 쪽 사람들에게 그런 걸 기대하는 건 무리다.

"정확성과 성실성이 가장 중요하겠죠."

재무팀장으로서 가장 중요한 자질이 무엇이라고 생각하느냐는 질문에 그는 잠깐 뜸을 들인 뒤 이렇게 답했다. 정답이다. 재무팀장에게 가장 중요한 자질은 학력도 영어도 아닌, 정확성이다. 하지만 세상에는 그 기본적인 사실을 모르는 인사 담당자들이 수두룩하다.

"아 참, 이력서상에 학부를 어디서 하셨는지 안 쓰셨던데……."

"저…… 서울대에서 MBA 했는데요."

이준상의 표정이 눈에 띄게 흐트러졌다. 나는 살짝 불안해졌다.

"그건 대학원이죠. 대학원 말고 출신 대학을 기재해주셔 야⋯⋯."

"최종 학력만 쓰면 되지 않나요? 다른 서치펌들은 그런 거 안 써도 별말 없던데요."

이준상의 목소리가 높아졌다.

"A사에 출신 대학을 알려줘야 합니다."

"외국계 회사들은 출신 대학 같은 거 중요시하지 않지 않습니 까? 우리 회사만 해도⋯⋯."

"외국계 회사라고 다 능력만 보는 건 아니에요. 인사팀장의 성 향에 따라, 혹은 본사 방침에 따라 출신 학교를 따지는 경우가 종 종 있습니다. 외국계 회사도 은근히 학벌 따지는 회사 많아요."

"A사도 출신 대학을 따지나요?"

나는 점점 불안해졌다. 이 남자, 출신 대학에 대한 콤플렉스가 굉장히 심하다. 대체 어느 대학을 나온 것일까? 제발 서울 시내 중상위권 대학 이상만 나와줬으면 좋겠다. 그렇기만 하면 경력이 좋으니까 한번 밀어볼 만할 텐데. 아아, 만일 이 사람이 안 된다 면 어디서 이만한 사람을 다시 구하나.

"아주 중요시하는 건 아닌데, 아예 안 본다고 말할 수는 없을 것 같아요."

나는 최대한 애매하게 말을 돌렸다. 사실 A사 인사팀장은 출신 대학을 아주아주 중요시한다. 하지만 그렇게 말하면 이준상은 아예 서류도 넣지 않겠다고 할 것이다.

"준상 님의 경우, 경력이 출중하시니까 학부가 큰 요소로 작용하지는 않을 거예요."

아마도, 거짓말을 못 하는 사람은 헤드헌터가 될 수 없을 것이다.

"저 방통대 나왔습니다."

이준상이 갑자기 커다란 목소리로 말했다.

나는 놀란 표정을 감추기 위해 얼른 시선을 내리깔았다. 방통대라니! 오 마이 갓!

"아, 그러셨군요. 그럼 제가 그렇게 기재해서 저쪽에 이력서 넣겠습니다."

이를 어쩌면 좋단 말인가. 그런 줄도 모르고 이 사람을 만나러 왕복 두 시간이나 걸리는 시청으로 날아왔다. 다 내 잘못이다. 전화상으로 먼저 출신 대학을 확인했어야 하는데, 자리에 꼭 맞는 경력이다 싶어 너무 서둘렀다.

"괜찮을까요?"

그가 걱정스러운 눈빛으로 물었다.

"크게 영향을 끼치진 않을 거예요. 걱정하지 마세요."

순간 엄청난 죄책감을 느꼈다. 직업상 어쩔 수 없다 해도, 이렇게 노골적인 거짓말을 하다니.

"이 정도면 웬만한 사항은 다 체크된 것 같네요. 오늘 바쁘실 텐데 시간 내주셔서 감사합니다."

나는 카운터로 또각또각 걸어가 찻값을 냈다. 그가 뒤쫓아 와 부랴부랴 자기 카드를 내밀었지만, 나는 단호하게 영수증에 사인을 했다. 찻값을 내는 것으로 조금이나마 그에게 사죄하고 싶었다.

이 사람의 경우, 서울 시내 중상위권 대학만 나와주었어도 경력으로 밀어붙여봤을 것이다. A사 재무팀장을 하기에 경력이 맞춘 듯 일치하고 외국어 능력도 좋기 때문이다. 하지만 이 사람은 방통대를 나왔다. 방통대…… A사 인사팀장에게 씨도 안 먹힐 것이다. 우리 회사를 뭘로 보고 이런 사람을 추천하느냐며 노발대발할지도 모른다. 참으로 안타까운 노릇이다.

처음 이 일을 시작했을 때, 출신 대학이 채용 여부의 관건이 되는 것을 보고 깜짝 놀랐다.

"출신 대학을 왜 그렇게 따져요? 일만 잘하면 되지. 희한한 사람들이네."

내가 이렇게 말했을 때 최 팀장은 어이없다는 듯 말했다.

"미연 씨가 아직 대한민국을 모르는구나. 대한민국에서 출신 대학은 낙인이야. 영원히 지워지지 않는 낙인. 경력 좋고 대학원 좋은 데 나와봐야 아무 소용 없어. 대학을 좋은 데 나와야지. 학부를 좋은 데 안 나온 사람은 절대 A급이 못 돼. 외국계 회사도 정말 인지도 높은 회사는 사람 뽑을 때 출신 대학 다 따져. Z사 봐. SKY 출신 아니면 아예 이력서도 보내지 말라고 하잖아? 서울대 대학원, 아니 하버드 대학원 나와도 대학 좋은 데 안 나오면

100

다 꽝이라고."

그때까지만 해도 나는 일단 회사에 들어간 후에는 회사의 브랜드가 그 사람의 이름값이 된다고 생각했다. 순진했다고 해야 할까. 아무튼 그런 내 생각은 서치펌 일을 하면서 완전히 개조되었다.

"인터뷰 날짜 잡히면 연락 주십시오."

이준상이 고개를 숙이며 말했다.

"네, 연락드리겠습니다. 다시 한번, 시간 내주셔서 감사합니다."

나도 고개를 숙였다. 미안합니다. 속으로는 연신 이렇게 중얼거렸다.

이준상의 이력서는 A사에 제출되지도 않을 것이다. 그리고 2~3일 후, 나는 이준상에게 이런 이메일을 보낼 것이다.

A사에 이력서를 보냈습니다만, 인터뷰를 진행하지 않는 것으로 결론이 났습니다. 경력과 능력 면에서 두루 출중하시지만 A사와 살짝 케미컬이 맞지 않는 부분이 있네요. 죄송합니다. 다음에 더 좋은 포지션과 함께 연락드리겠습니다. 만나 뵙게 되어서 반가웠습니다.

회사로 돌아가는 택시 안, 차는 빠른 속도로 한남대교에 진입했다. 한강에 떠다니는 얼음을 바라보다가 눈을 감고 좌석에 머리를 기댔다. 피곤과 허기가 몰려왔다.

나는 전문대를 졸업했다. 졸업 후 프랑스계 화장품 회사에 파트

타임 리셉셔니스트로 들어갔다가 우연한 기회에 그 회사의 인사부 직원이 되었다. 그곳에서 8년 동안 일하면서 사이버 대학을 졸업하고 대리 타이틀을 달았다. 그 경력을 기반으로, 서치펌에 입사했다. 서치펌에 입사한 지 햇수로 3년째. 첫해에는 연봉 500도 채 넘기지 못했지만, 두 번째 해인 작년에는 매출 8000을 달성하고 연봉 3000을 넘겼다. 올해는 아직 1분기가 다 끝나지도 않았는데 매출 1억을 넘겼다. 국내 서치펌 중 가장 인지도가 높은 곳에 들어와 나름대로 탄탄한 기반을 쌓아가고 있는 것이다. 내 최종 이름값은 '전문대 졸업'이 아니라 '헤드 앤 코리아 재직'이라고 생각해왔다. 그런데 오늘, 이준상을 만나면서 모든 것이 착각이었음을 알게 되었다. 대체 이때까지 세상에서 무얼 배웠단 말인가. 수치심으로 얼굴이 홧홧거린다. 가짜 신분증을 들고 다니다가 들킨 기분이 이럴까.

서치펌 사람들은 자신의 출신 대학에 대해 잘 언급하지 않았다. 최 팀장을 비롯한 일부 컨설턴트들은 기회가 될 때마다 애써 자신이 SKY 출신임을 강조했지만, SKY 출신이 아닌 대부분의 직원들은 예전에 다니던 직장에 대한 이야기만 할 뿐 출신 대학에 대해서는 일절 말하지 않았다. 대학에 대한 얘기는 후보자의 출신 대학을 거론할 때만 등장했다. 나는 "그 사람 ○○대학 나왔잖아요. ○○사에 이력서 못 넣어요" 같은 말을 할 때마다 마음 한구석이 뜨끔했다. 사이버 대학을 나온 주제에 다른 사람이 나온 대학을 놓고 왈가왈부하다니.

사회에 발을 내딛던 초창기, 대학 시절에 대해 얘기하다가 어색한 상황에 처한 적이 몇 번 있었다. 아무 생각 없이 대학 시절에 대한 얘기를 했는데 상대가 이상하다는 눈빛으로 이렇게 말했던 것이다. "어? 왜 그렇게 빨리 졸업했어?" 4년제 대학 출신인 상대는 내가 2년제 대학을 나왔다는 것을 상상조차 하지 못했다. 마치 세상에 2년제 대학은 아예 존재하지 않는 것처럼. 이런 일을 몇 번 겪은 후부터, 나는 가족이나 친한 친구 앞이 아니면 대학 시절에 관한 얘기를 일절 하지 않게 되었다.

내 대학 시절을 떠올려본다. 지금은 그 시절에 대한 이야기를 회피하게 되어버렸지만 그때의 나는 참 멋졌다. 공부도 열심히 했고, 연애도 열심히 했다. 한 번도 과 수석을 놓친 적이 없었고, 우리 학교 최고의 미남으로 꼽혔던 송한섭도 내 것으로 만들었다.

아아, 송한섭. 나는 눈을 번쩍 떴다. 한섭과 함께했던 날들이 금방이라도 손에 잡힐 것처럼 다가왔다. 그의 손을 잡고 걸어갔던 교정의 봄, 여름, 가을, 겨울. 그 감미로웠던 계절들. 졸업과 함께 그와도 헤어졌지만, 사계절을 두 번씩 함께 보냈던 기억 때문에 '대학 시절' 하면 으레 그가 떠오른다. 군대를 갔다 온 뒤 4년제 대학에 편입했다는 얘기를 들은 것이 그에 대한 마지막 소식이었다. 그 후에 제대로 된 연애를 하지 못했기 때문일까. 술을 마시거나 봄이 오거나 근사한 장소에 가거나 감동적인 영화를 보면, 여지없이 그의 얼굴이 떠올랐다. 그는 지금쯤 무엇을 하고 있을까. 회사에 다닐까. 결혼은 했을까. 아이는 있을까. 여전히 조각처럼 아름다울까. 여전히 호방하고 유머러스할까. 궁금했지만 일부러 알아보진 않았다. 동기들에게 소식을 묻지도 않았고, 싸이홈피를 검색해보지도 않았다. 왠지 그래야 할 것 같았다. 다만 늘 생각했다. 우리는 어느 날 무엇이 되어 다시 만날까.

그런데 그가, 그렇게 아름다웠던 사람이, 음식물 쓰레기 봉지를 들고 내 앞에 나타났다. 윗집 아저씨가 되어……. 아침에 그와 마주쳤던 때를 떠올려본다. 엘리베이터 안. 놀라던 눈빛, 움찔하던 손. 만나지 않았던 15년의 세월이 갑자기 일상으로 응축되어버리던 순간. 그 순간, 나는 어땠던가? 설레었던가? 감격스러웠던가? 놀랍게도 기억이 잘 나지 않는다. 기억나는 건 오로지 코를 찌르는 듯한 음식물 쓰레기 냄새뿐. 그는 어땠을까? 고등학생티를 채 벗지 못한 대학 신입생 때 만났던, 아낌없이 사랑했던 여자와 엘리베이터에서 조우한 순간의 느낌이. 혹시 그도 음식물 쓰레기 냄새만 기억하고 있을까?

그러고 보면 그도 참 안됐다. 하필 그 순간 음식물 쓰레기 봉지를 들고 있었다니. 다음에는 부디 멋진 모습으로……. 가만있자, 다음? 지금 다음이라고 했나? 아아, 그렇지. 우리는 다음에도 마주치게 될 것이다. 다음에는 내가 음식물 쓰레기 봉지를 들고 있을지도 모른다. 윗집에 사는 첫사랑이라니, 어처구니가 없어서 말도 나오지 않는다.

"삼성동 어디쯤이세요?"

기사의 목소리에 상념에서 깨어났다. 우뚝우뚝 솟은 삼성동의 고층 빌딩들이 시야에 들어왔다.

"저기 현대백화점 지나서 좌회전해주세요."

기사가 눈살을 찌푸렸다.

"미리 말해야지, 갑자기 말하면 어떡해요."

차는 이미 현대백화점을 지나치고 있었다. "죄송합니다." 나는 기어들어가는 듯한 목소리로 말했다. 기사는 깜빡이를 켜고 네 개의 차선을 급하게 가로질러 좌회전 차선으로 진입했다. 뒤차들이 무섭게 클랙슨을 울려댔다.

7

비상용 남자

"글쎄. 그 업계 떠난 지도 오래됐고, 내가 알던 사람들도 모두 나이가 들어서……."

인화 언니는 말끝을 흐렸다. 수화기 너머로 새침하게 눈을 내리까는 언니의 모습이 보이는 듯했다.

"그래도 언니. 아직 그쪽 일 하고 있는 사람 몇 명은 알 거 아니야. 나이 든 사람이라도 좋으니까 연락처 좀 알려주면 안 돼? 내가 그 사람한테 다른 사람 추천해달라고 직접 부탁할게. 꼭 맞는 사람 아니어도 상관없어."

이렇게까지 말했지만 언니는 여전히 개발자 연락처 알려주기를 꺼렸다.

"E뱅크라고, 인터넷 결제 대행사야. 언니도 인터넷으로 신용카드 결제해봤지? 요즘 그거 안 해본 사람 아무도 없을걸. 거의 하루에 한 번은 인터넷 결제잖아? 생각해봐, 언니. 앞으로 인터넷 쇼핑이 폭발적으로 증가할 텐데 이런 회사가 얼마나 잘되겠어. 이런 데 소개해주면 언니도 고맙단 소리 들을 거야."

나는 또다시 이 말을 반복했다. 오늘 아침에만 벌써 스무 번이 넘게 한 말이었다.

"회사가 좋은 건 알겠어. 근데 미연아, 난 이제 그쪽 사람들하고 연락 끊었다니까."

E뱅크를 알게 된 것은 작년 겨울, A사 사장 비서 후보자 인터뷰 도중이었다. 인터뷰가 끝날 무렵, 그녀는 자기 남편의 이력서를 넘겨주면서 남편이 다니는 회사가 마음에 들지 않으니 적당한 데 있으면 남편도 이직시켜 달라고 부탁했다. 그 남편이 재직 중인 회사가 E뱅크였다. 후보자가 돌아간 다음 인터넷으로 조회해봤더니 E뱅크는 꽤 괜찮은 회사였다. 대기업도 외국계 회사도 아닌, 직원 수백 명이 조금 넘는 중소기업이지만 '인터넷 결제 대행'이라는 아이템이 장래성 있어 보였다. 또한 연 매출도 그해에 급격히 증가했다. 어차피 이름 있는 대기업이나 외국계 회사들은 사내 컨설턴트들이 죄다 점령해버려서 나 같은 리서처들은 중소기업 중 실속 있는 회사를 찾아내 개척해야 하는 상황이었다. 마침 비서 후보자의 남편은 인사부 과장으로 재직 중이었다. 바로 전

화를 걸면 아내가 넘긴 이력서를 보고 전화했다는 걸 눈치챌 것 같아 한 달 정도 기다렸다가 해가 바뀐 후 전화를 걸었다.

놀랍게도 그 남자는 생전 처음 전화를 걸어온 헤드헌터에게 오더를 주었다. 내 전화를 받자마자 이메일 주소를 알려달라고 하더니, 5분 만에 포지션 열 개에 대한 개요를 보내왔다. 나는 실실 웃으면서 팀원들에게 '나의 놀라운 영업 능력'을 자랑하고 돌아다녔다. 영업이라는 게 별거 아니구나, 자만하기도 했다. 하지만 그런 자만은 E뱅크에 보낼 후보자들을 물색하는 과정에서 완전히 자취를 감추고 말았다. E뱅크가 필요로 하는 인재는 솔루션 개발자 세 명에 웹 개발자 일곱 명이었는데, 알고 보니 그런 인력은 업체마다 채용하지 못해 안달을 하는, 수요가 공급을 훨씬 초과하는 인력이었다.

그렇다고 포기할 수는 없었다. E뱅크는 순수하게 내 힘으로 계약을 맺은 첫 번째 업체였다. 좋은 인재를 찾아서 보내주겠다고 장담하고 오더를 땄는데 없었던 일인 양 슬며시 꼬리를 내리는 것은 같은 팀 동료들에게도, 나 자신에게도 부끄러운 일이었다. 그날부터, 개발자들을 찾아 사방을 헤매고 다녔다. 전산과가 있는 대학마다 공문을 보냈고, 사업자등록이 된 모든 컴퓨터 학원들에 구인 의뢰서를 돌렸다. 비슷한 업종의 회사에 무작위로 전화를 돌려서 후보자를 물색하기도 했다. 알맞은 후보자는 좀처럼 나타나지 않았다. 이 사람이다 싶으면, 경력이 부족해서 자격 미달이거나 경력이 넘쳐서 연봉이 맞지 않았다. 딱 한 사람, 포지션에 꼭 맞는다 싶은 사람을 겨우 찾아서 보낸 적이 있었는데 최종 면접에서 떨어졌다. 어차피 기술직이니까 실무진 면접만 통과하면 합격된 거나 마찬가지라고 인사부에서 귀띔해줘서 임원 면접에는 그다지 신경 쓰지 않았는데, 면접을 본 임원 중 한 명이 '인상이 좋지 않다'는 이유로 마지막 순간에 그 후보자의 영입을 취소해버린 것이다. 그때부터 모든 것이 원점으로 돌아갔다. 나는 전략을 바꾸어 내 주위 사람들에게 눈길을 돌리기로 했다. 생각해보니 내 주위에 웹 개발 분야에 선이 닿아 있는 사람이 꽤 많았다. 맨 처음 떠오른 사람이 인화 언니였다. 인화 언니는 흐물처럼 '시, 와인, 그리고 우리' 동호회에서 만났다. 지금은 초등학교 컴퓨터 선생님이지만 예전에 은행에서 웹 개발자로 일한 적이 있었다.

"언니, 오늘 저녁에 뭐 해? 저녁때 흐물이랑 민선이 만날지도 모르는데 언니도 나올래? 오랜만에 얼굴도 보고."

아무래도 전화상으로는 안 될 것 같아 일단 흐물을 팔았다. 흐물과 만나기로 하지는 않았지만 언니가 시간이 된다면 바로 흐물에게 전화해서 올라오라고 하면 될 일이었다.

"근데, 미연아. 너 아직도 경훈 오빠한테 반말하니? 경훈 오빠가 괜찮다고 해?"

언니의 목소리는 부드럽지만 또랑또랑했다. 목소리가 또랑또랑한 사람들에게는 자신의 발언을 옳게 들리게 하는 힘이 있다. 금방이라도 쓰러질 것 같은 외모를 지닌 언니에게서 만만치 않은 기가 흘러나오는 것은 아마도 목소리 때문일 것이다.

"언니, 흐물이는 반말 안 쓰면 안 괜찮아 해. 저번엔 존댓말 썼더니 막 울려고 하던걸?"

얼른 이렇게 받아쳤다. 언니는 이런 말장난을 싫어한다. 예의와 형식을 깍듯이 따지고, 좋은 말 고운 말만 하면서 살고 싶어 한다. 한때 나와 친하게 지내다가 조금씩 소원해진 것도 아마 이런 성향의 차이 때문이었을 것이다. 언니는 동호회에서 아무도 불러주지 않는 흐물의 본명을 혼자서만 열심히 불러주고 있다. 거기에다 '오빠'라는 친근한 호칭까지 붙여서.

"네가 그렇게 부르는 걸 좋아하니까 그냥 받아주는 거지, 설마 진짜로 괜찮겠어? 나이가 마흔이 넘었는데."

초등학교 선생님을 하기 전에도 이렇게 훈계조로 말했을까. 상당한 미모에도 불구하고 언니가 나이 마흔이 되도록 연애 한번 못 해본 것은 이런 엄격한 말투 때문일지도 모른다.

"이제 경훈 오빠한테 존칭 써주고 대접도 좀 해줘. 난 너랑 민선이가 '흐물아, 흐물아' 하면서 경훈 오빠랑 맞먹는 거, 보기 좀 그렇더라."

동호회 내 남자 회원들 대부분이 언니에게 호감을 품었지만, 그중에서 용감하게 대시하는 사람은 아무도 없었다. 여성스러운 외모에 언행이 조신한 언니에게는 쉽게 다가가기 힘든 위엄 같은 것이 있었다.

"근데, 언니. 오늘 저녁에 시간 있는 거야, 없는 거야?"

언니의 말을 무시하고 이렇게 물었다. 내 음성이 높아지자 대각
선 건너편 모니터 위로 예성이 빠끔 얼굴을 내밀고 쳐다보았다.

"시간 안 될 것 같아. 그냥 너희끼리 만나."

언니가 싸늘한 목소리로 말했다.

"그래, 언니. 그럼 나중에 봐. 개발자 건은……."

말이 끝나지도 않았는데 전화가 끊어졌다. 나는 쾅, 소리가 나
게 수화기를 내려놓았다. 아침 내내 전화를 스무 통도 넘게 돌렸
는데 수확이 하나도 없다. E뱅크고 나발이고 그냥 확 포기해버릴
까 보다.

나는 걸음을 멈추었다. 푸른 등 옆의 세모꼴이 두 개에서 하나
로 바뀌더니 이내 붉은 등이 들어왔다. 횡단보도 건너편으로 청
회색 하늘 아래 불야성처럼 불을 밝힌 유흥가가 둥글게 몸을 웅
크리고 있는 것이 보였다. 사거리 세 면에 고층 아파트 단지가 빼
곡히 들어차 있고, 한 면에만 휘황찬란한 네온사인이 군집해 있
었다. 나는 대각선 건너편을 바라보았다. 쓰러져가는 5층짜리 주
공 아파트가 있었던 자리에 L자 세 개가 새겨진 초고층 아파트가
위용을 자랑하며 서 있었다. 아파트 동과 동 사이로 회색 구름이
천천히 지나갔다. 유영하는 구름 사이로 우뚝 솟은 아파트를 보

고 있으니 중세의 성이 떠올랐다.

중세의 밤. 높다란 성 안에서 많은 사람들이 먹고, 자고, 사랑하고, 싸우며 당대의 일상을 채워갔을 것이다. 전깃불이나 자동차 따위가 없었을 뿐 사람들의 욕망과 기대는 지금과 조금도 다르지 않았으리라. 지금, 저 아파트 안에서도 많은 사람들이 이 시대의 희로애락을 부지런히 새기고 있을 것이다. 우리의 후손들은 아파트 옥상의 테두리 조명과 유흥가의 조명이 경쟁하듯 불을 밝히고 있는 이 밤의 풍경을 중세의 괴기스러운 밤이라고 회상할지도 모른다. 역사는 반복되는 법 아닌가. 그런 측면에서, 저 아파트는 L자 세 개가 들어간 국적 불명의 이름보다 '산성'이라고 이름 짓는 편이 나았을 것이다. 잠실산성. 역사성을 함축하기에도, 이름만 듣고 택시 기사들이 찾아가기에도 훨씬 낫지 않은가.

푸른 등이 들어와 횡단보도를 건넜다. 새마을시장 골목으로 들어가니 커다란 간판들이 현란한 빛을 쏘아댔다. 낮에는 셔터가 내려져 있던 음식점과 주점들이 일제히 붉고 푸른 네온사인을 밝힌 채, 시끌벅적한 무리가 와서 호방한 하룻밤을 보내주기를 고대하고 있었다. 골목 입구에 줄을 지었던 아귀찜, 횟집, 장어구이 같은 음식점 간판들이 잠실성당 주변에 이르자 나이트와 주점 간판들로 변했다. 간판들을 유심히 쳐다보았지만 내가 10대 때 드나들었던 나이트는 하나도 남아 있지 않았다.

저녁 8시. 유흥가가 한창 북적일 만한 시간인데도 지나다니는 사람은 거의 없었다. 형형색색의 네온사인 앞에서 나이트 삐끼로 보이는 서너 명의 남자들이 지루한 듯 담배를 피우고 있을 뿐이었다. 내가 대학생일 때만 해도 '제2의 압구정'이라는 말을 들을 정도로 번화한 거리였는데, 이제 한물간 거리가 된 걸까. 아니면 금융위기의 여파로 잠깐 공백기를 거치고 있는 것일까. 이런 생각을 하며 걸어가는데 누가 내 팔을 확 잡아끌었다.

"언니, 들어와요. 입장료 안 받고 맥주 공짜로 줄게."

30대 초반쯤 됐을까. 길쭉한 얼굴에 짙은 눈썹을 가진 남자였다. 헤어젤을 발라 넘긴 파마머리와 진한 향수 냄새. 누가 봐도 나이트 삐끼임을 확연히 알 수 있는 남자가 내 얼굴을 가까이서 보려고 얼굴을 바짝 들이밀었다. 남자의 손길을 뿌리치고 빠르게 걸음을 옮겼지만 과히 기분이 나쁘지는 않았다. 내가 아직 봐줄 만한가 보다, 라는 안도감이랄까. 어쨌든 서른일곱 먹은 여자가 나이트 삐끼에게 푸싱 제의를 받는 건 그리 흔한 일은 아닐 것이다.

민선은 약속 장소에 먼저 와서 기다리고 있었다. 핸드폰으로 누군가와 통화하는 중이라 그 옆에 서서 기다리는데, 건너편 1층에 있는 맷돌 순두붓집 간판이 눈에 들어왔다. 나는 그쪽으로 건너가 간판 아래 서서 안을 들여다보았다. 아직까지 이 가게가 여기에 남아 있다니. 그동안 리모델링을 한 듯 내부 인테리어가 바뀌었지만, 주방에서 분주히 손을 놀리고 있는 여주인의 얼굴은 그때 그 얼굴이었다. 무엇을 먹었는지, 맛이 어땠는지는 기억나지 않지만 테이블 네 개가 겨우 들어가는 작은 홀과 밖에서도 주방이 훤히 들여다보이는 구조는 선명하게 기억에 남아 있다. 한섭은 이 집을 기억할까. 특별히 갈 데가 없으면 습관처럼 들어가서 같이 밥을 먹었던 이 밥집을……. 갑자기 그 시절에 대한 기억이 섬광처럼 펼쳐지면서 마음에 온수가 차올랐다. 예전에 다녔던 가게가 남아 있다는 사실이, 이상한 안도감을 주었다. 그 시절에 나라는 존재가 있었다는 걸 보여주는 증거라고 해야 할까.

"여기서 뭐 해? 저녁 안 먹었어?"

통화를 끝낸 민선이 다가와 내 어깨를 쳤다. 베이지색 카디건 위에 걸친 분홍색 숄 위로 민선의 긴 파마머리가 자연스럽게 물결쳤다.

"먹었어. 근데 누구랑 통화했어? 심각해 보이던데?"

"응…… 엄마랑. 서빈이가 좀 아픈가 봐."

민선의 얼굴에 살짝 그늘이 졌다. 민선은 2년 전에 이혼했다. 서빈이는 전남편과의 사이에 낳은 여섯 살짜리 딸인데, 지금은 전남의 한 섬에 있는 민선의 엄마가 키워주고 있다. 민선은 스튜어디스라 며칠씩 집을 비워야 하기 때문에 혼자서 아이를 키울 수 없다.

"어디가? 많이 아픈 건 아니지?"

동호회에서 처음 만났을 때, 나는 민선에게서 눈을 떼지 못했다. 훤칠한 키에 단아한 얼굴을 한 민선은 동호회에서 가장 눈에 띄는 존재였다. 미간이 살짝 넓은 게 흠이지만 진한 눈썹과 도자기 같은 피부, 윤기가 흐르는 검은 머리칼은 같은 여자가 보기에도 황홀할 정도의 여성미를 풍겼다. 수많은 남자들이 민선에게 대시했지만 민선이 택한 것은 조그만 여행사에 다니는 일곱 살 연하의 남자였다. 잘생긴 것도 아니고, 돈을 잘 버는 것도 아니고, 살짝 권위적이기까지 한 일곱 살 연하의 남자.

"감기인 것 같은데 닷새째 열이 안 떨어져. 동네 소아과에서 폐렴 가능성을 언급해서 엄마가 검사받으러 서울 올라오시겠다는 걸 내가 그러지 말라고 했어."

동호회 내에서 민선이 애 딸린 이혼녀라는 사실을 아는 사람은 나와 흐물, 민선과 사귀고 있는 연하남뿐이다.

"규진 오빠는 서울 큰 병원에서 검사를 받아보자고, 자기가 하루 휴가 내서 데리고 가겠다고 하는데, 나는 장거리 여행시키는 게 애를 더 잡을 것 같아서 반대야. 정 하고 싶으면 광주에도 얼마든지 좋은 병원이 있고."

규진 오빠란 민선이 사귀고 있는 연하남을 말하는 것이다. 규진과 사귀고 있다는 사실을 동호회 사람들에게 공식적으로 밝혔을 때부터 민선은 규진을 오빠라고 부르기 시작했다. 그래서 민선과 있다 보면 규진을 규진이라고 부르기가 꺼려진다. 분명히 나보다 일곱 살 어린 남자애인데도 그냥 이름을 부르는 게 엄청나게 무엄한 일인 양 느껴지는 것이다.

"규진이가…… 서빈이를 많이 챙기는구나."

말은 이렇게 했지만 속으론 규진이 얄밉다는 생각이 들었다. 민선이 서빈이를 올라오게 하지 않을 것임을 뻔히 알면서 립서비스만 근사하게 하고 있지 않은가. 얼마 전에 서빈이가 서울에 올라왔을 때 흐물과 나, 민선, 규진이 함께 만난 적이 있었다. 그 자리에서 규진이 서빈이에게 얼마나 쌀쌀맞게 대하던지 옆에 있는 나와 흐물이 다 무안할 정도였다. 차라리 흐물이 규진보다 서빈이에게 훨씬 잘해줬다.

"응. 요즘에 좀 노력하는 것 같아. 어차피 결혼하고 나면……서빈이랑 같이 살아야 할 테니까."

과연 민선은 규진과 결혼하게 될까. 결혼해서 서빈이와 함께 살게 될까. 인사 갔을 때, 규진의 부모는 펄펄 뛰면서 민선을 쫓아냈다고 한다. 지금도 규진의 부모는 민선의 이름을 입에 올리지도 못하게 하고 있다. 민선은 그러한 부모의 반대를 가장 큰 산으로 생각하고 있지만, 내가 보기에 민선이 넘어야 할 진짜 큰 산은 아이에 대한 규진의 거부감이다. 규진은 서빈이를 민선의 사랑을 놓고 다투어야 할 라이벌쯤으로 보고 있다. 사회생활을 한 지 얼마 되지 않은 서른 살의 미혼 남성에게 그보다 성숙하기를 기대하는 것은 너무 과한 요구일까.

"우리 저기 들어갈까? 저번에 흐물 오빠가 와인 사줬던 데."

민선이 바로 뒤에 있는 건물의 꼭대기 층을 가리켰다. 민선은 규진을 오빠라고 칭하기 시작했을 때부터 흐물도 오빠라고 불러주었다.

두어 달 전, 흐물과 나와 민선은 저 와인 바에서 아침 해가 떠오르는 것을 바라보며 와인을 마셨다. 그 자리에서 민선은 자기가 애 딸린 이혼녀임을 규진에게 알려줄 때가 왔다며 괴로워했다. 규진 오빠한테 말해야겠지? 근데 나, 겁이 나. 그 얘길 하면 혹시 오빠가 떠나버리는 게 아닐까.

와인 바는 한산했다. 각진 붉은색 소파와 로코코풍 장식이 달린 탁자, 궁전 스타일 샹들리에는 지난번보다 훨씬 더 우아한 분위기를 연출했다. 술에 취해 몽롱한 상태에서 보았던 때와는 확실히 달랐다. 나는 담배 한 대를 피워 물고 의자에 깊숙이 기댔다. 은은한 조명을 받으며 담배를 피울 때의 황홀감. 담배의 첫 모금이 목구멍을 통과하는 순간, 나는 '자유'의 의미를 저릿하게 실감한다. 이제 회사 일은 끝났다! 단정한 표정을 지어 보일 시간은 지나갔다. 이곳에서는 아무도 내게 어떤 역할을 기대하지 않는다. 마음껏 마시고 피워도 된다. 하고 싶은 얘기를 마음껏 지껄여도 된다!

"너네 벌써 취했냐?"

흐물이 도착한 것은 10시 반을 좀 넘긴 시간이었다. 흐물은 남색 양복에 구김이 잔뜩 간 흰색 와이셔츠 차림으로, 한 손에는 두툼한 책을 들고 있었다.

"왜 이렇게 늦었어? 막 집에 가려던 참인데."

"여기 블랙 러시안 세 잔 주세요."

흐물은 앉자마자 칵테일을 주문했다. 탁자 위에는 빈 와인 병이 덩그러니 놓여 있었다.

"야, 네가 전화한 시간이 몇 시였는데. 7시에 전화해서 다짜고짜 오라 그러면 무슨 수로 일찍 오냐? 후배들이랑 술 마시다가 달려오느라 숨넘어갈 뻔했어."

민선이 7박 8일짜리 비행에서 돌아왔다고 전화를 해서 갑자기 잡힌 약속이었다. 원래 민선과 둘만 만나려 했는데, 혹시 인화 언니를 만나게 될까 싶어 흐물도 불렀다. 예상대로 흐물은 바로 달려오겠다고 했지만, 인화 언니는 몇 번씩 전화를 걸어도 받지 않았다.

"인화 언니가 흐물을 보고 싶어 하는 것 같아 불렀지."

나는 능청을 떨었다. 흐물은 나와 민선이 인화 언니에 대해 냉소적으로 이야기할 때면 동조하지도, 역성을 들지도 않은 채 딴청을 피웠다. 내심 인화 언니에게 호감을 갖고 있는 것이다.

"너 또 왜 그래. 오늘은 차인화랑 나랑 결혼시킬 거냐?"

지난번 만났을 때 나와 민선은 인화 언니를 내숭의 여왕에, 엄청난 도덕군자인 척하는 가증스러운 속물이라고 결론지었다. 인화 언니를 미워해서라기보다는 흐물의 마음을 떠보기 위한 과장된 제스처였다. 흐물은 우리의 열변에 맞장구치는 척하며 호시탐

탐 화제를 바꾸려 했다. 우리는 흐물이 아무래도 인화 언니를 사랑하는가 보다, 역시 흐물도 남자라 예쁘장한 내숭쟁이에게 끌리는가 보다, 라고 조롱을 퍼부었다.

"결혼은 무슨. 인화 언니가 흐물 같은 남자랑 결혼을 해주겠어?"

나는 오른손 검지를 흐물의 얼굴 앞에 대고 흔들었다.

"어머, 얘는. 인화 언니가 아무리 예쁘다 해도 그렇지, 올해 나이가 몇인데. 마흔 아니야. 그 나이면 선도 재취 자리만 들어온다는데, 흐물 오빠 같은 총각이면 과분하지."

이럴 때 민선의 사고방식은 거의 우리 엄마 수준이다. 본인도 애 딸린 이혼녀라는 약자 중의 약자 신분이면서 왜 나이 많은 싱글 여성의 위상을 깎아내리지 못해 안달일까.

"나한테 인화는 언감생심이지."

흐물이 어색하게 웃으며 머리를 긁적였다.

"언감생심? 그럼 인화 언니가 흐물이 좋다고 그러면 흐물은 언니랑 사귈 거야?"

묻다 보니 갑자기 화가 치밀었다. 흐물을 이성으로 좋아하는 것은 아니지만, 흐물이 인화 언니에게 '언감생심'이라는 표현을 쓰는 것은 괘씸해서 참을 수가 없었다.

"야, 인화가 나처럼 흐물거리는 인간을 쳐다나 보겠냐."

"인화 언니가 흐물 오빠한테 관심 있는 것 같던데? 저번에 나랑 통화하면서 요즘도 경훈 오빠랑 자주 보냐고 묻더라. 끊을 땐 슬쩍 다음번엔 너희끼리만 만나지 말고 자기도 불러달라는 말도 하던데? 은근히 흐물 오빠한테 관심 있는 거야."

민선이 흐물과 나를 번갈아 쳐다보며 말했다. 서빈이 얘기를 할 때와는 다른, 호기심과 생기가 넘치는 얼굴이었다. 흐물은 말 없이 웃기만 했다.

"흐물이 좋은 게 아니라 보험에 들어놓고 싶은 거 아닐까? 나이는 드는데 옆구리는 허전하니 비상용 남자나 하나 구비해놓자, 뭐 그런 거."

인화 언니처럼 예쁘고 능력 있는 여자가 흐물에게 관심이 있다니, 말도 안 된다. 민선이 저렇게 생각하는 건 언니가 나이 든 싱글 여성이기 때문이다. 나이 든 싱글 여성을 비하하는 것은 결과적으로 나나 민선 자신을 깎아내리는 일인데, 민선은 왜 그런 생각을 못 할까? 나는 화가 치밀었다. 생각 없이 아무렇게나 말하는 민선의 경솔함에, 은근히 인화 언니를 좋게 생각하는 흐물의 속물스러움에, 흐물 같은 남자에게 관심을 표함으로써 스스로 품격을 낮춰버리는 인화 언니의 바보 같음에.

"근데 인화가 오늘 나온대? 이렇게 늦은 시간에?"

흐물이 조심스럽게 물었다.

"어머, 저 관심. 미연아, 흐물 오빠가 인화 언니 좋아하나 봐."

민선이 호들갑을 떨었다.

"인화 언니는 못 온대. 원래 오기로 했는데 좀 전에 전화해서 못 온다고 그랬어. 흐물이 오는 중이라고 하니까 갑자기 못 온다지 뭐야. 흐물을 정말 싫어하나 봐."

나는 되는대로 말을 지어냈다. 흐물은 대답 없이 가만히 나를 쳐다보았다.

그때 내 핸드폰에서 문자 착신음이 울렸다.

"어? 인화 언닌가?"

얼른 핸드폰을 들어 올렸다.

북한구원 합동기도회
온천지교회 내일 저녁 8시

"인화야?"

맞은편에 앉아 있던 흐물이 고개를 길게 뺐다.

"흐물, 내일 뭐 해? 우리 여기나 가볼까?"

나는 핸드폰을 내밀어 들어온 문자를 보여주었다.

"집에 성조기 있어? 이런 데 가려면 성조기 갖고 가야 해."

문자를 들여다본 흐물은 아무렇지도 않은 척 농담을 했지만, 목소리엔 전혀 흥이 실려 있지 않았다. 인화 언니의 문자라고 생각했던 것이 틀림없었다.

"제발 이런 문자 좀 그만 보냈으면 좋겠어. 저번엔 하루에 똑같은 문자를 다섯 건이나 보낸 거 있지? 아버지께서는 너희가 청하기도 전에 무엇이 필요한지 알고 계신다나? 아니, 알지도 못하는 사람한테 그런 문자를 왜 보내는 건데?"

나는 쾅, 소리가 나게 핸드폰을 탁자에 내려놓았다.

"그러게. 교회 사람들 도대체 왜 그러니? 저번엔 비행 갔다 와서 낮잠 자고 있는데 하도 시끄럽게 초인종이 울려서 나가 보니까 자원봉사를 나왔대. '자원봉사요? 무슨 자원봉사인데요?' 물어보니까 글쎄, 성경 공부 자원봉사라는 거야. 와, 정말 열받아서 돌아버리겠더라. 시차 때문에 피곤해 죽겠는데, 뭐? 성경 공부 자원봉사? 수법도 가지가지야. 거리에 나가면 예수구원 불신지옥이라고 소리 질러, 지하철 타면 예수 믿으라고 노래 불러, 집에 있으면 문 두드리고 찾아와, 이젠 하다 하다 문자까지. 정말 안 하는 짓이 없어."

민선의 옛 시집은 열렬한 기독교 집안이었다. 민선에게 이혼은 큰 상처였지만, 억지로 끌려다니던 예배와 각종 기도회에서 해방되었다는 면에서는 축복이었다. 이혼 후, 민선은 기독교 얘기만 나오면 입에 거품을 문다.

"흐물, 아직도 인화 언니 생각해? 너무 상심하지 마. 언젠가는 만나주겠지."

침묵을 지키고 있는 흐물에게 농을 걸었지만, 흐물은 물끄러미 나를 쳐다보기만 했다.

나는 낮다 못해 콧대가 아예 없어 보이는 흐물의 코와 그 코의 넓은 모공을 채우고 있는 까만 피지를 쳐다보았다. 도대체 이 인간은 어디서 돈이 나오는 걸까? 우리 셋이 만나면 밥값, 술값, 택시비 일체를 흐물이 다 낸다. 나와 민선이 대전에 있는 흐물을 자꾸 불러올리는 것은 흐물이 만만하고 편해서이기도 하지만, 만남에 필요한 경비를 줄이고 싶은 마음 때문이기도 하다.

"혹시 솔루션 개발자 아는 사람 있어? 경력 3년 이상으로. 나이가 아주 많지만 않으면 경력이 좀 더 돼도 괜찮아."

혹시나 하는 마음으로 E뱅크 얘기를 꺼냈다. 담배와 인삼을 취급하는 공사에 다니는 흐물이나 비행기 내에서 음식을 나르는 민선이 웹 개발자를 알 리 만무하지만, 여기저기 말을 해놓는 게 안 하는 것보다는 나을 것 같았다.

"내가 저번에 이력서 하나 보내줬잖아. 걘 떨어졌어?"

흐물이 다리를 가지런히 모으며 말했다.

"나한테 이력서를 보냈다고? 언제?"

아! 그러고 보니 E뱅크랑 계약하고 온 다음 날, 흐물이 그 회사에 쓰일 만한 인재일지도 모르겠다면서 후배 이력서를 하나 보내줬었다. 이름이 김재광이었던가? 이메일에 파일을 첨부해서 보냈는데 파일 제목만 확인하고 열어보지도 않았다.

"생각났어, 생각났어! 얼른 집에 가서 열어봐야겠다."

나는 손뼉을 쳤다.

"넌 내가 보낸 이메일, 체크도 안 하는구나? 엊그제도 웹 개발자 이력서 하나 보냈는데."

"그래? 제목을 뭘로 해서 보냈어? 웹 개발자라는 말 들어가는 제목이었어?"

요즘 너무 바빠서 이메일도 제대로 못 봤다. 급한 포지션에 관계된 이메일만 열어보고, 나머지는 구정 연휴 때 몰아서 체크할 생각이었다. 이틀 전에 흐물이 보낸 이메일의 제목은 '내 아름다운 그대에게'였다. 만날 하는 말장난이 쓰여 있으려니 싶어 열어보지도 않았다.

"'미치도록 사랑스러운 그대에게'였나, '오 마이 뷰티풀 달링'이었나? 생각이 안 나네."

"토할 것 같아. 제목이 왜 그래?"

민선이 구역질하는 시늉을 했다.

"나 집에 갈래. 노트북 열어봐야겠어. 흐물 너는 그렇게 중요한 메일을 보내면서 왜 그런 제목을 붙이냐? 읽어보지도 않고 쓰레기통으로 보낼 뻔했잖아."

나는 지갑에서 3만 원을 꺼내 테이블에 올려놓고 일어섰다.

"바래다줄게. 좀 있다가 다 같이 나가자."

흐물이 내 쪽으로 3만 원을 밀어놓았다.

"여기서 우리 집까지 10분이면 가거든. 횡단보도 두 번 건너면 바로 우리 아파트야. 내 걱정은 말고 민선이나 데려다주셔."

나는 3만 원을 다시 밀어놓고 와인 바를 빠져나왔다.

"야, 핸드폰은 가져가야지."

흐물이 엘리베이터 앞으로 쫓아와 내 핸드폰을 내밀었다.

"그럼 솔루션 한 명, 웹 개발 한 명이네? 쓸 만해? 몇 살이야? 연봉 너무 높은 애들 아니야?"

나는 엘리베이터 버튼을 누르면서 핸드폰을 받아 들었다.

"재광이는 경력이 3년에서 몇 개월 모자라. 스펙은 확실한데 처음에 파견업체로 들어가는 바람에 고생만 하고 돈은 얼마 못 받고 있어. 지금 연봉이 E뱅크의 3분의 2 수준이니 말 다 했지."

오호, 좋다. 경력이 너무 많은 것보다는 몇 개월 모자라는 게 연봉 맞추기가 훨씬 수월하다. 파견업체 소속이면 한 회사에 소속되고자 하는 마음도 클 테고. 예감이 아주 좋다.

"웹 개발자는?"

"웹 개발자는 경력 5년이야. 은행 다니고 있으니까 E뱅크랑 경력은 딱 맞지. 둘 다 결제 시스템일 거 아니야."

"은행 연봉이 E뱅크 연봉 두 배는 될 텐데? 연봉 얘기도 해줬어?"

"했는데, 자기는 은행에서 일을 너무 많이 해서 질렸대. 돈 적게 받아도 좋으니까 일 조금 시키는 데로 가고 싶대."

음, 연봉을 적게 준다고 해서 E뱅크가 은행보다 일을 덜 시키지는 않을 텐데. 시스템 구축 단계에 있기 때문에 오히려 일을 더 많이 시킬지도 모른다. 그렇지만 나는 일단 고개를 끄덕였다. 경력이 일치하면서 이직을 희망하는 후보자가 나타났다. 그게 어딘가.

"담부터는 이메일 제목에 '이력서 첨부'라고 꼭 써서 보내. 안 그러면 수신 거부 걸어버릴 거야."

으름장을 놓고 엘리베이터에 탔다.

건물 밖으로 나오니 청회색이던 하늘이 묵직한 먹빛으로 변해 있었다. 신천 먹자골목은 많은 인파로 북적였고, 나이트 앞에서 한가하게 담배를 피우고 있던 삐끼들은 지나가는 여자들을 붙잡느라 분주했다. 나는 나는 듯이 먹자골목을 통과해서 횡단보도 앞에 섰다. 시간을 확인하려고 핸드폰을 꺼내는데 핸드폰 틈새에서 만 원짜리 세 장이 투두둑 떨어져 내렸다. 재빨리 주워 올렸지만 그중 한 장은 질퍽이는 눈 위에 떨어져 완전히 젖어버렸다. 뭐야, 핸드폰에다 이런 걸 넣어놓고. 바보같이. 나는 젖은 돈을 집어 들고 빠르게 횡단보도를 건넜다. 우뚝 솟은 아파트들이 성큼성큼 다가왔다.

8

결혼 특별 부록

난에 새 촉이 돋았다. 줄기가 누렇게 변색되고 검은 반점이 촘촘히 박혀 있어 이제 정말 죽었나 보다 했는데, 올해도 어김없이 새 촉을 밀어냈다. 나는 새잎에 감싸인 작은 생명체를 물끄러미 바라보았다. 봄이 오기도 전에, 저 열악한 환경에서 흙을 뚫고 얼굴을 내밀었다. 얼마나 힘들었을까. 얼마나 외로웠을까. 양평에 전원주택을 지어 내려온 뒤 엄마는 지극정성으로 집 안의 식물들을 돌보았지만, 이 난은 거의 방치하다시피 했다. 가끔 오는 내가 물을 주지 않았다면 벌써 몇 년 전에 죽었을 것이다. 바쁠 땐 엄마 집에 한 달에 한 번 올 때도 있었는데, 그럴 때면 난은 바짝 마르고 잎끝이 새카맣게 변해 있었다. 그런 난에 물을 듬뿍 주면서,

이 생명체에게는 내가 신 같은 존재겠구나, 생각했다.

"뭐 하세요?"

뒤에서 제부가 말을 걸어왔다. 탁, 라이터 켜는 소리가 들리더니 이내 담배 연기가 내 쪽으로 날아왔다. 맛있겠다! 나는 입맛을 다셨다. 아직 첫 담배를 개시하지 못한 상태였다.

"새 촉이 돋았어요."

저도 한 대만 주세요, 라는 말을 꿀꺽 삼키며 턱으로 난을 가리켰다.

"얘가 아직 살아 있네요?"

제부가 내 옆으로 고개를 들이밀었다. 살에 휩싸여 형태를 알아볼 수 없을 정도가 된 이목구비 구석구석에 환한 웃음이 감돌았다. 그렇게 왜소했던 남자가 이렇게 살이 찌다니. 이 남자의 피둥피둥한 살은 순전히 세연의 땀과 눈물로 이루어진 것이리라.

"이 난 들고 왔을 때 제부 참 괜찮았는데. 지금처럼 살도 안찌고."

이 난은 7년 전, 제부가 우리 집에 처음 인사 오면서 들고 온 것이다. 그때만 해도 제부는 지금처럼 살이 찌지 않았고, 세연이나 우리 식구들에게도 예의 바르게 행동했다. 체념 어린 눈빛과 왜소한 체구 때문에 우리 가족은 그를 못마땅해하면서도 가엾게 여겼다. 누나 다섯에 삼대독자라는 가정환경이 무슨 원죄인 양 추궁하는 아버지 앞에서 고개를 숙이고 한숨을 쉬는 모습을 보면서, 나는 저 사람 참 가족들에게 많이 짓눌려 살아왔겠구나, 생각했다. 나 또한, 신동 소리를 들었던 동생에게 늘 짓눌려 살아왔기 때문에 동병상련 같은 감정이 들기도 했다. 그런데 그게 다 엉뚱한 감정이었다. 이 사람은 뭔가에 짓눌릴 정도의 의식도 없는 사람이었다. 전교 1등을 놓치지 않는 삼대독자였던 이 남자는 어릴 때부터 당연한 듯 다른 이들의 희생을 받아왔고, 어떤 상황에서도 자기중심적으로 사고하는 습관이 몸과 마음에 운명처럼 배어 있었다. 우리가 체념 어린 눈빛이라고 생각했던 것은 나태함과 방만함의 표식이었을 뿐이다.

"어, 이거 제가 가져온 거예요?"

제부가 어깨를 으쓱하면서 큭큭 웃자 담배 연기가 베란다에 넓게 퍼져나갔다. 순간 제부가 얄미워졌다. 여기는 내 부모의 집이다. 이 집안의 혈육인 내가 담배를 피우지 못하고 있는데, 피 한 방울 안 섞인 저 사람이 저렇게 당당히 담배를 피우다니.

"세연인 일어났어요?"

"새벽부터 나갔어요. 급하게 취재할 거 있다고."

그럼 이불은 방바닥에 그대로 널려 있겠군요. 하마터면 이렇게 말할 뻔했다.

신혼여행에서 돌아와 처갓집에서 잔 다음 날, 지방으로 취재 가야 한다고 세연이 새벽부터 나간 뒤 혼자 남은 제부는 자기가 잤던 이부자리에서 몸만 쏙 빠져나와 아침을 먹고는 전날 입었던

옷과 양말을 몸 빠져나간 형태 그대로 남겨둔 채 유유히 사라졌다. 제부가 나간 뒤에 보니 화장실 여기저기에 담뱃재가 날아다니고 변기에 오줌 방울이 잔뜩 튀어 있었다. 아버지가 술, 담배를 전혀 하지 않고 딸과 부인을 세심하게 배려하는 스타일이었기 때문에 제부의 그런 행동은 엄마와 나에게 큰 충격이었다.

"어젯밤에 화해는 하고 잤어요?"

구정 연휴 마지막 날이었던 어제, 세연과 제부는 저녁 8시가 다 돼서야 양평에 도착했다. 세연이 명절 당일도 자고 가게 하는 시부모가 어디 있느냐고 투덜투덜하면서 식탁에 앉았을 때부터, 나는 세연이 조만간 가족 중 누군가와 한바탕 맞붙을 것임을 예감했다.

"그게 어디 저랑 화해할 일인가요? 장인어른이랑 해야지."

제부가 물뿌리개를 들어 천천히 난에 물을 주었다.

어제저녁 싸움의 발단은 저녁 식사 뒤 소파에 앉아서 함께 보던 9시 뉴스였다. 행복한 미소를 짓는 대가족의 모습이 나오는 명절 관련 뉴스를 보면 세연이 광분할 것 같아서 얼른 채널을 돌리려고 했는데, 마침 세종시 관련 뉴스가 나왔다. 명절 이후 새누리당 박근혜 위원장의 세종시 방문 문제를 놓고 여당 내에 갈등이 일고 있다는 소식이었다.

"잠깐 그것 좀 보자. 아직도 저거 가지고 싸움질하고 있나, 한

식구끼리 창피하게."

아버지가 인상을 찌푸렸다. 아버지는 새누리당 지지자로, 당원
도 아니면서 자신을 새누리당과 '한식구'라고 생각하고 있다.

"서울이 지금 뻥 터지기 일보 직전인데 행정수도 이전하는 건
관습법 위반이어서 안 돼, 행정기관 일부를 이전하는 건 효율성
이 없어서 안 돼, 그럼 도대체 어쩌자는 거야? 다 같이 망하자는
거야, 뭐야. 아예 나라 이름을 서울 공화국으로 바꾸든가."

세연이 따발총처럼 말을 쏟아냈다. 나는 슬그머니 아버지를 쳐
다보았다. 세연이 나나 엄마 앞에서 이런 이야기를 한 적은 많지
만, 아버지 앞에서 한 적은 아직까지 한 번도 없었다. 어쩌려고 저
런 얘기를 아버지 앞에서……. 아무래도 세연이 과도한 명절 노
동 때문에 정신이 흐트러진 것 같다.

"너는 그럼 행정부서가 갈래갈래 찢어져서 어떤 건 서울에, 어
떤 건 과천에, 어떤 건 충청도에 있는 게 정상적인 국가에서 할 짓
이라고 생각하는 거냐?"

아버지는 직업군인 출신이다. 선이 고운 귀공자 같은 얼굴에 작
고 마른 체격, 조용한 목소리, 자상하고 세심한 성격 등 예전에
군인이었다는 사실을 말해주지 않으면 아무도 군인 출신이라고
생각하지 못할 정도로 스타일이 좋은 중년 남자다. 하지만 정치
성향만은 자신이 속했던 집단의 테두리에서 조금도 벗어나지 못
했다. 아버지는 지금도 김대중 전 대통령이 빨갱이라고 믿고 있으

며, 수도 이전은 절대 해서는 안 되는 '망발'이라고 생각하고 있다.

"그럼 아버진 사람들이 꾸역꾸역 서울로 몰려드는 지금 이 상황이 마땅하고 옳다고 생각하세요?"

"그렇다고 행정기관을 옮겨? 그것도 일부만?"

아버지는 포항에서 태어나 중고등학교까지 그곳에서 마쳤고, 부산에서 대학을 다녔다. 정치에 관심이 많지는 않지만 정치 얘기가 나오면 당연하다는 듯 현 대통령과 여당을 지지한다. 몇 년 전 대통령이 세종시 이전을 놓고 원안과 다른 안을 내놓았을 때도 대통령의 안을 지지했다. 대통령의 정책에 찬성해서가 아니라 대통령이 자기와 동향 출신이기 때문이다. 만일 대통령이 세종시 원안을 고수하는 입장이었다면 아버지도 세종시에는 원안대로 행정기관이 포함되어야 한다고 생각했을 것이다. 그리고 세연은, 그런 아버지의 심리를 너무나 잘 파악하고 있다.

"일부만 옮기는 게 문제라면 전부 다 옮기면 되죠."

세연은 중학교 때부터 사회, 정치 분야에 관심이 많았다. 마르크시즘이나 북한에 대한 책도 많이 읽었고, 사회적 약자에 대한 관심도 지대했다. 언제 어디서든 자신의 주장을 거침없이 쏟아냈고, 반대 의견을 가진 사람과 토론하길 즐겼다. 우리나라 3대 보수신문이라 일컬어지는 중앙지 기자로 들어간 후에도 흔들리지 않던 세연의 기세가 누그러든 것은, 제부와 결혼할 무렵부터였다.

제부는 경남의 한 섬마을 출신으로 마을 주민들의 기대를 한 몸에 받으며 서울대에 입학했고, 주민들이 조성한 장학금을 받으며 대학에 다녔다. 지금도 그 섬에는 '○○초등학교 25회 졸업생 강우일 서울대 합격'이라는 빛바랜 플래카드가 휘날리고 있다고 한다. 비록 졸업 후 이 사회의 주류 대열에 끼어드는 데는 실패했지만, 제부는 가치관만은 주류 세력보다 더 확고하게 주류의 것을 고수해오고 있다. 세연은 그런 제부에게 서서히 동화되어갔다. 김용철 변호사의 양심선언, 미국산 쇠고기 수입, 용산 참사 같은 굵직한 사건이 터졌을 때, 세연은 아버지와 남편이 '가진 자와 권력자와 재벌만을 옹호하는 쓰레기 같은 발언'을 하도록 내버려두었다. 그러던 세연이 최근 들어 다시 급진적인 발언을 쏟아내고 있다. 내용은 옛날보다 더 과격해졌다. 세연과 제부 사이에 뭔가 이상이 생겼음을 보여주는 단초다.

"말도 안 되는 소리. 그건 옛날에 헌법재판소에서 위헌이라고 판결 났는데."

아버지가 한심하다는 듯 혀를 찼다. 너는 이때까지 그런 것도 모르고 있었니, 하는 표정이었다.

"아버지는 헌법재판소가 대단한 곳이라고 생각하시는 것 같아요. 그렇죠?"

"헌법재판소는 우리나라 최고의 사법기관이지."

법대 출신인 제부가 질세라 끼어들었다.

"끼어들지 마."

세연이 싸늘한 목소리로 말했다.

"헌법재판소가 뭔지 모르는 것 같아서 참고하라고 말해준 것뿐이야."

제부가 생글생글 웃었다.

"얼씨구, 그렇게 법률 지식이 풍부하신 분이 지금까지 고시 준비를 하고 계셔? 참으로 대단하시네."

세연은 곧바로 칼을 휘둘렀다.

"그러는 당신은, 헌법재판소가 뭔지도 모르면서 기자질을 하고 있어? 헌재가 판결을 내리면 당연히 따라야지. 우리나라 최후의 사법기관인데. 그건 초등학생들도 아는 문제야."

"헌법재판소는 헌법을 심판하는 곳 아니니? 헌법만 전문적으로 심판하는 곳이니까 누구보다 헌법에 대해서 잘 알겠지. 내 생각은 그래."

조용히 있던 엄마도 끼어들었다. 엄마는 기본적으로 새누리당 지지자이지만 때에 따라 지지 정당이 달라지기도 한다. 아버지와 있을 때는 새누리당을, 선진당 지지자인 외할아버지와 있을 때는 선진당을 지지하는 식이다. 세연은 그런 엄마를 '자기주장이 전혀 없이 남의 말에 이리저리 휘둘리는 생각 없는 아줌마'라고 정의했다. 그런 자기의 특성을 알고 있는지 엄마는 정치적인 얘기를 할 때마다 꼭 '내 생각은 그래'라고 힘주어 말하곤 한다.

"엄만 좀 가만히 있어봐."

세연은 엄마에게 일침을 놓은 뒤 다시 제부에게 칼날을 겨누었다.

"지금 시스템에 대한 얘기를 하는 게 아니잖아. 나는 헌재 판결이 신성불가침이 되고 있는 작금의 상황 자체를 논하고 있는 거라고. 헌재는 5공 종식의 결과물일 뿐이야. 절대적인 진리 판단 기관이 아니라고. 도대체 우리가 왜 국가적인 판단이 필요한 중요 사안을 국회가 아닌 아홉 명의 법조인에게 맡겨야 하지? 왜 우리나라의 운명이 소수 영감님들의 정치적 견해에 맡겨져야 하는데?"

기사를 쓰는 기자이기 때문일까, 세연의 말은 꼭 대본을 읽는 것처럼 논리정연하고 문어적이다. 그에 반해 아킬레스건을 찔린 제부는 토론에 논리적으로 대응할 기분이 전혀 아니었다.

"어이구, 애국자 났네. 김세연 기자님이 언제부터 그렇게 나라의 운명을 걱정하셨을까? 그렇게 애국심이 강하셔서 수억씩 빚을 내 부동산을 사들이셨어? 그렇게 애국심이 강하셔서 충청도 땅을 보러 다니셨어? 그렇게 애국심이 강하셔서……."

"그만해."

세연이 제부를 잡아먹을 듯 노려보았다.

세연은 어릴 때부터 욕심이 많고 이재에 밝았다. 나와 똑같은 액수의 용돈을 받고 자랐지만 대학 입학 당시 세연에게는 600만 원이라는 저축이 있었고, 내 수중에는 빚밖에 없었다. 대학 다닐 때부터 아르바이트한 돈을 모아 오피스텔을 매입해 임대 수익을 올렸고, 그 돈을 종잣돈 삼아 결혼 후 잠실의 재건축 아파트와 수원의 매탄동 신축 아파트를 은행 융자 끼고 사들였다. 그때보다 세 배 이상 시세가 오른 지금 돌아보면 참으로 탁월한 선택이었다. 노무현 전 대통령의 당선이 확정된 지 며칠 되지 않아 충청도에 땅을 보러 다녀 주위 사람들을 놀라게 하기도 했다. 그러고 보면 세연은 제부와 결혼하지 않았더라도 언젠가는 보수화되었을지 모른다. 남보다 성공하고 싶은 욕망이 이상과 속세 양쪽에 골고루 뻗쳐 있어 스스로 모순을 만들어내는 형국이다.

"어쨌든 한 나라의 국민이면 법은 지키고 살아야지. 헌법재판소에서 위헌이라고 정했으면 당연히 수긍해야지. 소크라테스도 그랬지 않니, 악법도 법이라고."

논리에서 세연에게 한참 떨어지는 아버지, 힘겹게 소크라테스를 들고 나오신다.

"아버지. 그때 말이에요. 우리의 대통령께서 왜 갑자기 세종시 원안을 수정하겠다고 나서셨던 걸까요?"

세연이 지난 일을 다시 들추어낸다. 생글생글 웃으면서.

"그거야 수도가 분할되어 나랏일이 비효율적으로 돌아가는 것을 막기 위해서였겠지."

갑자기 바뀐 딸의 분위기에 아버지가 얼떨떨한 표정을 지었다.

"그분께서는 말이죠, 세종시로 일타삼피를 노렸던 거예요. 우선 수도권의 지지를 얻고, 두 번째로 4대강 같은 말 많은 문제에 쏠린 이목을 세종시로 집중시키고, 세 번째로 세종시 수정안으로 절약한 돈을 4대강에 퍼 나르는 거죠. 그 과정에서 생기는 짭짤한 부수입을 챙기는 건 말할 것도 없고요. 비록 수정안은 실패했고 4대강은 기록적인 녹조 현상을 보이고 있긴 하지만, 전 그분의 기발한 발상과 담대한 추진력만큼은 높이 사야 한다고 봐요. 안 그래요?"

세연이 너무 빠르게 지껄이는 바람에 아버지는 내용을 이해하지 못한 눈치였다. 하지만 제부는 세연의 말을 단번에 알아듣고 반격에 나섰다.

"사람이 그렇게 시야가 좁나. 대통령은 그때 폴리티션(politician)의 입장이 아닌 스테이츠맨(statesman: 정치인. politician과 statesman은 둘 다 정치가를 뜻하지만, 전자는 자기의 이익 또는 당파 중심으로 술책을 쓴다는 경멸의 뜻으로 쓰이는 경우가 많은 데 반해 후자는 총명하고 식견이 있는 훌륭한 정치가를 뜻하는 경우가 많다)의 입장에서 큰 결단을 내리려 했던 거야. 고작 생각한다는 게 뭐? 일타삼피? 기자라는 게 수준하고는……."

"폴리티션? 스테이츠맨? 어이구, 누가 들으면 너 엄청 영어 잘하는 줄 알겠다. 머릿속에 똥만 차 있는 주제에."

드디어 '너'라는 호칭이 나왔다. 세연이 갈 데까지 가기로 작심한 것이다. 평소의 세연이라면 남편에게 이렇게까지 말하지는 않았을 것이다. 이것은 확실히, 명절의 여파다.

"둘 다 그만해! 세연이 넌 남편한테 똥이 뭐냐. 반말 찍찍 하면서."

아버지가 버럭 소리를 질렀다. 흔히 있는 일은 아니었다.

"세연이 지금 명절 끝이라 그런 거예요. 본심이 아니니까 아버지가 이해……."

"언닌 가만히 있어. 아버지, 제가 뭐 어쨌다고 저한테만 뭐라고 하세요? 제가 저 인간 부모 집에 내려가서 어떻게 하다 왔는지 알기나 하세요? 저 인간은 눈뜨는 순간부터 저녁까지 드러누워서 텔레비전이나 보고 있고, 저는 새벽부터 일어나서 머리털 나고 한 번도 본 적이 없는 저 인간 조상들 차례상 차린다고 뼈 빠지게 음식을 했어요. 농경 시대에나 먹을 법한 온갖 구닥다리 음식들을요. 그뿐인지 아세요? 중간중간 저 인간과 그 집안 수컷들한테 밥 차려줘, 밥 먹고 나면 상 치워, 상 치우고 나면 과일 깎아다 날라……."

"시끄럽다! 가서 며칠이나 있다 왔다고 때마다 그 타령이냐. 그럴 거 뻔히 알고 시집갔으면서. 다른 여자들도 다 그렇게 하는데 너처럼 난리 치는 애는 아무도 없더라. 넌 명절 때마다 집에 와서 그런 말 늘어놓는 거 지겹지도 않니. 난 이제 지겹다, 지겨워."

아버지의 얼굴이 벌겋게 달아올랐다.

"역시 아버지도 수컷이라 팔이 안으로 굽는군요. 네, 앞으로 다시는 그런 말 안 할게요. 이 인간이랑 끝장낼 거니까 앞으로 그런 말 할 일도 없겠죠. 그리고 여기도 다신 안 올 거예요. 저 인간은 피둥피둥 놀고 있고 나 혼자 아등바등 새끼들 건사하느라 애쓰는 생활도 이젠 지긋지긋해요. 아버지는 잘난 사위랑 술 마시고 트림하면서 열심히 나라 걱정이나 하세요. 그렇게 호되게 뒤통수를 맞고도 여전히 그 집단 생리에서 못 벗어나시다니, 아버지도 참 대단한 순애보시네요."

이렇게 말하고 세연은 아차, 하는 표정을 지었다.

아버지는 군인연금이 나오는 최소한의 복무 기간을 채운 뒤 바로 군에서 제대했다. 그리고 예전 상관이 제대하고 차린 회사에 상무로 들어갔다. 유럽계 방위산업체의 일을 대행해주는 소규모 에이전시였는데, 아버지는 주로 외국인 로비스트들과 국방부 인사 사이에 다리를 놓아주는 일을 했다. 그러나 그곳에서 일한 지 채 2년도 되지 않아 아버지는 염증을 느끼기 시작했다. 군대 시절의 인맥을 활용해서 하는 일이라 현역 시절과 크게 다를 바가 없다고 느꼈던 것이다. 그즈음, 아직 현역에 있는 후배 한 명이 회사를 차리고 싶다면서 아버지에게 대리 사장을 맡아달라고 제의해왔다. 자기가 담당한 분야의 발주를 모두 몰아줄 테니 수익을 절반씩 나누어 갖자는 것이었다. 자기 회사를 차려 크게 돈을 벌겠다는 기대에 부푼 아버지는 그 제안을 받아들였고, 에이전시에서 일하면서 틈틈이 회사 설립 절차를 밟아나갔다. 그리고 어느 날 갑자기, 검찰에 구속되었다. 에이전시 사장이 아버지의 계획을 눈치채고 검찰에 투서를 넣었던 것이다. 결국 재판에서 무죄판결을 받긴 했지만 아버지는 언론에 이름이 대서특필되고, 3개월 동안 구치소에 억류되는 굴욕을 당했다. 회사를 차리자고 제의했던 후배는 자기는 관여한 적이 없다고 딱 잡아떼어 군 내에서 2개월 감봉 처분을 받는 것으로 마무리되었다.

그 후 아버지는 모든 사회 활동을 접고 목동에 있던 아파트를 팔아 이곳으로 내려왔다. 꿈꾸던 대로 2층짜리 전원주택을 짓고 넓은 마당에 감나무와 사과나무, 목련나무를 심었지만 아버지의 얼굴에 드리워진 그늘은 사라지지 않았다. 재판이 진행되면서 옛 직장 동료와 지인들이 아버지에게 등을 돌리고 후배에게 유리한 증언을 했던 기억이 두고두고 사라지지 않았던 것이다. 그 후로 그 사건에 대한 얘기는 가족들 사이에 금기가 되었다. 그런데 지금, 세연이 그 얘기를 끄집어낸 것이다.

"너 지금 뭐라고 했니?"

아버지의 얼굴이 싸늘하게 굳어졌다.

"제가 뭐 못 할 말 했나요? 아버지도 그 일 당하시면서 군대라는 조직이 얼마나 이율배반적인지 아셨잖아요. 기왕에 그렇게 된 거 이제 그 집단의 사고방식에서 좀 벗어나시라고요."

말은 이렇게 했지만 세연의 표정엔 후회하는 기색이 역력했다. 이혼을 하겠다거나 양평 집에 다시는 안 오겠다는 말은 다혈질인 세연이 명절 때마다 내지르는 말이었다. 하지만 아킬레스건을 찔린 아버지는 자신의 상처에 골몰해서 큰 그림을 보지 못했다.

아버지는 망연자실한 얼굴로 한참 동안 서 있다가 2층으로 올라가버렸다. 당황한 기색으로 자리를 지키고 있던 엄마도 묵묵히 아버지를 따라갔다. 그 뒤를 이은 건 세연과 제부의 진부하고 원색적인 말다툼이었다.

"세연이랑 요즘 안 좋아요? 한동안 안 그러더니 다시 공격적이 됐네."

나는 완전히 노랗게 변한 난 잎을 뜯어내며 제부에게 물었다. 단순히 명절 끝이라 그런 것인지, 혹시 내가 모르는 다른 사건이 있는 것인지 알고 싶었다.

"원래 그런 성격이잖아요. 며칠 지나면 또 언제 그랬냐는 듯 방울이 굴러갈 거예요."

정말 그럴까. 매년 명절 때면 있는 일이지만 이번에는 어째 좀 심상치 않다.

"장인어른은 세연이 성격 그런 거 뻔히 아시면서 좀 다독여주지 않으시고……. 명절에 일 많이 해서 심사가 뒤틀려 있는 사람한테……."

어제는 아버지 옆에 딱 붙어서 세연의 염장을 질렀던 제부가 이제 와서 갑자기 세연의 역성을 들었다.

"제부, 아버지가 제부 생각해서 그렇게 말한 거 몰라요?"

"저를 생각해주셨다고요? 아니, 딸한테 고생했다고 다독여주는 게 저랑 무슨 상관이 있습니까?"

이 사람은 도대체 생각이 있는 걸까, 없는 걸까. 아버지는 남자다. 딸과 시집 사이에 갈등이 일어나면 무조건 시집의 손을 들어주어야 한다. 아버지는 엄마에게 자신의 어머니를 10년 동안 모시게 하면서 혹독한 시집살이를 치르게 했다. 시집과 갈등이 벌어졌을 때 대놓고 딸의 역성을 드는 것은 자신의 지난 인생이 정당하지 못했음을 스스로 인정하는 것이다. 하지만 자기 이외의 인간에게는 눈곱만큼의 관심도 둘 줄 모르는 이 인간은 죽었다 깨어나도 그런 메커니즘을 이해하지 못할 것이다.

"미연아, 강 서방, 와서 아침들 들어."

부엌에서 엄마의 목소리가 들려왔지만 제부와 나는 난 화분 앞에서 엉덩이를 떼지 않았다.

"우리 아버지 참 불쌍한 사람이에요."

느닷없이 이런 말이 튀어나왔다.

"아버지는 체질적으로 군대와 맞지 않았던 분이에요. 그런데도 군인연금을 타기 위해 억지로 근무 햇수를 채우셨어요. 아내와 자식들을 먹여 살리려고 말이에요. 김 중령이 하는 에이전시에서 일하다가 갑자기 회사 차릴 생각을 한 것도 엄마한테 좀 더 근사한 집을 지어주고 싶은 마음 때문이었죠. 원래 돈 욕심이 많은 분이 아닌데 가족들 때문에 돈 욕심이 생긴 거예요."

사실 이건 세연이에게 하고 싶은 말이었다. 세연아, 아버진 무식하고 욕심 많은 군인이 아니야. 가족에 대한 생각 때문에 그런 유혹에 넘어갔던 거야.

"그렇게 따지면 세상에 원래 못된 사람이 어디 있습니까? 다자기 가족, 자기 친척 생각하다가 도둑질하고 사람 죽이고 그러는 거지."

나는 제부를 노려보았다. 도둑질? 사람을 죽여? 제부는 내 쪽을 쳐다보지도 않았다.

"아침 먹으러 가죠. 엄마 기다리시는데."

나는 벌떡 일어섰다. 애초에 제부 앞에서 넋두리를 늘어놓은 내가 잘못이었다.

"어휴, 난 배 하나도 안 고픈데."

제부는 바지 안에 손을 넣어 엉덩이를 득득 긁으며 느릿느릿 식탁으로 걸어갔다. 배가 안 고프다더니, 식탁에 앉은 지 5분도 안 되어 밥그릇을 다 비우고 한 그릇을 더 달라고 해서 두 그릇을 후다닥 해치웠다.

"엄마, 아버지는요?"

"아버진 아침 일찍 나가셨어."

엄마가 다용도실에서 배 한 상자를 들고 왔다. 무거워서 끙끙거리는 소리를 내는데도 제부는 꿈쩍도 하지 않았다.

"어휴, 엄마. 나한테 같이 들자고 하지, 그걸 혼자 들고 와요?

143

바보같이."

내가 큰 소리로 말했지만 제부는 남은 반찬을 집어 먹느라 여념이 없었다.

"너희들 아버지랑 말할 때 조심 좀 해라. 어젯밤에 간 떨어지는 줄 알았다. 어떻게 아버지 앞에서 그때 얘기를 꺼내니?"

"엄마, 그 얘긴 세연이한테 해야지. 난 어제 아무 말도 안 했어요."

엄마에게 세연은 딸이지만 당혹스러운 존재였다. 세연은 대여섯 살 때부터 거침없이 자기 의견을 말했고, 엄마는 그때부터 지금까지 세연을 다스리는 법을 터득하지 못했다.

"너도 잘한 건 없지 뭐."

엄마가 냉장고 앞에 놓았던 배 상자를 식탁에 꽝, 하고 내려놓았다. 쩝쩝거리며 반찬을 씹고 있던 제부가 인상을 찌푸리며 상자를 쳐다보았다.

그럼 내가 잘못한 게 뭔데? 나는 이렇게 물어보려다가 꾹 참았다.

엄마는 항상 세연이 앞에선 아무 말도 하지 못하다가 사건이 일단락되고 나면 나를 붙잡고 늘어졌다. 우리가 어릴 때부터 그랬다. 나와 세연 사이에 말다툼이 벌어지면 일단 조용히 시키고 사태를 무마한 뒤 나를 혼냈다. 세연은 꾸지람을 들으면 두 눈을 똑바로 뜨고 자기가 뭘 잘못했는지 조목조목 따지고 들기 때문에 혼내기가 쉽지 않은 아이였다.

"세연이 요즘 애들 키우느라 많이 힘든가 봐?"

두 개의 비닐에 배를 나누어 담던 엄마가 지나가듯 제부에게 물었다.

"애들 키우는 게 다 그렇죠, 뭐. 근데 그 배 참 맛있게 생겼네요."

제부가 꺼억 트림을 하며 말했다.

"세연이 하는 일이 보통 회사원들이 하는 일이랑 어디 같아? 기자 일이라는 게 굉장히 바쁜 건데 남의 도움 안 받고 그렇게 버티는 거 보면 참 용해."

엄마가 쟁반과 칼을 가져와 배를 깎기 시작했다.

"남의 도움 안 받긴요. 옆집 아줌마랑 어린이집 도움을 얼마나 많이 받는데요."

자르기가 무섭게 제부가 포크로 찍어 가져가는 바람에 나는 배를 쳐다보고만 있어야 했다.

"그래도 사람 안 쓰고 살잖아."

예전부터 엄마는 세연이가 입주 아줌마를 쓰길 바랐다. 애들이 그렇게 어린데, 라면서 혀를 찼지만 그럴 때마다 세연은 그러다 사람 잘못 만나면 큰일이라는 말만 앵무새처럼 반복했다.

"우리 어머니가 사람 쓰는 걸 싫어하세요. 아는 사람 중에 조선족 아줌마 입주시켰다가 애가 유괴당한 적이 있었다나. 아무튼 세연이한테 다른 건 다 봐줘도 사람 쓰는 것만큼은 못 봐준다고 그러시더라고요."

제부가 포크로 배 세 조각을 한꺼번에 찍어 올렸다.

"아니, 아무리 그래도 그렇지, 6개월 된 손주가 어린이집 다니면서 만날 콧물을 달고 사는데 사람을 못 쓰게 해? 잘 알아보면 좋은 사람도 얼마나 많은데. 사부인 너무하시네. 당신이 올라와서 애들 봐주실 것도 아니면서."

엄마의 목소리가 파르르 떨렸다. 벼르고 별러온 얘기인 듯했다.

"장모님도 애들 안 봐주시잖아요?"

제부가 어깨를 으쓱하며 빈 접시에 포크를 내려놓았다.

"아니, 그 집안 핏줄을 왜 내가 봐주나? 명절 때 친정집에도 안 보내주고 부려먹으면서, 애 봐주는 건 나보고 하라고? 그건 아니지."

아버지와 내가 제부를 못마땅해할 때도 늘 제부를 감싸고 돌던 엄마였다. 그래도 서울대 나온 사람이니까 언젠가 큰일을 할 거라며 아버지와 내가 행여 제부 앞에서 못마땅한 기색을 드러낼까 봐 입단속을 시키던 엄마였다. 그런 엄마에게서 이런 말이 나오다니……. 엄마의 참을성도 마침내 한계에 다다랐나 보다.

"에이, 장모님. 그런 게 어디 있어요? 애들이 반은 친가, 반은 외가 핏줄을 타고나는 거지. 요즘에 손주 키워주는 외할머니가 얼마나 많은데요. 제 친구들네도 다 장모가 봐주던데요?"

제부가 유들유들 웃었.

"그래, 말이 나왔으니 말인데. 반은 친가, 반은 외가 핏줄이라면서 왜 명절 때는 우리 집에 안 오나? 명절 연휴 다 끝나고 밤에 와서 달랑 자고 가면 그게 오는 건가? 늦게라도 왔으니 감사하다고 내가 머리라도 조아려야 하나?"

한번 터진 엄마의 불만은 무서운 기세로 쏟아져 나왔다. 하지만 제부는 눈 하나 깜짝하지 않았다.

"에이, 너무 머니까 그러는 거죠. 좀 봐주세요, 장모님."

짐짓 당황한 척 익살스러운 표정을 짓는 제부.

"아무리 멀어도 그렇지. 처가는 아무 때나 내키면 오는 덴가? 적어도 명절 다음 날 낮에는 와야 하는 거 아닌가?"

작심한 듯 집요하게 따지는 엄마. 그런 엄마를 보고 있으니 내 마음이 무거워진다. 내가 결혼하고 나면 명절 당일에 오는 자식이 아무도 없게 될 텐데, 그때 엄마는 어떤 얼굴을 할까. 자식 둘을 낳아 애지중지 길러 대학까지 보냈건만 자식들의 성별이 딸이라는 이유로 명절 때는 갑자기 자식이 없는 사람처럼 되는 것이다. 세연이 결혼한 뒤부터 나는 명절 때마다 이 생각에 골몰해왔다. 남자의 집안을 중심으로 모여드는 가족들의 모습을 비춰주는 텔레비전 뉴스나 '시어머니와 며느리가 합심하면 명절을 현명하게 날 수 있다'라는 문장으로 시작하는 명절 특집 신문 기사를 보면서 의문이 든 것도 세연이 결혼한 이후부터였다. 이 나라에는 우리 집처럼 '시어머니와 며느리'라는 존재가 아예 없는 집, 그러니까 딸만 있는 집도 적잖이 있을 텐데 왜 텔레비전이나 신문은 그런 집이 애초에 존재하지 않는 것처럼 그리는 것일까? 우리 집처럼 아들이 없는 집은 '비정상적인' 집일까?

"그럼 내년부터는 경주 도착하자마자 '저희 얼굴 보셨죠? 이제 갑니다' 하고 바로 양평으로 올라올게요. 그럼 되는 거죠? 네?"

제부는 이렇게 말하면서 능글맞게 웃었다. 엄마가 어떤 대답을 내놓을지 기대돼서 미치겠다는 표정이었다. 비열한 놈. 나는 그 심술궂은 낯짝을 한 대 후려치고 싶었다. 엄마가 너한테 얼마나 잘해줬는데. 너를 얼마나 아꼈는데. 엄마에게 제부는 일종의 로망이었다. 고등학교 내내 전교 1등 자리를 내주지 않던 세연이 서울대에 못 가고 K대에 가게 되었을 때부터, 엄마는 사위라도 서울대 나온 사람을 보고 싶다고 노래를 불렀다. 우리 서울대 사위. 세연의 결혼 초기, 엄마는 제부를 대놓고 이렇게 불렀다. 창피하다고 세연이 아무리 말려도 눈도 깜짝하지 않았다. 내가 거짓말을 하는 것도 아니고 서울대 나온 사람, 서울대 나왔다고 하는 게 뭐 그리 큰 잘못이니? 하지만 엄마에게서 무조건적인 사랑을 이끌어내던 제부의 출신 학교도 이제는 약발이 다한 모양이다. 영원히 권세와 영광을 누릴 것 같던 그 강력한 무기에도 유효 기간이 있었구나. 나는 안도의 한숨을 내쉬었다. 모든 일에 끝이 있게 하신 절대자의 조화에 새삼 경의를 표한다.

제부가 이렇게 나오자 엄마는 잠시 침묵하다가 화제를 바꾸었다.

"그리고 자네도 그러는 게 아니지. 요즘엔 아빠들도 애들 엄청 나게 잘 봐준다던데 자네는 애들이 안쓰럽지도 않나? 세연이 야 근할 때도 나 몰라라 옆집에서 민준이 찾아오는 것조차 안 한다 면서?"

"어? 나 저번에 민준이 찾아온 적 있는데? 어린이집에서 성준 이 데려와서 분유 타 먹인 적도 있다고요."

능글맞게 웃으며 받아치는 제부.

"아, 맞다. 기저귀도 한 번 갈아줬다."

"저번엔 똥 쌌는데도 그대로 재웠다면서요? 세연이 밤샘하고 들어왔던 날, 다음 날 기저귀 갈면서 보니까 똥이 엉덩이에 들러 붙어 있어서 씻기느라 애먹었다고 세연이가 투덜투덜하던데."

가만히 있으려고 했는데 제부가 너무 뻔뻔하게 굴어서 그만 끼 어들고 말았다.

"아, 내가 딴건 다 하겠는데 그것만은 못 하겠더라고요. 냄새가 보통 심해야지. 그건 세연이한테도 말했는데? 내가 다른 건 다 해 줘도 똥 기저귀만은 못 갈겠다고."

똥 기저귀만은 못 갈겠다고? 그럼 세연이는? 세연인 태어나면 서부터 천민이라 똥 기저귀를 만지냐?

나는 입을 다물어버렸다. 엄마는 계속해서 제부와 티격태격 말 을 이어갔다. 누가 봐도 화가 나서 어쩔 줄 몰라 하는 엄마는 천연덕스럽게 말장난을 치는 제부에게 상대가 되지 않았다.

"엄마, 이거 나 갖고 가라고 싸준 거지?"

나는 엄마가 싸놓은 배 한 보따리를 들고 일어섰다. 사실은 내일부터 출근인데 그냥 오늘 오후부터 출근해야 한다고 둘러대고 엄마 집을 빠져나왔다. 저 인간이 빨리 집에 가야 할 텐데. 설마 여기서 점심까지 해결하고 가는 건 아니겠지. 제부를 붙잡고 소용없는 말을 열심히 해댈 엄마의 모습이 떠나는 발길에 묵직하게 감겨왔다. 엄마가 제부에게 기를 쓰고 하는 말들은 내가 예전에 몇십 번씩 제부에게 쏟아냈던 말이다. 그리고 제부는 조금 전 엄마에게 했던 것과 똑같은 반응—실실 웃으면서 말장난하기—을 보였다. 참으로 이해할 수 없는 일이다. 세연이처럼 똑똑한 애가 어쩌다 저런 인간을 배우자로 택했을까. 그것이 세연의 업보일까. 평생 등에 이고 다니면서 인내와 초월의 참의미를 깨달으라고 부처가 보낸 무거운 짐일까.

9

오뚝이 헤드헌터

현희는 취해 있었다.

"근데 그 아저씨가 나한테 안쪽으로 들어가 등 돌리고 앉아 젖을 먹이라는 거야. 내가 됐다 그랬지. 애 젖 먹이는 게 무슨 부끄러운 일이라고 내가 죄인처럼 숨어서 젖을 먹여야 하니?"

왼쪽 가슴에 3개월 된 갓난애에게 젖을 물린 채, 현희는 오른손으로 맥주잔을 벌컥벌컥 들이켰다.

"이번에 시댁 갔을 때도 그 문제 때문에 나 우리 시어머니랑 싸웠잖아. 나보고 왜 아무 데서나 가슴을 훌렁 드러내고 젖을 먹이냐는 거야."

현희가 맥주잔을 꽝 내려놓으며 격하게 말했다. 출산한 지 3개

151

월밖에 안 됐는데 벌써 살이 다 빠져 몸에 딱 붙는 앞트임 원피스가 전혀 보기 흉하지 않았다.

"정말 그랬어?"

자꾸만 옆 테이블로 기어가는 13개월짜리 딸 수빈이를 끌어당기던 선영이 끼어들었다. 오늘 화장이 진하게 됐는지 얼굴이 독해 보였다. 선영은 원래 순해 보이는 얼굴이었는데 코 수술을 받은 다음부터 인공적이고 무서워 보이는 얼굴이 되었다. 그런 선영을 볼 때마다, 가슴이 철렁 내려앉는다. 나도 남들한테 저렇게 보이는 건 아닐까. 콧대를 높인 지 2년이 지났지만 아직도 지하철 같은 데 타면 사람들이 내 코를 흘끔거리는 듯한 느낌에 시달린다.

"훌렁 드러낸 건 아니고 그냥 친척들 앞에서 먹였을 뿐이야. 방에 들어가서 먹였더니 시고모가 현희는 어디 가고 형님이 설거지를 하고 있느냐고 어머니한테 자꾸 뭐라고 하잖아. 열받아서 보란 듯이 아이를 데리고 나와 먹였지. 그랬더니 시어머니가 난리친 거야. 창피하게 어른들 앞에서 가슴 드러냈다고."

"어머, 너넨 명절 때 고모들이 처음부터 와 있어? 자기 시댁에 안 가고?"

선영이 눈을 동그랗게 떴다. 선영은 시아버지가 외아들이라 시고모가 없다. 그래서 현희가 시고모 얘기를 할 때마다 만족스러운 듯 눈을 빛낸다.

"응. 고모가 셋인데, 한 분은 일찍 혼자 됐고 나머지 두 분은 결혼을 안 했어. 덕분에 명절 때마다 환갑 넘은 골드미스들 대접하느라 돌아가시겠다. 상민아, 미연이 이모한테 코 좀 닦아달라고 해."

그 말이 떨어지기가 무섭게 현희의 큰애인 상민이 내 손을 자기 코로 가져갔다.

"야! 손에다 코를 풀면 어떡해."

나도 모르게 꽥 소리를 질렀다. 내 손에는 이미 네 살짜리 남자아이의 누런 코가 흐물흐물 매달려 있었다.

"야, 야. 애 코 좀 묻는다고 안 죽어. 안 죽어. 이걸로 닦아."

현희가 아이를 안고 있지 않은 오른손으로 가방을 뒤적거려 물티슈 통을 꺼내주었다. 입에서는 맥주 냄새가 진동했다. 나는 물티슈를 여러 장 뽑아 손을 꼼꼼히 닦아냈다. 당장 화장실로 뛰어가 손을 닦고 싶었지만, 상민이가 머리를 잡아당기고 있어 꼼짝도 할 수 없었다.

"상민이가 미연이를 많이 따르네. 미연아, 네가 애 보는 데 소질이 있나 보다. 그치, 정섭 씨."

맞은편에 앉아 있던 유라가 웃으며 말했다. 유라는 우리 넷 중 가장 빼어난 미인이다. 하얗고 깨끗한 피부에 가늘고 긴 팔다리, 청순가련형의 대명사와도 같은 유라가 왜 그동안 변변한 남자를 만나지 못했는지는 아직까지도 풀리지 않는 미스터리다. 오늘 데려온 '정섭 씨'가 직업 면에서는 그나마 이때까지 만났던 남자들보다 낫긴 한데, 종합적으로 봤을 때 어떤지는 아직 잘 모르겠다.

"그러게. 미연 씨, 정말 애 잘 보시네요."

'정섭 씨'라고 불린 뚱뚱한 남자가 건성으로 대꾸했다. 그의 시선은 시종일관 유라를 향해 있었다. 미연이라고 불린 애가 나인지 알기나 하고 하는 말인지 모르겠다.

"잘 보긴. 애 봐줄 사람이 나밖에 없으니까 어쩔 수 없이 벌서고 있는 거지. 야, 네가 상민이 좀 보고 있어. 나 화장실 갔다 올게."

나는 등에서 상민이를 억지로 떼어내 유라 쪽으로 밀치고 자리에서 일어섰다. 10분도 안 되는 시간이었지만 상민이에게 얼마나 시달렸는지 꼭 한 시간은 있었던 느낌이다.

오늘 만남을 주선한 건 유라였다. 원래 일요일인 내일 만나기로 했었는데 갑자기 어젯밤에 전화를 걸어 약속을 하루 앞당기는 게 어떻겠냐고 물어왔다. "소개해줄 사람이 있는데, 그 사람이 일요일은 시간이 안 된대." "소개해줄 사람?" 이렇게 반문했지만, 나는 유라에게 사귀는 사람이 생긴 것임을 이미 직감하고 있었다.

그렇게 해서 이 시끌벅적한 자리가 마련되었다. 남편과 13개월짜리 딸 수빈이를 대동하고 온 선영, 네 살 먹은 상민이와 태어난 지 3개월이 갓 넘은 규민이를 대동하고 온 현희, '결혼할 사람'이라며 생전 처음 보는 남자를 데리고 온 유라, 그리고 혈혈단신 유려하게 나타난 나. 고3 시절을 동고동락했던 우리 넷, 졸업 후 18년 동안 인연의 끈을 놓지 않고 수차례 만나왔지만 오늘처럼 짜증나는 만남은 일찍이 없었던 것 같다.

약속 장소를 이탈리안 레스토랑에서 고깃집으로 바꾸자고 했을 때부터 예감이 좋지 않았다. 여자 넷이 만나는데 웬 고깃집? 알고 보니 따로 방이 있어서 아이들을 데리고 있기 좋다는 이유로 선정된 것이었다. 30분쯤 늦게 도착했더니 이미 고기 한 판을 먹어치우고 두 번째 판을 굽고 있었다. 모처럼 입고 나온 흰색 스커트를 조신하게 여미며 방에 앉자마자 상민이가 내게 달려들었다. 미연 이모오오오! 내 귀에 바짝 대고 소리를 지르는가 싶더니 다음 순간 짝 소리가 나게 내 허벅지를 내려쳤다. 눈물이 날 만큼 아팠지만 현희가 미안해할까 봐 꾹 참았다.

현희는 내가 등장한 이후부터 상민에게서 신경을 꺼버렸다. 자기는 규민이 젖 먹이느라 바쁘고, 선영은 딸을 돌보느라 바쁘고, 유라는 결혼 상대자와 눈을 맞추기 바쁘니 홀몸인 내가 상민을 돌보는 것이 당연하다고 생각하는 것이었다. 그런데 이 상민이라는 아이가 여간 짓궂은 게 아니다. 아니, 짓궂은 정도가 아니라 무슨 악마 같다. 툭하면 때리고 욕설을 퍼붓고 머리를 잡아당기고 소리 지르며 발버둥을 친다. 내가 내키지 않는데 억지로 자기를 봐주고 있다는 것을 눈치채고 일부러 심술을 부리는 것이다.

내가 네 살짜리 아이에게 학대를 당하며 고초를 치르는 동안, 아이의 엄마는 가슴 한쪽에 젖을 물린 채 자유로운 한쪽 손으로 맥주를 벌컥벌컥 들이켜며 친구와 미친 듯이 수다를 떨었다. 내용도 온통 시댁과 남편에 관한, 내가 잘 알지 못하는 화제들뿐이

155

었다. 한 달 전까지만 해도 나와 동일한 입장이었던 유라도 어느새 예비 유부녀라는 신분으로 갈아타 귀를 쫑긋 세우고 선배들의 경험담을 경청하고 있었다.

내가 결혼하고 싶다는 생각이 드는 건 이럴 때다. 나를 제외한 주변 사람들 모두가 생의 동반자와 새끼들을 데리고 와 지지고 볶을 때. 그 주변에 있다는 이유로 그들이 '새끼들 돌봄'과 '친구와의 사교'라는 멀티태스킹을 해내도록 성심으로 도와야 할 때. 정작 나는 관심도, 아는 바도 없는 화제에 대해 엄청난 인내심을 가지고 들어야 할 때. 아프거나 외로울 때가 아니라 바로 이럴 때! 정말이지 나는 결혼하고 싶다. 아무나 붙잡고 당장에라도 결혼하고 싶다. 결혼하지 않고 혼자 사는 건 얼마나 큰 손해인가. 결혼한 사람들은 싱글인 사람들을 만나면 자유로워서 좋겠다고 하면서도 정작 그 자유를 존중해주지는 않는다. 자기들이 선택한 삶에 따르는 무거운 짐들을 당연한 듯 나누어 들자고 한다. 그들에게 나란 존재는 남편도 없고, 자식도 없어서 시간이 넘쳐나는 인간일 뿐이다. 결혼하지 않은 상태에서 나이를 한 살 두 살 먹을수록 이 현상은 심화된다. 정작 나는 결혼하지도 않았고 자식도 없는데, 점점 다른 사람들의 자식을 돌보거나 그들의 결혼 생활에 대한 이야기를 듣는 시간이 늘어난다. 간혹 내 의견을 말하면, '네가 아직 결혼을 안 해봐서 그래'라거나 '그러니까 너는 절대 결혼하지 마라' 같은 지긋지긋한 말만 돌아온다. 독신자 클럽 같은

데 가지 않는 이상 앞으로도 이런 상황은 지겹게 나를 따라다닐 것이다.

"제사 때도 너네 시고모들 다 오니?"

화장실에 갔다 오니 화제가 제사로 옮아가 있다. 명절 뒤에 만나면 반드시 등장하는 화제다. 나는 오가는 대화를 귓전으로 흘려들으며 열심히 고기를 집어 먹었다. 1인분에 5만 원이나 하는 꽃등심을 시킨 것으로 보아 유라의 남자 친구가 내기로 한 게 틀림없다. 지금 아니면 언제 이 비싼 고기를 먹어보겠는가. 힘닿는 데까지 최선을 다해 먹어야 한다.

"우리 제사 다 없앴잖아. 올해부터 안 지내기로 했어."

현희가 기다렸다는 듯 자랑스럽게 대답했다.

"어머, 왜?"

선영의 얼굴에 당혹스러운 기색이 번졌다. 선영의 남편은 삼대독자지만 독실한 기독교 집안이기 때문에 제사를 지내지 않는다. 대신 선영은 일요일 아침마다 시댁에 가서 거한 아침상을 차리고 교회에 가야 한다.

"왜라니. 이제 없앨 때도 됐지. 언제까지 날짜마다 제사상 차리고 앉아 있겠어. 칠순 넘은 우리 시어머니가 차리겠어, 직장 다니는 며느리들이 차리겠어? 예전부터 '없앤다, 없앤다' 말은 있었는데, 이번 연휴 때 우리 시어머니가 올해부터는 그냥 명절에 한꺼번에 제사 다 지내겠다고 선포했어."

"어머, 그렇다고 제사를 싹 없애? 그게 돼?"

선영이 뾰로통한 얼굴로 말했다. 일요일 아침이 번거롭긴 하지만, 그래도 명절과 제사에서 자유롭다는 사실을 위안으로 삼아 왔던 선영에게는 그리 반가운 소식이 아니었다.

"작은아버지들이랑 고모들이랑 안 된다고 난리를 쳤지. 그래도 우리 시어머니 눈 하나 깜짝 안 하고 밀고 나가더라. 내 생각인데, 우리 둘째 시동생 생각해서 그런 것 같아."

현희의 둘째 시동생 부부는 한동안 별거하다가 최근에 다시 합쳤다. 부부가 모두 금융계에 종사했는데, 남자가 다니던 미국계 투자은행이 몇 년 전 있었던 금융위기 때 파산하는 바람에 직장을 잃었다. 원래부터 부부 사이가 좋지 않았는데, 남자가 집에 있고 여자의 직장이 주 수입원이 되면서 사이가 악화되어 결국 별거에 들어갔다. 최근에 아이 때문에 다시 합치긴 했지만, 근본적으로 부부 사이가 좋아진 것은 아니라고 한다.

"별거하는 동안 동서가 제사 때 안 왔거든. 우리 시댁이 제사가 좀 많잖아. 합치고 나서 제사 문제로 또 싸움 날까 봐 어머니가 결단을 내린 거야. 아들이 이혼당할까 봐 무서웠던 거지."

그때 갑자기 찢어질 듯한 아이 울음소리가 들렸다.

"어머, 수빈아!"

선영이가 달려가 수빈이를 안아 올렸다. 수빈이는 방문 앞 신발 놓는 댓돌에 떨어져 버둥거리고 있었다.

"곽선영!"

후룩후룩 냉면 국물을 마시던 선영의 남편이 성난 표정을 지었다.

"조금 전까지만 해도 옆에 있었는데 쟤가 언제 저기까지 갔지?"

선영이 남편의 눈치를 보면서 아이를 위아래로 흔들었다. 아이는 선영의 품에서 날카롭게 비명을 지르며 발버둥 쳤다.

"그러게 아이한테 눈을 떼지 말아야지. 애 엄마가 돼가지고……."

선영의 남편이 목소리를 높이자 좌중이 순식간에 조용해졌다.

"잠깐 눈을 뗐는데 수빈이가 저기까지 간 거야. 그렇게 빨리 갈 줄 알았나 뭐……."

선영이 무안한 듯 조그마한 목소리로 말했지만, 선영의 남편은 표정을 풀지 않았다. 침묵이 흐르는 가운데 종업원이 차가운 매실차를 사람 수대로 놓아두고 나갔다.

"너 회사는 어때?"

현희가 내게 물었다. 어색한 침묵을 깨기에 가장 적당한 질문이었다.

"서치펌도 한창 안 좋지 않아? 요즘 너도나도 철수하는 마당인데, 사람 새로 뽑는 회사 없을 거 아니야."

선영이 끼어들었다.

"아니야. 그래도 뽑는 데는 열심히 뽑아. 회사 하나 철수하면

라이벌사가 그 빈 공간을 채우게 되잖아. 그 과정에서 인력도 새로 뽑게 되고. 철수하는 게 서치펌에 꼭 나쁘지만은 않을걸."

내가 대답하기 전에 현희가 이렇게 말했다. 현희는 외국계 제약회사 인사부의 차장으로 있어서 서치펌 사정을 잘 안다.

"우리 회사도 경기가 썩 좋은 건 아닌데, 잘하는 컨설턴트들은 계속 잘해. 결국 개인차인 것 같아."

나는 이렇게만 말했다. 사실 최 팀장에게 닷컴기업들을 넘겨받아서 눈코 뜰 새 없이 바쁘지만, 괜히 그런 얘기를 했다가 엄청나게 잘나가는 애 취급을 받고 싶지 않았다.

"가만 보니까 미연이가 은근히 잘나가는 것 같아. 하는 회사들 보면 다 업계 이거던데?"

현희가 엄지손가락을 치켜들었다.

"잘나가는 업체들 하면 뭐 해. 내 거래처는 하나도 없는데. 최 팀장 좋은 일만 해주고 있는 거지 뭐."

나는 현희 눈치를 살폈다. 현희는 인사부 채용 담당으로 있으면서 내게 오더 한번을 준 적이 없다. 예전에 너희 회사 어느 서치펌 쓰고 있느냐고 슬쩍 물어본 적이 있었는데, 현희는 지레 펄쩍 뛰면서 자기네 회사는 이미 10여 년 동안 채용을 전담해온 서치펌이 있어서 우리 쪽에 오더를 줄 수 없다고 잘라 말했다. 그 뒤 다시는 현희에게 서치펌 얘기를 꺼내지 않았다.

"아, 헤드헌터세요?"

유라의 손을 만지작거리던 '정섭 씨'가 뿔테 안경을 추어올리며 관심을 보였다.

"우리 정섭 씨가 그쪽에 관심이 많아. 나중에 자기도 헤드헌터 하고 싶대."

유라가 양손을 맞부딪치며 호들갑을 떨었다.

"아, 그러세요?"

피식 웃음이 나왔지만 꾹 참고 이렇게 대꾸했다.

'정섭 씨'는 S경제연구소의 연구원이다. 통계 자료와 경제학 서적을 들추어보며 경제 보고서를 작성하는 것이 주 임무다. 그런 사람이 실시간으로 사람을 구해다 바쳐야 하는 치열한 네트워크의 바다에 뛰어들겠다고?

"왜 헤드헌터가 하고 싶으세요?"

나는 애써 진지한 표정을 지었다.

"일단 시간 조절이 자유롭고, 수입도 상당하잖아요? 자리 잡히면 엄청난 소득을 올린다고 들었는데."

내 그럴 줄 알았다. 시간 조절이 자유로운 고소득 전문직. 자기 일에 만족하지 않거나 회사 생활에 답답함을 느낄 때, 사람들은 그런 직업에 대한 환상을 품는다.

"혹시 말하는 거 좋아하세요?"

수고스럽지만 정섭 씨의 환상을 깨주어야겠다.

"네?"

"헤드헌터를 하려면 말이죠. 말을 많이 해야 해요."

"아, 네……."

"제가 지난주 금요일 아침에 돌린 전화가 몇 통인 줄 아세요? 솔루션 개발자를 구해야 해서 여기저기 전화를 돌렸는데, 한 20통 돌렸나? 점심시간이 되니까 목이 다 쉬어 있더라고요."

정섭 씨는 말없이 턱인지, 목인지 구분이 가지 않는 신체 부위를 벅벅 긁었다. 내 말에 전혀 관심이 없는 것 같았다.

"해당되는 후보자들한테 일일이 전화를 걸어서 채용 중인 회사에 대해서 설명해, 하게 될 일에 대해서 설명해, 연봉과 복지에 대해서 설명해. 그게 헤드헌터가 하는 첫 번째 일이죠. 똑같은 말을 후보자들한테 앵무새처럼 반복하는 거요. 중간에 질문이 들어오면 그 질문에 대답해줘야 하는 건 물론이고요. 그러다 보면 자신이 텔레마케터인지, 헤드헌터인지 헷갈리기 시작해요. 그렇게 해서 겨우겨우 후보자를 몇 명 구했다? 면접 보내면 우수수다 떨어져요. 운 좋게 겨우 1차 면접에 붙었다? 2차, 3차 면접에서 다 떨어져요. 그럼 이 과정에서 할 일이 또 발생하겠죠? 떨어진 사람들한테 연락해서 탈락 소식을 기분 나쁘지 않게 친절히 통보해줘야 해요. 이때는 전화로 하기 좀 민망하니까 대부분 메일로 하죠. 그러다 보면 자신이 혹시 스팸 메일 발신 전문 회사 직원이 아닌가 생각하게 된답니다."

나는 선영 쪽으로 시선을 돌렸다. 헤드헌터가 되고 싶다는 우리 정섭 씨는 핸드폰에 무언가를 입력하느라 바빴고, 선영이 눈을 빛내며 내 이야기를 듣고 있었다.

"그래도 최종 면접 통과하면 보수가 크지 않아? 너네 회사 비율이 어떻게 되니? 7 대 3? 6 대 4? 연봉 6000짜리 한 명 석세스 나면 서치펌에 가는 게 1500만 원쯤 되잖아. 우리 회사는 그쯤 되던데? 아무튼, 그중에서 70퍼센트를 컨설턴트가 먹는다 치면 1050만 원. 그런 거 한 달에 한 건만 해도 그게 어디야. 웬만한 회사원보다 훨씬 낫지."

현희가 질세라 끼어들었다. 나한테 오더 한번 안 주면서 아는 척은.

"그런 게 한 달에 한 건씩 턱턱 돼주면 얼마나 좋겠니. 근데 그게 그렇게 쉽지가 않아. 최종 면접까지 통과해도 연봉 협상 과정에서 결렬되는 경우도 많고. 그렇다면 연봉 협상이 무사히 끝나고 출근하면 안심할 수 있느냐? 그게 또 그렇지가 않아요. 다닌 지 일주일 만에 그만두는 경우도 있거든. 그야말로 산 넘고 물 건너야 도달하는 일이야. 일 시작한 지 3개월 안에 채용된 후보자가 나가버리면 다시 채워주거나 수수료를 환불해줘야 하니까 그 기간 동안은 좌불안석이고."

"헤드헌터가 쉬운 게 아니구나. 난 네가 멋들어지게 차려입고 외국계 기업 CEO 만나서 다른 기업 CEO로 보내주고 돈 왕창 받고 그런 장면만 생각했는데. 칼리 피오리나 옮겨준 헤드헌터처럼

163

말이야."

선영이 순진한 얼굴로 이렇게 말하자 모두 폭소를 터뜨렸다.

"이 일은 오뚝이 근성을 가진 사람이 아니면 못 해. 이제 다 됐다 싶으면 온갖 종류의 상황이 발생해서 후보자가 탈락해버리거든. 매일매일 날아드는 후보자의 탈락 소식 가운데서도 눈 깜짝하지 않고 벌떡 일어설 수 있는 근성, 그게 헤드헌터가 되는 데 가장 중요한 자질이야. 돈을 벌어야 한다는 절실함도 좋은 자질이 될 수 있고. 너네 이 일 시작한 첫해에 내 연봉이 얼마였는지 아니? 그땐 창피해서 말도 못 했는데, 사실 500도 안 됐어."

나는 쓴웃음을 지었다.

"네 달 연속 수입이 제로인데 정말 미치겠더라. 그 상태로 네 달 동안 회사에 나간다고 생각해봐. 다달이 대출 이자, 교통비, 식비는 꼬박꼬박 나가는데, 세상에 그런 고문이 없더라니까."

"그럼 지금은 얼마 벌어?"

다시 현희. 이 아이는 늘 이렇게 노골적인 질문만 던진다. 이런 애가 채용 담당자라니, 참 C제약의 미래가 걱정된다.

"그때보단 나아졌는데 아직도 얼마 못 벌어. 아마 네 연봉의 3분의 1도 안 될걸? 그냥 장기적으로 보고 하는 거지. 적성에 맞기도 하고."

대화는 여기서 중단되었다. 상민이 물을 엎지르기도 했고, 현희의 남편이 우리 쪽으로 오겠다고 전화를 해왔기 때문이다.

나는 잠깐 갈등했다. 현희의 남편까지 오면 완전히 쌍쌍 파티가 될 것이고, 분위기는 자연히 커플끼리의 대화로 흘러갈 것이다. 그냥 먼저 일어설까, 아니면 누군가를 불러낼까. 한참 동안 망설이다가 핸드폰을 들고 방을 빠져나왔다.

"아, 미연 님! 안 그래도 요즘 연락이 없으셔서 제가 뭐 잘못한 거 있나 생각해보고 있었어요."

다행히 태환은 반갑게 전화를 받았다. 태환과는 지난번에 강남역에서 점심을 함께한 뒤 명절 잘 보내시라는 문자를 주고받았을 뿐, 다시 만나거나 통화를 한 적이 없었다.

"아직 회사 다니시죠?"

"네, 아직은요. 그 얘긴 나중에 만나서 자세히 해드릴게요. 스케줄이 잡혔습니다. 그래서 요즘 기분이 좋아요."

스케줄? 회사 그만둘 날짜가 잡혔단 말인가? 아무튼 '나중에 만나서'라고 했겠다. 그렇다면 한번 말해보자.

"저…… 제가 지금 친구들이랑 같이 있는데요."

"네."

"친구들이 모두 쌍쌍으로 나왔어요……."

"쌍쌍이요? 그게 무슨 말이죠?"

나는 살짝 불안해졌다. 쌍쌍이란 말을 못 알아들을 수도 있나? 이 남자, 일부러 못 알아듣는 척하는 거 아니야?

"저만 빼고 다 커플이라는 말이에요."

나는 수화기를 손으로 가리고 주위를 살폈다. 주방 앞이라 접시를 들고 왔다 갔다 하는 종업원만 보일 뿐 우리 일행은 보이지 않았다.

"지금 어디세요?"

좋은 질문이었다. 이렇게 물은 다음엔 보통 "제가 그쪽으로 갈까요?"라는 말이 따라오지 않는가.

"여긴 역삼동에 있는…….'

나는 말을 잇지 못했다. 여기는 고깃집이 아닌가!

"아니, 동네 말고 메뉴 말이에요. 지금 점심 먹고 있는 거 아니에요?"

핸드폰을 타고 고기 냄새가 전해진 걸까? 태환의 목소리가 자못 날카로웠다.

"아, 네……. 여기가 뭐 먹는 데지?"

"아니, 자기가 뭐 먹고 있는지도 몰라요?"

태환의 말이 속사포처럼 날아왔다.

"아, 맞다! 여긴 한정식집! 한정식집이에요."

소리치다시피 했지만 태환은 아무 말도 하지 않은 채 숨소리만 냈다.

"저…… 친구들이 불러서 이만 끊을게요. 그냥 요즘 어떻게 지내시나 궁금해서 한번 해봤어요. 그럼 또 전화드릴게요."

나는 서둘러 전화를 끊었다. 고깃집으로 태환을 불러낼 생각을 하다니, 혹시 나는 미친 게 아닐까?

잠시 동안 멍하니 서 있다가 방으로 돌아왔다. 사실 그때부터, 나는 이미 직감하고 있었다. 내가 결국 흐물에게 전화하리라는 것을.

"미연 씨, 오랜만이네요. 그런데 오늘도 혼자세요?"

그 직감을 현실화시켜준 것은 잠시 후 나타난 현희의 남편이 던진 이 한마디였다.

흐물은 내 전화를 받은 지 30분도 되지 않아 고깃집에 모습을 드러냈다. 마침 서울에 친구 결혼식이 있어서 올라왔는데 내게 전화가 와서 너무 반가워 울 뻔했다며 친구들 앞에서 나에 대한 성의를 아낌없이 보여주었다.

흐물의 등장과 함께 자리는 활기를 띠기 시작했다. 흐물은 적절한 화제를 찾아 친구들의 남편들과 남친에게 끊임없이 말을 걸었고, 상민이의 부모보다 더 재미있고 친절하게 상민이와 놀아주었으며, 고깃집에서 나올 때 자기가 계산을 하겠다며 유라의 남친과 격렬한 다툼을 벌인 뒤 승리하여 카드로 엄청난 금액을 긁었다.

2차는 패밀리 레스토랑이었다. 아이들의 놀이방이 있으면서 맥주도 마실 수 있는 곳은 패밀리 레스토랑밖에 없다는 흐물의 제안에 전원이 찬성하여 이루어진 일이었다. 함께 있는 사람들 한 명 한 명에게 지대한 관심과 호의를 보이며 유머러스한 말을 쏟아내는 흐물에게 내 친구들은 모두 우레와 같은 호의를 보냈고, 만난 지 두 시간도 되지 않아 흐물과 몇 년 동안 친하게 지내온 오빠 동생 같은 분위기를 연출했다.

"미연이랑 무슨 관계세요? 굉장히 친하신 것 같은데."

언제 어디서나 노골적인 질문을 던지는 데 선수인 현희가 이렇게 물었을 때, 흐물은 한 치의 망설임도 없이 답했다.

"제가 일방적으로 미연이를 좋아하는 관계죠. 미연이의 마음은 어떤지 그건 제 관심 밖이에요. 왜냐면 전 사랑을 주는 데만 관심 있지, 받는 데는 전혀 관심이 없으니까요."

과장된 제스처가 섞인 이 말에 일행 모두 레스토랑이 떠나가도록 폭소를 터뜨렸지만, 나는 살짝 찜찜했다. 흐물의 마음이 진심이 아닐까 하는 의심이 생기기 시작했던 것이다. 한번 시작된 의심은 시간이 흐를수록 걷잡을 수 없이 커졌다. 생각해보니 그동안 흐물이 나한테 너무 잘해준 것 같다. 원래 여자라면 다 잘해주는 족속이긴 하지만 세상에 여자가 어디 한둘인가? 세상에는 구름처럼 많은 여자가 있고 흐물의 시간과 재화는 한정되어 있을 텐데, 그동안 흐물은 나한테 너무 집중했다. 그러고 보니 요즘 들어 흐물이 나 외의 다른 여자에게 달려가 열과 성의를 다했다는 뉴스를 들어본 적이 없다.

술이 포함된 2차는 저녁 9시까지 이어졌다. 나는 가슴에서 싹트기 시작한 의심으로 괴로워하면서, 눈을 가늘게 뜨고 흐물과

168

일행을 관찰했다. 술기운 때문에 아주 심각해지지는 않았지만, 내 기분은 가히 좋은 상태는 아니었다. 흐물 이놈이? 감히 나를?

"경훈이라는 사람하고는 어떻게…… 아직도 잘 지내니?"

지난 연휴 때 엄마가 은근한 눈빛으로 이렇게 말했던 것도 떠올랐다. 경훈? 처음엔 누군가 했다. 그러다 흐물을 말하는 것임을 깨닫고는 경악을 금치 못했다. 엄마는 어떻게 나도 잘 기억나지 않는 흐물의 본명을 기억하고 있는 것일까. "그 인간하고 절대 그런 사이 아니거든요? 신경 끄세요." 이렇게 말하고 넘어갔지만 생각할수록 불쾌했다. 내가 아무리 노처녀라고 해도 그렇지, 어떻게 흐물 같은 인간하고 나를. 근래 들어 엄마 입에서 결혼 타령이 나오지 않아서 드디어 포기했나 보다 생각했는데 그게 아니었다. 나랑 싸우게 될까 봐 말만 하지 않았을 뿐 엄마는 계속 내 결혼을 염원하고 있었던 것이다.

나는 벌컥벌컥 맥주를 들이켰다. 생전 듣도 보도 못한 지방대를 나와 겨우 공사에 들어간 놈이 어디 감히 나를. 내 아무리 외롭게 늙어가는 처지라고 해도 너 같은 놈에게 갈쏘냐. 차라리 혼자 늙어 죽고 말겠다. 앞에 새 잔이 놓이기가 무섭게 잔을 비우기를 서너 번 했던가. 세상이 빙글빙글 돌면서 온갖 종류의 영상이 눈앞을 스쳐 갔다. 소 한 마리를 통째로 뜯어 먹는 모습을 태환에게 들켜 기절하는 나, 매출 5억을 달성해서 사내 베스트 컨설턴트로 등극한 나, 알고 보니 세연보다 훨씬 좋은 대학에 합격한

나, 아버지가 구치소에 간 것이 모두 꿈이었음을 깨닫고 기뻐하는 나…… 내 친구들과 이야기하면서 도토리만 한 침을 튀기는 흐물의 모습에 노발대발 화를 내는 나. 마지막 건 진짜 있었던 일인가? 모르겠다. 아무튼 그런 영상이 지나갔다. 그리고 암흑이 도래했다. 시공간을 초월한 완전한 암흑이.

다음 날, 나는 집에서 혼자 조용히 쓰린 속을 달랬다. 전날의 내 모습이 어땠는지 묻기 위해 친구들이나 흐물에게 전화를 거는 짓 따위는 하지 않았다. 어쨌든 그날 아침 나는 내 집의 작은 침대에서 무사히 깨어났으니까. 물론 옷도 다 입은 채로. 그러면 됐지, 무엇을 더 바라겠는가.

10

20억짜리 꿈

여자가 아이를 찾으러 온 것은 하늘에 붉은 기운이 사라지고 검푸른 기운이 덮이기 시작할 때였다.

현관문을 열자 여자가 다짜고짜 케이크 상자를 내밀었다.

"파리바게뜨 가서 제일 비싼 케이크가 뭐냐 하니까 이거라 카데요. 언니, 치즈 케이크 좋아해요?"

"와, 엄마다!"

내 침대에서 뒹굴거리던 지훈이 쿵쾅거리며 현관으로 뛰어나왔다.

"저 케이크 안 먹는데. 그냥 가져가서 지훈이 주세요."

나는 싸늘하게 말했다. 18층 여자는 아이를 끌어안고 뽀뽀를 하느라 내 말은 안중에도 없었다.

"에이, 언니 살찐 데도 없는데 케이크 정도는 먹어도 돼요. 그러지 말고 우리 차 마시면서 같이 먹어요."

여자가 문을 닫고 들어와 구두를 벗기 시작했다. 나는 넋을 잃고 여자를 바라보았다. 들어오란 말도 안 했는데 어쩜 저렇게 넉살이 좋을 수 있을까.

토요일 아침, 침대에 누워 모처럼 맞은 휴일을 만끽하고 있는데 초인종이 울렸다.

"누구세요?"

홈키퍼 시스템 화면에 나타난 것은 18층 여자의 얼굴이었다. 아이를 혼내고 있는 듯, "가만히 있어봐라! 조용히 하라니까!" 하는 소리가 복도에 쩌렁쩌렁 울렸다.

"언니, 저 급하게 병원에 좀 가봐야 할 것 같은데 우리 지훈이 봐줄 사람이 없네요. 죄송한데, 지훈이 좀 잠깐만 봐주시면 안 될까요?"

여자는 눈이 벌겠고 평소 가지런히 말려 있던 머리도 삐죽삐죽 밖으로 튀어나와 있었다.

"어디가…… 아프세요?"

"아침에 일어나보니 팬티가 푹 젖어 있더라고요. 배도 좀 아프고……. 혹시 양수가 터졌나 싶어 병원에 가보려고 하는데 애 맡길 만한 사람이 없네요."

여자는 금방이라도 아이를 낳을 것처럼 인상을 쓰며 배를 움켜쥐었다. 나는 덜컥 겁이 났다.

"빨리 가보세요. 아이는 제가 봐드릴게요."

나는 다급하게 말했다. 머릿속으로 여자가 우리 집에 드러누워 소리를 지르는 장면이 빠르게 펼쳐졌다.

"죄송해요, 언니. 우리 아직 차 한잔도 못 했는데……."

"차는 무슨. 괜찮으니까 얼른 병원부터 가보세요."

"혹시 오늘 약속 있거나 그러진 않으세요?"

눈에 눈물을 그렁그렁 매단 여자가 걱정스러운 얼굴로 말했다. 갑자기 여자에 대한 연민이 물밀듯 밀려왔다. 오늘 같은 날, 애 맡길 사람도 없다니 얼마나 당황스러울까.

"약속 같은 거 없어요. 그러니까 걱정 말고 얼른 병원이나 가보세요."

내가 단호하게 말하자 여자의 얼굴이 갑자기 환해졌다.

"고마워요, 언니. 있다가 전화드릴게요. 지훈아, 이모 말 잘 듣고 있어. 엄마 금방 올게."

이모? 그래. 지난번에 봤을 때도 이모라고 불렀지.

여자의 연락처를 모른다는 사실을 깨달은 것은 해가 중천을 넘어가고, 지훈이가 배고프다고 칭얼거리기 시작했을 때였다. 나는 냉장고를 뒤적거리다가 그냥 자장면을 시켜주었다. 집에서 밥을 통 해 먹지 않으니 뭘 만들어주려 해도 재료가 있을 리 없었다.

자장면을 먹고 나서 낮잠까지 자고 일어난 지훈이 엄마를 찾아내라며 소리소리 지르도록 여자는 모습을 드러내지 않았다. 처음엔 걱정이 됐지만 시간이 지날수록 이상하다는 생각이 들었다. 어떻게 잘 알지도 못하는 아랫집 여자한테 애를 맡길 수 있지? 애가 나오려는 상황인데 남편은 어디에서 무얼 하고 있는 거야? 엄마는? 시어머니는?

"애, 너 동생 언제 나오니? 엄마가 오늘 동생 낳으러 간다고 했어?"

다그쳐보았지만 아이는 엉뚱한 소리만 늘어놓았다.

"우리 전에 살던 아파트는 되게 넓어. 방도 세 개고, 한강도 보여. 이 집보다 훨씬 좋아."

말할 때 입꼬리를 살짝 올리는 아이의 얼굴에서 한섭이 보였다. 한섭도 기분 좋은 이야기를 할 때면 입꼬리를 살짝 올렸다. 이 아이, 참 예쁘게 생겼다. 크면 한섭보다 더한 미남이 될 것 같다.

"어디 살았는데?"

"리첸츠 아파트."

"아니, 여기 이사 오기 전에 말이야."

"똥!"

아이가 갑자기 배를 움켜쥐었다.

"똥?"

"응, 똥."

나는 잠시 머뭇거렸다.

"똥 마렵다는…… 말이야?"

"응. 나올 것 같아."

오 마이 갓. 어떻게 하지?

다행히 아이는 변기에 혼자 앉을 수 있었다. 다섯 살인데 어른 변기에 혼자 앉아 일을 보다니 훌륭하다고 생각하며 거실에서 신문을 보는데 아이가 다시 큰 소리로 말했다.

"다 눴어!"

"응. 잘했어. 이제 나와."

"다 눴다니까."

화장실에 가보니 아이가 변기에 앉아 눈을 동그랗게 뜨고 나를 쳐다보았다.

"닦아…… 달라는 말이니?"

"응."

나는 아이를 엎드리게 하고 휴지를 왕창 끊어 아이의 똥구멍을 닦아주었다. 사방이 똥 냄새로 가득해서 저절로 눈살이 찌푸려졌다. 도대체 이 여자는 어디에 가 있는 거야! 햇살이 거실 서쪽으로 이동하며 마지막 빛을 발하고 있었다. 이렇게 토요일이 가다니. 특별히 약속이 있었던 건 아니지만 잘 알지도 못하는 집 애 엉덩이나 닦아주면서 주말을 보낼 생각은 아니었다. 처음엔 한섭의

175

아이라는 생각에 호기심이 일기도 했지만, 시간이 지나면서 한섭이고 나발이고 어서 벗어나기만 하면 좋겠다는 생각뿐이었다.

"언니, 이 집 샀어요? 전세예요?"

식탁에 앉아 허겁지겁 케이크를 먹던 여자가 대뜸 이렇게 물었다. 오늘 어디를 다녀오느라 이렇게 늦었는지는 일언반구도 없었다. 배가 여전히 불룩한 걸로 보아 아이를 낳고 온 건 아닌 것 같았다.

"샀어요. 입주할 때. 2억 8000에 대출 1억 끼고 샀어요."

여자가 궁금해할 만한 걸 미리 다 말해주었다. 빨리빨리 케이크 먹고, 궁금한 거 다 물어보고, 얼른 사라져주었으면 좋겠다.

"우와, 언니 성공했네. 지금 이 집 4억 넘게 나가는데."

"그쪽 집은 산 거예요?"

나만 얘기한 게 억울해서 얼른 물었다.

"우린 전세예요."

여자가 스푼으로 케이크를 떠서 아이 입에 밀어 넣었다. 아이는 인상을 쓰며 억지로 케이크를 받아먹었다. 한섭도 과자나 아이스크림 같은 군것질거리는 좋아했지만, 케이크는 좋아하지 않았다.

"여기 전셋값 비싸지 않아요? 그 돈이면 가락동이나 천호동 쪽 20평대 전세도 갈 수 있었을 텐데, 왜 여기서 세 식구가 살아요? 좁지 않아요?"

"실은 리센츠에 우리 집이 따로 있어요. 33평짜리. 거기서 2년 살았는데, 그 집 살 때 은행 대출을 너무 많이 땡겨서 이자 대기가 벅차더라고요. 그래서 거기 전세 주고 여기 전세 들어왔어요. 전세 시세가 3억 차이니까 한 달에 150만 원 정도 세이브되는 셈이죠. 거기에다 관리비, 생활비 줄어드는 거 생각하면 200은 세이브된다고 봐야 해요."

여자는 기다렸다는 듯 자기 집 사정을 줄줄 늘어놓았다.

"그래서 지훈이가 옛날에 리센츠 살았다고 했구나."

나도 모르게 여자에게 친근하게 말했다.

"얘가 언니한테 그런 얘기도 했어요? 야, 송지훈. 엄마가 밖에 나가서 그런 얘기 하고 다니지 말랬잖아. 창피하게. 얘는 여기 이사 오는 거 되게 싫어했어요. 지 친구들 다 넓은 데 사는데 자기만 왜 이렇게 좁은 데 살아야 되느냐고."

여자가 꿀밤을 먹이는 시늉을 했지만, 지훈이는 엄마 다리 사이에 얼굴을 파묻은 채 떨어지지 않았다.

"야, 너 엄마가 오니까 그렇게 좋아? 니 엄마가 내가 하루 종일 너 구박이라도 한 줄 알겠다. 밥 먹여주고 똥 닦아주고 할 거 다 해줬는데. 너, 이모가 친조카들도 엉덩이 닦아준 적 없어. 영광인 줄 알어."

일부러 힘주어 말했다. 언제 화장을 했는지 여자는 얼굴이 뽀얗고 눈두덩이 시퍼렇게 칠해져 있다. 머리도 안쪽으로 단정하게 말려 있다. 민낯에 뻗친 머리를 하고 있던 아침과는 완전히 딴판이다.

여자는 내 말은 듣는 둥 마는 둥 하며, 하던 얘기를 계속했다.

"우리 신랑은 이렇게 좁은 데로 들어오느니 삼전동이나 천호동으로 가 넓게 살자고 했지만 제가 싫다고 했어요. 제가 여기서 애 또래 애들 모아서 영어 가르치고 있거든요. 제 본업이 유치원 영어 교사인데 과외 하는 게 훨씬 수입이 좋아서 요즘엔 유치원보다 과외를 주로 뛰고 있어요."

"잘 가르치시나 봐요?"

또랑또랑한 목소리에 호방한 기질이 있는 여자는 누구를 가르쳐도 잘 가르칠 것 같다.

"네. 제가 가르치는 데 좀 소질이 있나 봐요."

이렇게 말한 뒤 여자는 턱을 치켜들고 하하하, 호탕하게 웃었다. 나도 여자를 따라 웃었다. 여자의 크고 시원스러운 웃음소리에는 함께 있는 사람을 유쾌하게 만드는 힘이 있었다.

"처음엔 두 그룹만 했는데 엄마들 사이에 입소문이 나서 지금은 그룹이 여덟 개가 됐어요. 겨우 이렇게 자리 잡았는데 천호동으로 가봐요. 처음부터 애들 다시 모아야지, 엄마들 다시 사귀어야지…… 어느 세월에 그걸 또 해요? 그리고 잠실 같은 데나 되니까 엄마들이 영어 과외 시키지, 천호동 엄마들이 이만한 애들한테 돈 들여 영어 시키겠어요? 우린 죽으나 사나 잠실에서 버텨야 한다니까요."

여자가 열변을 토했다. 눈앞에 있는 사람이 내가 아니라 자기 남편이라고 생각하는 것 같았다.

"신랑은요?"

나는 조심스럽게 물었다. 한섭은 무엇이 되었을까. 얼마나 벌까.

"신랑이요? 우리 신랑 본 적 있어요?"

갑자기 여자가 나를 뚫어지게 쳐다보았다. 나는 움찔했다. 한섭이, 혹시 내 얘기를 했나?

"아, 네…… 저번에 엘리베이터에서 한번 본 것 같기도 하고……."

나는 애매하게 말끝을 흐렸다.

"이 사진 좀 보세요."

여자가 지갑을 뒤적여 귀퉁이가 닳아 너덜너덜해진 사진 한 장을 꺼냈다. 흰색 턱시도를 입은 한섭이 어깨가 완전히 드러난 웨딩드레스를 입은 여자의 허리를 안고 환하게 웃고 있는 사진이었다. 그 사진을 보자, 갑자기 가슴이 싸해졌다. 이 남자랑…… 결혼할 거라고 생각한 적이 있었는데.

"우리 신랑 어때요?"

"……네?"

"잘생기지 않았어요? 이상하다, 사람들 이 사진 보면 잘생겼다고, 모델 해도 되겠다고 난리 치는데 언니는 덤덤하네? 우리 신

179

랑, 언니 스타일이 아닌가 봐. 언닌 예쁘게 생긴 남자 안 좋아하는구나?"

나는 쿡 웃음을 터뜨렸다. 이 여자, 아무것도 모르고 있구나.

"미남이시네요."

"그렇죠? 실물은 더 잘생겼어요. 지나가면 여자들이 다 한 번씩 돌아본다니까요. 저 처음에 우리 신랑 봤을 때 기절했잖아요. 세상에 저렇게 달콤하게 생긴 사람이 또 있을까."

나도 그랬다. 세상에 저렇게 아름다운 사람이 또 있을까. 깨끗한 피부에 긴 속눈썹, 우수에 젖은 듯한 눈빛. 한섭은 웬만한 여배우보다 곱게 생긴 남자였다.

"근데 이 인간, 그것 때문에 인생 완전히 조졌지. 꼴에 지 잘생긴 건 알아가지고 젊을 때 탤런트 하겠다고 몇 년 동안 탤런트 학원에 돈만 꼴아박다가 내 만나 정신 차렸다 아입니꺼."

여자의 말투가 급변했다.

"엄마, 조졌지가 뭐야?"

옆에서 광고지를 잘게 찢던 지훈이 물었다.

"넌 그거나 계속 찢어. 어른들 말하는 데 끼어들지 말고. 제가 어디까지 얘기했지예?"

이야기가 진행될수록 여자의 억양은 거세지고 사투리가 불쑥불쑥 튀어나왔다.

"신랑이 지훈 엄마 만나서 정신 차렸다고요."

"아, 맞다. 우리 신랑 나 안 만났으면 아직도 탤런트 학원, 모델 학원 그런 데다 돈 꼴아박고 다니고 있을 거예요."

"그럼 지금은 뭐 하세요?"

나는 조심스럽게 물었다.

"지금은……."

여자가 목소리에 힘을 주어 또박또박 말했다.

"파일럿이에요. D항공 다니는데, 지금 비행 가서 집에 없어요."

여자의 얼굴에 자랑스러운 기색이 노골적으로 드러났다.

"아…… 네."

잘 풀렸구나! 파일럿, 어울리는 일이다.

"근데, 언니. 혼자 사시는 거예요? 사귀는 사람은 없어요?"

그러면 그렇지. 지금까지 왜 그걸 안 물어보나 싶었다.

"있어요."

반사적으로 이렇게 말했다.

"맞아. 언니 같은 멋쟁이한테 애인이 없을 리가 없지. 뭐 하는 사람이에요? 되게 멋진 사람일 것 같아."

"연구원이에요. 외국계 핸드폰 회사."

엉겁결에 태환의 프로필을 댔다. 뭐, 태환이랑 만나는 건 사실 이니까.

"와, 멋지다. 외국계 회사는 월급도 세고 휴가도 자유롭게 쓴다고 내 친구가 그러던데."

"뭐, 좀 그런 편이죠."

태환과는 일주일 넘게 연락하지 않고 있다. 지난번에 고깃집에서 전화를 건 뒤로 용기가 나지 않아 전화를 걸지 못했다. 태환이 먼저 전화를 걸어주었으면 좋겠는데, 언제나처럼 이 남자는 무소식이다. 태환은 도대체 나를 어떻게 생각하고 있는 것일까?

"있잖아요, 언니. 저 언니 처음 봤을 때 정말 무슨 모델인 줄 알았어요. 키도 크고, 옷도 잘 입고, 얼굴도……."

여자가 말을 멈추더니 내 얼굴을 빤히 쳐다보았다.

"언니, 그 코 세운 거 아니죠? 너무 오똑해서 성형한 줄 알았어요."

대답할 말이 떠오르지 않아 얼른 시선을 내리깔았다. 자주 들었던 말인데도 들을 때마다 늘 처음 들은 것처럼 당황하게 된다. "그냥 세웠다고 하면 되잖아. 뭐 그렇게 복잡하게 생각해? 요즘 코 세운 사람이 얼마나 많은데." 내가 고민할 때마다 세연은 이렇게 말했다. 그 말에 나는 아무런 대꾸도 하지 않았다. 날 때부터 높고 오똑한 코를 달고 태어난 세연이 콧대가 아예 없이 태어난 사람의 마음을 이해해주기를 바라는 것은 처음부터 무리였으리라.

그때 여자의 핸드폰이 울렸다. "I'm a barbie girl in the barbie world……." 아쿠아의 노래였다.

"네, 저예요. 말씀하세요. 네? 또 물이 샌다고요? 이상하네. 아까 분명히 안 새는 거 확인했는데……. 알았어요. 제가 업자한테 가보라고 할게요. 집에 계시죠?"

여자가 탁 소리가 나게 핸드폰을 닫았다.

"오늘 하루 종일 어디 갔다 오셨어요? 애를 낳고 오신 것 같지
는 않은데……."

얼른 이렇게 물었다. 여자는 그때까지도 자기가 뭘 하다가 이렇
게 늦었는지 밝히지 않고 있었다.

"아……."

여자가 그제야 얼굴을 붉혔다.

"언니, 죄송해요. 아침에 속옷에 뭐가 묻어 나온 것 같아서 병
원에 가는데 중간에 우리 세입자한테 전화를 받았어요. 아랫집
에 물이 샌다고. 그래서 수리업자 불러다가 수리 다 해주고 마침
전세 만기가 다 되어가는 것 같아 근처 부동산에다 세 새로 놓아
달라고 부탁하고 오느라 시간이 이렇게 됐네요. 미안해요, 언니."

리센츠는 지은 지 5년도 채 안 된 새 아파트다. 그런데 물이 샌
다고?

"그럼 양수 터진 건 아니에요?"

나는 여자의 잔에 다시 커피를 부어주었다. 여자는 커피를 맥
주처럼 벌컥벌컥 들이켰다. 이 여자, 진짜 임산부일까? 불쑥 튀어
나온 저 배 안에 혹시 커다란 풍선이 들어 있는 건 아닐까?

"……네. 대치동 가다 보니까 흘러나오던 게 멈춘 것 같더라
고요."

"대치동이요?"

"아, 언니한테 말 안 했구나. 우리 여기 말고 대치동에 아파트 하나 더 있거든요. 은마 아파트라고, 언니도 알지요?"

나는 눈을 동그랗게 떴다.

"은마 아파트요? 며칠 전에 재건축 무산됐다고 뉴스에 나오던 데……. 거기 말하는 거예요?"

잠실 리센츠와 대치동 은마. 서울 시내 노른자위 땅에 30평대 아파트를 두 채나 갖고 있다니, 파일럿이란 직업이 연봉이 세긴 센가 보다.

"네. 아무래도 재건축되면 빛 좀 볼 거 같아서 3년 전에 샀어요. 리센츠만 해도 우리 돈 좀 들어갔는데 은마는 완전히 빛으로 샀죠."

나는 입을 딱 벌렸다.

"그래도…… 괜찮아요? 은마 아파트, 재건축해봤자 수익성 없다고 어제 텔레비전에 나오던데."

은마 아파트는 선영 때문에 관심을 갖게 되었다. 선영이 은마 아파트를 산 것은 2006년 10월, 자고 일어나면 아파트값이 5000만 원씩 오르던 때였다. 9억 후반대에 사겠다고 뛰어들었는데 계약 직전에 매도자들이 계약을 취소하는 바람에 발을 동동 구르다가 결국 일주일 만에 11억 주고 계약을 성사시켰다. 그중에 6억이 대출금이었으니 아파트 값의 반 이상을 빛낸 셈이었다. 그 뒤로 선영은 남편이 벌어오는 돈으로 생활비를 하고 자기가 버는 돈은 모두 은행에 이자로 바치면서 안 먹고 안 입는 생활을 해오고 있다. 선영 때문에 나와 현희와 유라는 부동산 이슈가 터졌다 하면, 국토해양부 홈페이지에 들어가 은마 아파트 실거래가를 조회해보기 바쁘다. 당시 11억 5000만 원까지 올랐던 은마는 2011년 말에 7억까지 떨어졌다가 올 초에 다시 8억 선을 회복했다. 6년 만에 4억이 오르내린 것이다.

"수익성이 왜 없어요. 재건축만 돼봐요, 20억은 훌쩍 뛰어넘지."

여자의 눈에 신앙에 가까운 빛이 서렸다.

몇 년 전, 안전진단이 통과된 뒤 은마 아파트의 미래를 분석한 시나리오들이 인터넷에 돌기 시작했다. 시나리오들의 결론은 대부분 오를 대로 오른 은마 아파트의 재건축이, 수익성이 없어 무산되고 은마 아파트가 슬럼화되리라는 것이었다. 성냥갑처럼 다닥다닥 붙은 재건축 이후의 상상도도 수십 종류가 돌았다. 여자는 이것을 보지 못했을 것이다. 아니, 보지 않았을 것이다.

"전 20억 될 때까지 기다릴 거예요."

20억. 여자는 선영과 같은 꿈을 꾸고 있다. 녹물이 나오는 30년 된 아파트에 전 재산과 미래 기회비용을 올인하고 궁핍하게 살면서 은마가 타워팰리스로 변신할 날만을 기다리고 있는 것이다. 누가 이들을 비난할 수 있을까. 선영과 만나고 온 날이면 나는 어김없이 부동산 사이트에 접속해서 은마 아파트의 시세를 조회했다.

마음속으로는 이미 은마 아파트를 스무 번도 넘게 사고팔았다.

"중간에 떨어지기도 하겠지만 결국엔 올라갈 거예요. 타워팰리스도 처음엔 미분양 났었다잖아요."

여자가 다짐하듯 고개를 끄덕였다.

여자와 선영처럼 무리해서 은마를 산 사람들은 요즘 불안감에 시달릴 것이다. 다행히 돈이 없어서, 혹은 발이 빠르지 못해서 은마를 사지 않은 사람들은 지금쯤 흐뭇한 심정으로 여자와 선영 같은 이들의 행로를 지켜보고 있을 것이다.

"신랑도 은마 사는 거 찬성했어요?"

파일럿이 연봉이 센 직업이긴 하지만, 은마와 리센츠라는 금싸라기 아파트 두 채를 사는 것은 무리였을 것이다. 내 기억으로 한섭의 부모가 잘사는 것도 아니었다. 한섭은 대학 때 등록금을 마련하기 위해 이런저런 아르바이트를 했다.

"리센츠 살 때는 좋아했는데 은마 살 때는 좀 불안해했어요. 우리 신랑이 좀 밴댕이거든요. 그래서 제가 덥석 계약하고 신랑한테 통보해줬죠. 제가 좀 통이 크거든요."

여자가 다시 고개를 치켜들고 하하하, 호탕하게 웃었다. 나는 크게 벌어진 여자의 입을 물끄러미 바라보았다. 여자는 가난한 집에서 자랐을까? 채워지지 않은 욕망이 있을까? 무엇이 여자를 무리한 부동산 투자로 향하게 만들었을까?

"돈만 있으면 지금 용인 쪽 사면 딱인데. 3~4년 안에 분명히 다시 올라올 거거든요. 언니, 혹시 여유 자금 없어요?"

여자는 그 뒤로도 한참 동안 부동산에 대해서 떠들다가 밖에 완전히 어둠이 내린 후에야 집으로 돌아갔다.

나는 난장판이 된 집 안을 치운 뒤 베란다에 앉아 담배를 피웠다. 하얀 담배 연기가 유려한 곡선을 이루며 화초들 사이를 부유했다. 20억 될 때까지 기다릴 거예요. 반짝이던 여자의 눈동자가 떠올랐다. 여자와 한섭은 꿈을 이루게 될까? 며칠 전 선영은 내게 전화를 걸어와 신랑 몰래 집을 내놓았는데 보러 오는 사람이 한 명도 없다며 불안을 호소했다.

유리컵에 담배를 비벼 끄고 바깥 창을 연 뒤 실내로 들어왔다. 냉장고 문을 열어보았지만 맥주 캔 몇 개가 굴러다닐 뿐 먹을 만한 건 아무것도 없었다. 밤 9시. 배달 음식점들도 문을 닫았을 시간이었다. 나는 찬장을 열고 라면을 꺼내며 쓴웃음을 지었다. 한 끼 같이 먹을 사람도 없는 주제에 남의 집 부동산 걱정을 하고 있다니. 요즘 누군가를 만나면 꼭 부동산 이야기를 하게 된다. 결혼도 안 했고 아이도 없는데 화제가 아줌마들과 비슷해지고 있는 것이다. 게다가 세연의 아이를 봐주는 것도 모자라 이제는 잘 알지도 못하는 윗집 아줌마의 아이까지 봐주고 있다. 한섭이 이 사실을 알면 얼마나 웃겨 할까. 어디 가서 아무라도 붙잡고 결혼해 버려야지, 정말 억울해서 못 살겠다.

11

장밋빛 인생

　눈이 내린다. 굵은 눈송이가 엄청나게 빠른 속도로 내려와 땅에 꽂힌다. 3월. 벌써 여름이 왔나 싶을 정도로 따뜻한 날이 이어지더니 하루 만에 온 세상이 눈에 파묻혔다. 봄이 오면 비바람이 불고 이별이 잦나니. 흐물이 즐겨 인용하던 시구를 떠올리며 창밖을 바라보았다. 11시. 이 시간에 사무실에서 창밖을 내다보면 테헤란로에 늘어선 갖가지 승용차들을 구경하는 재미가 쏠쏠했는데, 오늘은 지나가는 차는 드물고 투박한 눈발만 줄기차게 대로 위에 내려와 박힌다. 이쪽저쪽 흩날리지 않고 한 방향으로 속도감 있게 떨어지는 눈. 하늘이 밤새 목 놓아 울었을까. 밤새 울고 겨우 자신을 추슬렀는데 여지없이 찾아오는 매정한 아침에 소스라쳐 다시금 굵은 눈물을 흘리고 있는 것일까. 아침인데도 하늘은 낡은 가로등 하나가 켜진 한밤중의 골목처럼 어둡고 음산하다. 이런 날은 모든 것이 꿈이고, 나는 공기 중을 부유하는 누군가의 영혼 한 조각인 것 같다. 모든 것이 헛되고 부질없다는, 편안하고 나른한 위안.

"김 차장, 뭐 해? 핸드폰 울잖아. 얼른 받아봐."

최 팀장의 한마디로 환상은 무참히 깨졌다. 정신을 차려보니 사람들이 일제히 내 쪽을 쳐다보고 있었다. 오늘은 소비재팀 전체 영업 회의가 있는 날이다. 이 사람들은 창밖에 저런 풍경이 펼쳐지는데 회의 내용이 귀에 들어올까. 나는 핸드폰을 들고 얼른 회의실을 빠져나왔다. 컨설턴트들은 회의 때도 핸드폰을 켜놓았다가 진동이 울리면 재빨리 집어 들고 밖으로 나간다. 언제 거래처나 후보자에게서 급한 연락이 올지 모르기 때문이다.

"네, 김미연입니다."

이름 한 글자 한 글자에 힘주어 또렷하게 말했다. 순간, 공기 중을 부유하는 듯한 환상은 순식간에 사라지고 내 앞에는 살아 있는 한 영원히 끝나지 않을 나의 업보—수많은 염원과 의무와 희로애락으로 채워가야 할 '현실'—가 웅장하게 펼쳐졌다.

"차장님, 저 김재광입니다."

김재광. 흐물이 추천해준 솔루션 개발자다.

"네, 재광 님. 내일 10시 아시죠? 변동 사항 없습니다. 10분 정

189

도 일찍 도착하시는 거 유념하시고요."

흐물이 보내준 김재광의 이력서를 E뱅크에 보낸 뒤 김재광의 입사는 일사천리로 진행되었다. E뱅크는 나이가 어려 부려먹기도 쉽고 연봉에 대한 욕심도 별로 없는 김재광을 열렬히 환영했고, 김재광도 한군데 소속되어 일할 수 있게 됐음에 만족감을 드러냈다. 2차에 걸친 면접과 최종 임원 면접이 매끄럽게 진행된 뒤, E뱅크는 김재광의 채용을 확정했다. 그리고 내일 아침 10시, 채용 계약서 작성을 위해 김재광이 E뱅크를 방문할 예정이다.

"저기, 차장님."

김재광이 뜸을 들였다. 나는 불안해졌다. 내일 시간이 안 되나? 아니면 연봉에 불만이 생겼나? 설마…… E뱅크에 가지 않겠다는 건 아니겠지?

"말씀하세요."

제발, 제발 E뱅크에 가지 않겠다는 말만은 하지 말아다오. 넌 근 한 달 동안 내가 이룬 유일한 석세스란 말이다.

"저…… E뱅크에 조인하기 힘들 것 같습니다."

나는 이를 악물었다. 금방이라도 욕이 터져 나올 것 같았다.

"차장님께는 죄송하지만 전부터 생각해왔던 일이 있어서……."

"전부터 생각해왔던 일이요? 1·2차 면접, 임원 면접 다 통과해놓고 이제 와서 그게 무슨 말씀이세요?"

참지 못하고 이렇게 말해버렸다. 그나마 그 정도인 게 다행이었다. 마음속으론 '미친놈, 미친놈, 미친놈!' 소리를 지르고 있었다.

"제가 너무 비전 없이 살았다는 생각이 들더라고요. 이제 원점으로 돌아가 처음부터 다시 시작해보고 싶습니다. 열정적으로 일하고, 제 생활도 즐기고, 사람들과 다양한 네트워크도 쌓을 수 있는 일을 하면서요. 솔직히 E뱅크 가봐야 한 달에 200~300 받을 텐데 그렇게 벌어서 언제 돈 모으겠습니까."

김재광은 장황하게 자신의 '새로운 비전'에 대해 늘어놓았다. 나는 짜증이 났다. 비전 좋아하네. 왜 하필 지금 비전을 찾는 거야.

"지금 다른 회사로 가겠다는 말씀이신 거죠?"

나는 차갑게 말을 끊었다. 흐물 이 괘씸한 놈. 이런 또라이나 소개해주고.

"그게 아니고요. 솔루션 개발이 아닌 새로운 일에 도전해보고 싶다는 말입니다. '재무설계사'라고 혹시 들어보셨어요? 알고 보니까 이게 굉장히 매력적인 일이더라고요."

얘가 지금 무슨 소리를 하고 있는 거야. 재무설계사? 그게 뭐지? 어카운팅 쪽인가? 순간, 한 가지 생각이 머리를 스쳤다.

"혹시…… 보험 영업 말씀하시는 건가요?"

"보험 영업이라……. 네. 과거에는 그런 용어로 쓰이기도 했죠. 하지만 지금은 스펙이 아주 많이 달라졌어요. 단순히 보험을 판매하는 것이 아니라 라이프 플랜 전체를……."

김재광은 라이프 플래너가 되겠다고 했다. 남들의 인생을 건설적으로 계획해주면서 자기 인생의 비전도 찾아가는 라이프 플래너. 그러면서 열심히만 하면 연봉 1억 되는 건 순식간이라는 둥 언제까지 월급쟁이로 쳇바퀴 돌듯 살아야 하느냐는 둥 꿩 날아가는 소리를 늘어놓았다. 나는 수화기에서 입을 떼고 크게 숨을 내쉬었다.

서치펌에 입사하던 첫해, 실적이 너무 안 나와서 보험 영업을 할까 생각해본 적이 있었다. 나이 서른에 연봉 2억. 퍼스트 클래스 타고 해외여행. 화려한 성공 사례들이 달콤한 유혹의 손길을 뻗쳐왔다. 다행히, 주위에 말려주는 사람이 있었다. 전에 다니던 회사의 영업 담당 과장이었는데, 어느 날 갑자기 회사를 그만두고 외국계 보험사 FC로 전향해서 2년째 보험 영업을 하고 있었다. 영업 시작한 지 8개월도 지나지 않아 연봉 1억을 넘기고 지금은 비서까지 두고 일하는 고소득자로 알고 있었는데, 실상을 들어보니 그게 아니었다. 연봉 1억이 넘는 건 사실이지만 들어간 돈이 1억을 훨씬 상회했고, 수입을 맞추느라 다달이 이만저만 스트레스를 받는 것이 아니었다. 이미 주위 인맥을 샅샅이 뒤져 활용했기 때문에 더 이상 동원할 인맥도 없었다. 하지만 주위 사람들에게는 늘 잘나가는 시늉을 했다. 그렇게 해야 보험 계약을 많이 할 수 있기 때문이다. 그는 보험 영업을 하는 사람이 열이면 그중 아홉 명이 1년 안에 일을 그만둔다고, 나머지 한 명도 보험 일 빼고는 할 만한 일이 없기 때문에 울며 겨자 먹기로 그 일을 계속하는 것이라고 했다. 그 얘기를 듣고 보험 영업에 대한 생각을 깨끗이 접어버렸다. 나는 이러한 내 과거사까지 들추어가며 말렸지만, 김재광은 '차장님이 재무설계사 일을 잘 몰라서 그렇다, 더 알아보면 나처럼 생각하게 될 것이다. 이참에 차장님도 한번 재무설계사 일을 해보는 게 어떻겠냐, 내 밑으로 들어오시라'며 역으로 나를 설득하려 들었다.

"꼭 내일이 아니어도 다시 시간 잡을 수 있으니까 며칠 생각해보고 연락 주세요. 일단 E뱅크에는 내일 시간이 안 돼서 못 가는 걸로 해두겠습니다."

E뱅크에 갈 일은 절대 없을 것 같다는 김재광에게 우격다짐하듯 말하고 전화를 끊었지만, 나는 알고 있었다. 김재광이, 이미, 물 건너가버렸다는 것을.

회의실로 돌아오니 부사장의 장광설이 펼쳐지고 있었다. 처세술에 능한 최 팀장만 부사장과 눈을 맞추며 경청하고 있고, 소비재2팀의 강 팀장, 오 차장은 눈을 내리깔고 부동자세로 앉아 있었다. 민 과장과 심 대리는 핸드폰으로 끊임없이 문자를 보냈고, 우리 팀의 예성은 멍한 표정으로 공책에 뭔가를 끄적거렸다. 양 대리는 무표정한 얼굴로 부사장의 벗겨진 이마를 바라보고 있었다.

"우리가 이 회사를 창립했던 초기에는 말이에요. 컨설턴트들이 하루에 백 통도 넘게 전화를 돌렸어요. 모르는 곳에 다짜고짜 전화를 걸어서 무슨 영업이 되겠는가? 신입 컨설턴트들은 이렇게 물을 수도 있겠죠. 여러분은 어떻게 생각하세요. 무작위로 전화를 돌려서 영업이 성사될 것 같습니까, 안 될 것 같습니까?"

이 회사에 입사한 이래 부사장에게 저 말을 정말이지 백 번은 들었을 것이다. "거래처를 뚫는 방법은 하나다. 무식하게 자꾸 전화하고 찾아가는 것. 영업의 전통적인 방법인 단순 무식책으로 밀고 나가라. 사람은 자꾸 듣고 접하는 것에 결국 무너지게 되어 있다. 넉살 좋게 자꾸 덤벼라." 부사장이 틈만 나면 신입 컨설턴트들에게 던지는 메시지였다. 하지만 이때까지 헤드헌팅 일을 해본 적도 없고 앞으로도 할 생각이 없는 부사장이 하는 말은 전혀 설득력이 없었다. 번들거리는 이마와 찌든 담배 냄새, 권위적인 사고방식. 50대 후반의 아저씨에게 가능한 추한 모습을 모두 갖춘 이 아저씨가 갑자기 부사장으로 부임한 것은 회사가 설립된 지 5년이 지난 해의 어느 봄날이었다.

회사를 설립하고 지금의 기반을 갖추어놓은 초대 사장은 '부사장'이라는 사람이 등장한 이후 한 달이 채 못 되어 외국계 인력 파견업체 지사장으로 스카우트되어 가버렸다. 그 이후 사장 자리가 공석인 채 직원 수 70명이 넘어가는 우리 회사는 이 정체 모를 아저씨를 중심으로 돌아가고 있다. 이전 경력이라고 알려진 것은 외국산 장비를 오퍼하는 오퍼상 사장이었다는 것밖에 없는 이 아저씨는 서치펌 일에 대해 몰라도 너무 몰라서 관여를 안 하는 것이 오히려 도움을 주는 수준의 경영을 하고 있다.

"됩니다. 임애란 컨설턴트, 최은령 컨설턴트 모두 그런 방식으로 지금의 자리에 오른 것 아닙니까."

표정 없이 부사장의 이마를 쳐다보던 양 대리가 갑자기 태엽이 감긴 인형처럼 기계적으로 말했다. 모든 화제에 삐딱한 자세를 보이고 컨설턴트들에 대한 뒷담화를 늘어놓는 것을 주특기로 삼는 양 대리. 그도 부사장에게만은 순한 양처럼 굽실거린다.

그렇다고 부사장이 양 대리에게 특혜를 주느냐, 그건 아니다. 부사장이 가진 권한이라야 컨설턴트들의 기본급과 인센티브 비율, 실적에 따른 각종 지원 혜택을 정하는 것뿐인데, 근본적으로 실적에 기반을 두고 정해지는 것이라 양 대리처럼 실적이 저조한 사람에게는 특혜를 주고 싶어도 줄 수가 없다.

"뭐, 최은령 컨설턴트 같은 경우는 이전 경력이 주는 임팩트도 무시 못 하는 건 사실이긴 하지만요."

양 대리가 조심스럽게 최은령 컨설턴트, 즉 최 팀장을 쳐다보며 이렇게 덧붙였다. 최 팀장이 지금의 거래처를 맨땅에 헤딩하는 식의 영업으로 확보했다는 것은 자기가 생각해도 너무 억지이기 때문에 슬쩍 눈치를 보는 것이다.

"임애란 컨설턴트는 그야말로 무에서 유를 창조한 케이스입니다."

부사장이 이렇게 받아치자 양 대리가 머리를 쓸어 올리며 살짝 웃었다. 그 뒤를 이어 부사장도 머리를 쓸어 올리며 눈웃음을 지었다. 나는 눈을 크게 떴다. 두 사람이 머리를 쓸어 올리며 웃음 짓는 동작이 묘하게 닮아 있었다. 기골이 장대하고 이목구비가 큼직큼직한 부사장과 비쩍 마르고 얼굴이 각진 양 대리는 전혀 닮았다고 할 수 없는 정반대의 인상이다. 그래서 회사 내에 부사장이 양 대리의 외삼촌이라는 소문이 돌았을 때도 나는 전혀 믿지 않았다. 일에 성의도 없고 빈둥거리기만 하는 양 대리가 잘리지 않고 계속 회사에 나오는 데 대한 반감 때문에 만들어진 헛소리일 거라고 생각했다. 그런데 지금 보니 그 소문이 사실일지도 모르겠다는 생각이 든다. 겉멋이 잔뜩 든 두 사람의 말투도 은근히 비슷했다.

"과감한 영업의 중요성은 신입 컨설턴트들에게 틈나는 대로 인지시키고 있습니다. 그건 그렇고 점심시간도 됐는데 이쯤에서 회의 마치죠, 부사장님?"

언제나 그래왔듯 최 팀장이 점심시간이 되기 전에 부사장의 장광설을 막아주었다.

"아 참, 김 차장. 이강혁 Z사 떨어졌다고 내가 말했나?"

다이어리를 들고 나가던 최 팀장이 내 쪽을 돌아보고 툭 말을 던졌다. '아 참, 조여정 가슴 성형한 거라고 내가 말했나?' 하는 듯한 말투였다.

"아니요?"

나는 목소리를 높였다. 이강혁이 떨어졌다고? 며칠 전까지만 해도 연봉 얘기가 오갔는데?

"학부가 좀 약하잖아. Z사 박 상무가 그러는데 그것 때문에 처음부터 고려 대상도 아니었대. 우리가 넣었던 사람들 다 안 됐어. 포지션 자체를 좀 생각해봐야겠다네."

맥 빠진다. 출신 대학 때문에 안 될 거였으면 처음부터 이력서를 넣지도 말라고 하지, 왜 멀쩡히 회사 잘 다니고 있는 사람한테 바람을 넣나? 그리고 포지션 자체를 좀 생각해봐야겠다니, 포지션 오픈에 대한 고려를 해보지도 않고 서치펌에 구인 의뢰를 했단 말인가?

나는 최 팀장이 또각또각 발소리를 내며 사라져가는 것을 멍하니 쳐다보다가 노트북을 챙겨 일어섰다. 김재광, 이강혁. 이 두 명의 후보자를 작업하는 데 한 달이 넘는 시간을 바쳤다. 그런데 이들이 오늘 오전, 채 한 시간도 안 되는 찰나에 유유히 날아가버렸다. 후우. 나는 크게 한숨을 쉰 뒤 느릿느릿 회의실을 빠져나왔다.

점심을 먹은 후에도 기분은 나아지지 않았다. 이를 닦으러 화장실에 갔다가 칫솔에 치약을 묻히는 일이 너무 귀찮게 느껴져서 멍하니 서 있었다. 반짝반짝 닦인 화장실 거울 속에서 한 여자가 어깨를 축 늘어뜨린 채 넋 나간 표정으로 이쪽을 응시하고 있었다. 하얗게 들떠 있는 파운데이션 밑으로 기미와 오돌토돌한 사마귀가 잔뜩 돋아 있고, 터서 벌겋게 일어난 입술 위에는 살

구색 립스틱이 흉하게 뭉쳐 있었다. 이 일을 계속해야 할까. 열심히 하면 석세스로 이어질까. 석세스를 못 한 지 벌써 한 달이 넘었다. 지금쯤 석세스를 올려줘야 여름에 먹고살 돈이 나올 텐데. 그나저나 E뱅크는 어떻게 하지. 오늘 오후부터 솔루션 개발자 찾는 작업을 다시 시작해야 하는데, 이제 개발자 리스트 같은 건 쳐다보기도 싫다. 어차피 이런저런 이유로 안 될 텐데, 뭐 하러 후보자를 찾는단 말인가. 뭐 하러 전화로 목이 쉬도록 떠들어대야 한단 말인가. 백 명 중에서 한 명 나올까 말까 한 옥석을 가리기 위해 백 명 모두에게 전화를 거는 것은 말도 안 되는 짓이다.

억지로라도 이를 닦아보려고 칫솔에 손을 뻗치는데 핸드폰이 울렸다. 나는 천천히 핸드폰 슬라이드를 밀어 올렸다.

"여보세요."

"미연 님, 어디 아프세요?"

나는 얼른 자세를 바로잡았다. 태환이었다.

"어머, 태환 님!"

내 입에서 봄날의 아기 웃음소리 같은 싱그러운 고음이 튀어나왔다.

"아니에요. 점심 먹고 좀 졸려 하고 있었어요."

내 안에 이렇게 부드럽고 나긋나긋한 목소리가 숨어 있었던가.

"오늘 뭐 하세요?"

태환은 내 말이 끝나기가 무섭게 물어왔다.

"오늘요? 별거 없는데요?"

좀 뜸을 들여야 했는데, 태환이 여유가 없어 보여 그만 바로 말해버렸다.

"같이 저녁 할까요? 대학로 어때요?"

"대학로요? 웬일로……."

"대학로 괜찮죠? 그럼 혜화역 도착해서 전화 주세요."

"혜화역 몇 번 출구요? 몇 시까지 가야……."

"그냥 끝나시는 대로 대학로로 오세요. 저는 오후부터 대학로에 가 있을 테니까 도착해서 전화 주시면 장소 알려드릴게요."

내 말을 끊으면서 다급하게 말하는 것으로 보아 태환은 오래 통화할 만한 상황이 아닌 것 같았다.

"대학로에 외근 나갈 일이 있으신가 보죠?"

"자세한 건 이따 말씀드릴게요. 그럼 이따 뵈어요."

전화가 끊어졌다. 나는 멍하니 서서 핸드폰을 쳐다보았다. 갑자기 웬 대학로? 이때까지 태환과 만날 때는 늘 태환의 회사가 있는 강남역에서 만났다. 딱 한 번, 주말에 우리 집 근처인 신천역에서 만난 적도 있지만 그것은 태환이 내 엠피스리를 빌리기 위해 잠깐 들른 것일 뿐이었다. 대학로에 외근 나갈 일이 있나? 생각해봤지만 태환의 거래처는 모두 삼성동이나 역삼동에 있었다.

몰라. 분위기 전환 삼아 대학로에 가고 싶어졌나 보지 뭐. 어쨌든 나로서는 반가운 일이다. 그동안 연락이 없어서 이제 우리 관계가 끝났나 보다, 내심 걱정하고 있었는데 이럴 때 전화가 걸려 오다니. 이게 웬 떡인가.

나는 다시 거울을 보았다. 아침에 급하게 나오느라 화장이 좀 떴다. 퇴근하기 전에 리셉션 유미 씨한테 화장품을 빌려 화장을 다시 해야겠다. 구두는 캐비닛에 넣어둔 은색 힐을 신으면 되겠고. 옷은, 음, 예성이 오늘 여우 털 달린 화사한 베이지색 점퍼를 입고 왔던데 그거 좀 빌려달라고 해볼까. 저번에 내가 흰색 코트를 빌려준 적도 있으니 특별한 약속이 있지 않는 한 빌려줄 것이다. 아, 얼른 가서 솔루션 개발자들한테 전화부터 돌려야겠구나. 쓸 만한 개발자 세 명은 확보해놓고 나가야 태환을 만나도 마음이 편할 것 같다.

나는 꼼꼼히 이를 닦고 화장실을 빠져나왔다. 조금 후면 태환을 만난다! 아, 기분 좋다! 역시 세상에 죽으라는 법은 없나 보다.

퇴근 직전, 동생에게 전화가 왔다.

"언니, 뭐 해?"

나는 리셉션 의자 밑에 쭈그리고 앉아 유미 씨의 지도를 받으며 마스카라를 칠하고 있었다.

"뭐 하긴, 퇴근 준비하고 있지. 왜? 민준이 봐달라고? 안 된다. 언니 오늘 약속 있다."

"뭐야. 내가 만날 애 봐달라고 전화하는 줄 알아? 에이, 기분

200

나빠. 중요한 정보 알려주려고 했는데, 끊어. 안 알려줄래."

"야아아. 농담이야. 언니가 모처럼 약속이 생겨서 좋아서 그랬어. 중요한 정보가 뭔데? 얼른 말해봐."

왼쪽 마스카라 칠을 성공적으로 마치고 솔에 마스카라 액을 듬뿍 묻혀 오른쪽 속눈썹으로 가져갔다.

"언니 아직도 이태환인가, 그 사람하고 만나?"

세연은 태환을 본 적이 있다. 예전에 태환과 함께 역삼역에 있는 유명 채식 뷔페에 갔다가 우연히 세연과 마주쳐 서로 어색하게 인사를 시켜주었다.

"응. 오늘도 그 사람 만나러 가는데? 왜?"

마스카라 칠하기가 생각만큼 쉽지 않다. 왼쪽 칠할 때도 손이 떨려 눈 밑에 시커멓게 마스카라 액을 묻혔는데, 오른쪽 할 때도 자꾸 손이 떨린다. 유미 씨는 바르다 보면 쉬워질 거라고 하는데, 앞으로는 절대 마스카라를 하지 말아야겠다. 이렇게 어려워서야 원.

"이런 말 해도 될지 모르겠는데……."

세연은 말끝을 흐렸다.

"괜찮아. 말해, 말해. 그 사람이랑 아무 사이도 아니라고 했잖아. 그냥 좀 친한 것뿐이야. 뭔데?"

세연은 평소 태환을 못마땅해했다. 위선적인 지식인의 전형이라나? 자기한테나 딱 어울릴 법한 말을 태환에게 갖다 붙이면서 웬만하면 그 사람과 만나지 말라고 충고했다. 세연의 말을 듣고 엄마도 태환에 대한 생각을 바꾸었다. 본 적도 없으면서 Y대 나왔다는 말만 듣고 상당한 호감을 품고 있었는데, 세연의 말을 듣고는 '영양가 없는 사람' 같다고 결론 내렸다. 내가 별로라고 할 때는 들은 척도 안 하더니 세연이 별로라고 하니까 갑자기 태도를 바꾼 것이다. 같은 딸이라도 좋은 대학 나와 좋은 직장 다니는 딸의 말은 그럴싸하게 들리나 보다.

"실은 어제 말이야."

세연이 운을 떼었다. 나는 솔을 오른쪽 속눈썹에 대고 조심스럽게 위로 올렸다.

"어제 뭐? 엄마랑 또 태환 씨 얘기했어? 남자가 너무 좀생이 같다고?"

태환과 내가 만날 때마다 더치페이 한다는 얘기를 들은 이후로 엄마는 태환을 '좀생이'라고 불렀다.

"어제 길 가다 그 사람 봤어. 대학로에서."

"태환 씨를?"

손끝이 떨려서 마스카라가 살짝 눈두덩에 묻었다.

"응. 어떤 여자랑 같이 걸어가던데?"

"뭐?"

나는 리무버를 솜에 묻혀 눈두덩에 묻은 마스카라 얼룩을 닦아냈다. 어제는 화요일이었다. 그 시간에 태환은 회사에 있었을 것이다.

"확실해? 다른 사람이랑 착각한 거 아니야?"

다시 솔에 마스카라 액을 묻혔다. 처음 발랐을 때 뭉쳤던 것을 풀어주려면 두 번째에는 마스카라 액을 조금만 묻혀야 한다.

"확실해. 그 사람 좀 촌스럽게 생겼잖아. 볼에 점도 있고."

볼에 점. 그렇다면 태환이 확실하다. 태환의 볼 정중앙에는 살짝 큰 점이 하나 있다. 보는 사람에 따라 매력점이라고도, 촌스럽다고도 볼 수 있는 점이다.

"언니, 왜 아무 말도 안 해? 그 사람이랑 아무 사이도 아닌 거 맞아? 아무튼 확실히 어떤 여자랑 걸어가고 있었어. 참고해."

나는 마스카라 솔을 용기에 넣었다. 눈 화장은 멋지게 완성되어 있었다. 볼륨감도 확실했고, 눈도 이전보다 훨씬 크고 선명해 보였다.

"알려줘서 고맙긴 한데, 상관없어. 그 사람이랑 별 사이 아니니까."

이렇게 말했지만 내 목소리는 축 처져 있었다.

"나 나가야겠다. 끊어. 나중에 통화하자."

나는 유미 씨에게 마스카라를 돌려주고 자리로 돌아왔다. 그리고 서랍에 들어 있던 일회용 클렌징 크림을 들고 화장실로 갔다. 마스카라를 지우는 데는 생각보다 많은 시간이 걸렸다. 크림을 바르자 검은색 마스카라 찌꺼기가 여기저기 뭉치고 짙게 바른 아이라인까지 번져서 눈 주위가 멍든 것처럼 검게 변했다.

자리로 돌아와 보니 핸드폰에 문자 메시지가 들어와 있었다.

오늘 뭐 해? 나 서울에 출장 왔는데.

흐물이었다. 바로 답을 보냈다.

지금 바로 나갈 수 있어. 어디로 갈까?

그리고 태환에게도 문자를 보냈다.

갑자기 일이 생겼어요. 오늘 못 나갈 것 같아요.

다음에 봐요, 라고 덧붙이려다가 그냥 그대로 보냈다.

눈 내린 봄밤. 마로니에 공원은 한산했다. 여기저기 쌓인 눈이 인적을 그리워하며 다소곳한 자태를 드러냈고, 잎 하나 달리지 않은 앙상한 마로니에 나무 아래에서는 구부정하게 앉아 홀짝홀짝 캔 맥주를 들이켜는 나이 든 싱글 여성 하나만이 살아 움직이는 기색을 냈다. 이 공원에 존재하는 또 다른 생명체인 흐물은 우두커니 혼자 남겨진 야외 공연장을 향해 빠른 속도로 나아가고 있었다.

"누구 해줄까? 말만 해."

텅 빈 무대에 올라간 흐물이 나이 든 싱글 여성을 향해 이렇게 외쳤다. 나이 든 싱글 여성, 즉 나는 한숨을 길게 내쉬며 방금 비운 캔을 찌그러뜨렸다. 밤 11시. 매섭게 몰아치던 바람이 잦아드는가 싶더니 이슬비가 내리기 시작했다.

"음악도 없는데 춤을 추려고? 그럼 조권 해봐. 갠 아무리 봐도 안 질리더라?"

나는 심드렁하게 대꾸하고 비닐봉지에서 캔 맥주를 새로 꺼냈다. 흐물과 만난 후부터 거의 한마디도 하지 않고 걸어 다니기만 했다. 공원에 들어와 앉은 후에도 말없이 캔 맥주만 홀짝거렸다. 머릿속에는 세연이 했던 말이 계속 맴돌았다. 어떤 여자랑 같이 걸어가던데, 어떤 여자랑 같이 걸어가던데……. 세연이 본 사람이 정말 태환이었을까? 그 여자는 누구일까. 태환과 어떤 사이일까. 그럴 리가 없다고, 태환이 그 시간에 대학로에 있었을 리가 없다고 다짐하듯 되뇌었지만 장소가 대학로라는 점이 자꾸 마음에 걸렸다. 태환이 오늘 나오라고 한 곳도 대학로가 아니었던가.

흐물은 평소와 달리 입을 꾹 다물고 있는 내가 걱정되는 눈치였다. 계속 이 말 저 말 시켜보다가 반응이 없자 급기야 춤을 춰주겠다고 벌떡 일어섰다.

나는 텅 빈 공연장을 바라보았다. 예전에는 공연장을 층계가 둘러싸고 있어 관객들이 자연스럽게 둘러앉을 수 있었는데, 이제 층계는 없어지고 평지에 반원을 잘라놓은 형태의 무대 하나만 덩그러니 놓여 있다. Made in 20 TTL. 흰색 바탕에 박힌 은색 문자가 선명하게 빛을 발했다. 나는 고개를 끄덕였다. 이곳은 20대를 위한 공간이다. 비가 오지 않는 주말이면 20대들이 몰려나와 몸을 흔들며 밴드의 공연을 즐길 것이다.

이. 십. 대. 그 단어를 나직이 음미해보는 것만으로도 내 안에서 뜨거운 무언가가 올라오는 것 같다. 내게도 20대가 있었지. 마음은 그 자리에 그대로 머물러 있는 것 같은데 육신은 어느새 20대를 훌쩍 뛰어넘어 낯선 곳을 향해 나아가고 있다. 서른일곱. 아무리 되새겨도 늘 낯선 나이. 3년 뒤면 나는 마흔이 되어 있을 것이다. 마흔. 그때 나는 어떤 일상을 영위하고 있을까. 서치펌 일을 계속하고 있을까. 여전히 싱글일까. 지금처럼 흐물 같은 남자나 만나면서 시간을 죽이고 있을까. 생각만 해도 무시무시하다. 사람들이 결혼을 하고 아이를 낳는 것은 이런 이유 때문일지도 모른다. 무작정 나이 먹기가 두려운 것. 그래서 인류가 수천 년 동안 행해온 공고한 관습을 울며 겨자 먹기로 받아들이는 것. 차라리 차악을 택해 무시무시한 세월을 덮고 건너가는 것.

무대에 오른 흐물이 뒤돌아선 상태로 손을 높이 치켜들었다. 잠시 후 바닥에 놓인 흐물의 핸드폰에서 음악이 흘러나오기 시작했다. 버퍼링 댄스 시연 때 단골로 등장하는 강한 비트의 음악이었다. 흐물은 한쪽 팔을 들어 절도 있게 돌리더니 이내 두 팔을 옆으로 돌리며 몸을 강하게 회전시켰다. 나는 일어서서 무대 쪽으로 걸어갔다. 이슬비는 그새 가는 눈발로 바뀌어 사방으로 흩날리고 있었다. 날리는 눈발을 배경으로 멀리 있는 가로등 불빛에 의지해 리듬을 타는 흐물의 몸짓이 제법 그럴싸했다. 나는 멈추어 서서 흐물을 바라보았다. 흐물은 춤에 완전히 빠져 내 시선을 의식하지 못했다. 하늘을 향해, 땅을 향해, 옆을 향해 손을 찔러 넣을 때마다 손에서 어떤 정기 같은 게 서려 나왔다. 그 손끝의 움직임을 따라가는데, 갑자기 코끝이 시큰해졌다. 저 사람, 이 순간에 완전히 몰두해 있다. 눈 내리는 3월의 밤. 저 사람은 좋아하는 사람을 위해 왕복 다섯 시간이 걸리는 도시로 올라와 싸락눈을 맞으며 열정적으로 몸을 놀리고 있다. 그것에서 기쁨을 느끼고 있다. 그 감정에 순수하게 빠져 있다. 얼마나 아름다운가. 갑자기 저릿한 쾌감이 몰려왔다. 흐물과 나는 지금 싸락눈처럼 각기 다른 방향으로 흩날리는 우리네 인간들의 마음을 보여주는 명장면을 연출하고 있는 것이다!

그때 갑자기 내 핸드폰이 울렸다. 나는 핸드폰을 귀와 어깨 사이에 끼우고 양손으로 박수를 쳤다. 춤을 끝내고 숨을 고르는 흐물에게서 하얀 입김이 피어올랐다.

"어디예요?"

태환이었다.

"왜요?"

덤덤하게 물었다.

"오늘 왜 못 나와요? 무슨 일 있어요?"

태환의 말투는 유례없이 다정했다.

"그냥, 별로 나가고 싶지 않아요."

태환에 대해 포기한 상태였기 때문일까. 담담하게 말할 수 있었다.

"지금 어디예요?"

"……대학로예요."

돌이켜보면, 장소를 밝혔던 이때부터 이미 나는 태환에게 갈 생각을 하고 있었다.

"이쪽으로…… 와줄 수 있어요?"

흐물은 무대에 서서 내 쪽을 바라보고 있었다. 스무 걸음 정도 떨어진 거리, 바람 소리와 차 지나가는 소리가 거셌다. 통화 내용이 들리지는 않을 것이었다.

"이쪽으로 와줄 수 있어요?"

태환이 다시 물었다. 순간 내 기분이 급변했다. 이때까지 태환이 이렇게 애원조로 내게 와주기를 요청한 적은 한 번도 없었다. 이토록 다정한 말투를 쓴 적도 없었다.

"갈게요. 어디로 가면 되죠?"

태환에게 마로니에 공원으로 오라고 해도 달려올 분위기였지만, 그에게 흐물과 있는 장면을 보이고 싶지는 않았다.

"서울대병원 건물 알죠? 그 건물 바로 뒤편에 건영 빌딩이라고 있거든요. 거기 지하, '장밋빛 인생'으로 오세요."

나는 전화를 끊고 무대로 올라갔다. 가늘던 눈발이 어느새 굵은 함박눈으로 바뀌어 있었다.

"어디 가는데?"

흐물은 내가 말을 꺼내기도 전에 이렇게 물었다.

"……후보자 만나러."

"이 시간에?"

그동안 흐물을 따돌리기 위해 후보자 만나러 간다는 핑계를 수없이 댔지만, 흐물이 반문해온 적은 한 번도 없었다.

"응."

밤 11시에 갑자기 후보자를 만나러 가다니, 내가 생각해도 말이 안 되는 소리였다.

"제약회사 메디컬 어드바이저(medical advisor: 제약회사에서 자문으로 일하는 의사) 포지션이 들어왔어. 그 자리 후보자가 서울대병원 의사야. 그 사람이 밤에 잠깐 나올 수 있다고 해서 일부러 너랑 약속 장소도 대학로로 잡은 거야."

얼른 이렇게 덧붙였다. 새빨간 거짓말이었지만 말해놓고 보니 제법 그럴싸하게 느껴졌다.

"여기서 기다리고 있을게. 후보자 만나는 거 30분이면 끝나지?"

헉. 흐물이 급소를 찔렀다. 후보자와의 인터뷰는 대부분 15분에서 20분, 길어야 30분이다. 얘가 갑자기 왜 안 하던 짓을 하고 그러지? 골치 아프게.

"흐물, 내일 출근 안 해? 지금 밤 11시야. 서울역 막차 시간 넘기 전에 얼른⋯⋯."

"서울역 막차는 벌써 떠났어."

흐물의 시선은 내 등 뒤를 향해 있었다. 뭐가 있나 싶어 뒤돌아보았지만, 보이는 것은 빠른 속도로 땅에 꽂히는 눈발뿐이었다.

"그럼 터미널로 가. 고속버스는 좀 늦게까지 있잖아. 나 간다. 눈 오니까 빨리 집에 가."

나는 얼른 공원 입구로 뛰어갔다. 부담스러운 흐물의 눈빛에서 한시라도 빨리 벗어나고 싶었다.

"미연아."

나는 뒤돌아보지 않았다.

"여기서 기다리고 있을게."

흐물이 큰 소리로 외쳤다. 나는 못 들은 척 바람처럼 내달려 횡단보도를 건넜다. 혹시 흐물이 쫓아오기라도 할까 봐 전속력으로 질주했다. 서울대병원 건물이 시야에 들어왔을 때에야, 흐물에 대한 생각에서 벗어날 수 있었다.

못 간다고 해놓고 전화 한 통에 마음을 바꾸다니. 내가 너무 우스워 보이는 건 아닐까. 흐물이 사라진 자리에 이내 태환에 대한 생각이 들어찼다.

실연이라도 당한 것처럼 눈길을 쏘다니다 갑자기 희희낙락하는 나 자신이 한심하다는 생각도 들었다. 하지만 그 생각은 오래 가지 않았다. 생각해보면 세연의 전화 한 통에 실연이라도 당한 것처럼 울적해했던 것이 오버였다. 세연이 어제 봤다는 인물이 태환인지도 확실치 않다. 설사 그것이 태환이 맞다 해도 옆에 있던 여자와 태환이 어떤 사이인지는 아직 모르지 않는가. 거래처 직원이거나 사촌 동생, 대학 후배, 혹은 친구와 만나는데 친구가 부인을 데려왔던 것일 수도 있다. 확실하지도 않은 사실 가지고 지레 포기하는 것은 바보짓이다.

'장밋빛 인생'은 조명이 은은하고 테이블이 기둥과 커다란 관엽 식물들로 차단되어 룸처럼 설계된 조용한 카페였다. 입구에서 태환의 이름을 대자 "아, 이 선생님 일행이시군요" 하며 친절히 안내하는 것으로 보아 태환이 단골인 집 같았다.

태환은 혼자가 아니었다. 태환의 옆에는 긴 머리를 늘어뜨린 개량한복 차림의 중년 남자가 앉아 있었고, 맞은편에는 흰 가운을 입은 여자가 앉아 있었다. 조막만 한 얼굴에 눈, 코, 입이 조각처럼 선명하게 각인되어 있는, 그림 같은 여자였다.

"안녕하세요."

나는 처음 보는 두 사람에게 어색하게 인사를 건네며 엉거주춤 여자 옆에 앉았다.

"미연 씨, 안 오실까 봐 걱정했잖아요."

여자에게 와인을 따라주며 태환이 눈웃음을 쳤다. 미연 씨. 평소에는 쓰지 않던 호칭이었다.

"대전에 있는 친구가 갑자기 올라와서요……."

"대전에 있는 친구요? 누군데요? 그런 친구 얘기해주신 적 없는데?"

나는 태환을 빤히 쳐다보았다. 이 사람, 오늘 이상하다. 우리가 굉장히 친밀한 사이인 것처럼 말하고 있다.

"남자 친구였나 봐요?"

여자가 내 쪽으로 몸을 살짝 비틀며 말했다. 한쪽 손에는 가느다란 담배가 들려 있었다.

"성별이 남자였죠. 애인이거나 그런 건 아니고요."

나는 테이블에 놓인 담뱃갑에서 담배 한 개비를 꺼내며 여자에게 눈짓으로 허락을 구했다.

"미연 씨한테 제가 모르는 남자 친구가 있었나요?"

태환 앞에서 담배를 피우는 것은 이번이 처음이다. 그런데 태환은 그것을 전혀 의식하지 못하고 내게 친한 척하는 데에만 몰두해 있다. 여자는 내 담배에 불을 붙여주며 나를 빤히 쳐다보았다. 나는 그 시선을 정면으로 맞받았다. 여자의 눈빛이 흥미로 거세게 일렁였다. 순간 나는 모든 상황을 파악했다. 이 여자, 태환이 좋아하는 여자구나!

"오늘 굉장히 친한 척하시네요? 어색하게 갑자기 왜 그러세요, 태환 님?"

일부러 '님' 자에 힘을 주었다. 태환의 얼굴에 당황하는 기색이 어렸다. 나는 쾌재를 불렀다. 태환에게 이런 식으로 말하다니! 장하다, 김미연! 이 쾌거는 순전히 흐물과 대학로 거리를 쏘다니며 마셨던 맥주 다섯 캔 덕분이다. 아아, 당장에라도 흐물에게 전화를 걸어 이 쾌거를 알려주고 싶다!

"미연 님…… 오늘 좀 이상하시네요. 혹시 취하셨어요?"

"아뇨? 맥주를 좀 마시긴 했지만 멀쩡한데요? 저 취해 보여요?"

나는 여자 쪽으로 고개를 돌렸다.

"아뇨. 전혀요."

여자가 단호하게 말했다. 얼굴에는 장난기가 가득했다.

"전 태환 님이 취하신 것 같은데요? 태환 님 술 드셨어요? 술과 고기는 일절 입에 대지 않는다고 하셨던 것 같은데."

나는 고개를 앞으로 빼고 냄새 맡는 시늉을 했다. 테이블에는 빈 와인병과 3분의 1쯤 남은 와인병이 나란히 놓여 있었다.

"저 어제부로 회사 그만뒀거든요. 그거 축하도 할 겸, 예의상…… 한잔 마셨어요."

태환이 머리를 긁적였다. 나와 있을 땐 좀처럼 보이지 않던 모습이었다.

"진짜 회사 그만두신 거예요? 그럼 이제부터는 번역 일을……."

"예의상이라뇨? 누가 들으면 꼭 우리가 억지로 마시라고 한 줄 알겠네요? 와인 한 잔 정도는 괜찮다고, 와인 세 잔 마시고 수술한 의사도 봤다고 저한테 술을 권한 사람이 누구였더라? 이 선생님 아니었나요?"

여자가 내 말을 자르고 끼어들었다. 목소리는 가늘고 고왔지만, 말하는 내용이나 어조는 힘 있고 위트가 넘쳤다. 태환을 어렵게 생각하는 기색은 전혀 보이지 않았다. 긴장해서 머리를 긁적이기까지 하는 태환과는 완전히 대조적인 모습. 나는 태환과 여자의 관계를 짐작할 수 있었다. 정도의 차이가 있겠지만 아마도 흐물과 나의 관계 비슷한 것이리라.

"의사세요?"

나는 여자가 입고 있는 흰 가운을 쳐다보았다.

"레지던트예요. 지난한 과정을 지나고 있죠. 신께서 가호를 베푸신다면 의사의 반열에 오를 수 있을지도."

여자는 농담이 하고 싶어 미치겠다는 표정을 지었다.

"이 앞에 있는 병원 아시죠? 거기에 계세요."

그때까지 한마디도 하지 않던 개량한복이 끼어들었다. 서울대병원 의사라. 음, 흐물에게 한 말이 완전히 거짓말은 아닌 셈이 됐군.

"이렇게 예쁘고 지적이신데 직업이 의사시라니! 정말 신은 불공평하군요."

내가 과장되게 입을 삐죽거리자 여자가 깔깔 소리 내어 웃었다.

"재미있는 분이시네요."

여자가 내 쪽으로 완전히 몸을 틀었다.

"근데 헤드헌터시라면서요? 이 선생님한테 얘기 들었어요. 굉장히 재미있는 일일 것 같은데, 실제로 어때요?"

"전 의사 일이 더 재미있을 것 같은데, 실제로 어때요?"

나는 얼른 받아쳤다. 직업이 의사인 사람 앞에서 내 직업이 고수입에 시간이 자유로운 일이라고 떠벌릴 것인가, 텔레마케터와 비슷한 일이라고 자조할 것인가. 일의 내용과 수입 정도를 상황에 따라 마음대로 떠벌릴 수 있는 내 직업은 모든 사람이 일의 내용과 수입 정도를 짐작할 수 있는 의사나 판검사와는 확연히 다른 직종이다.

"하하, 의사 일이 재미있을 것 같다고요?"

여자는 담배에 불을 붙인 뒤 다시 헤드헌터에 대해 묻기 시작했다.

"헤드헌터가 되려면 뭘 전공해야 하죠? 경영학? 경제학? 아니면, 인사학 같은 게 따로 있나요?"

여자가 물었다. 또렷한 발음에 부드럽고 안정된 음성이었다.

"사실 우리 일하는 데 전공은 크게 중요하지 않아요. 이전 직업이 무엇이었느냐가 중요하지. 그런데 레지던트시면 엄청 바쁘지 않으세요? 이렇게 나와 있어도 돼요? 전공은 어느 쪽이세요?"

애써 화제를 돌리려 하는데 태환이 끼어들었다.

"경영학 세부 전공 중에 조직관리, 뭐 이런 거 있지 않아요? 헤드헌터분들 중에 좀 전문적인 분들은 그쪽 나오신 것 같던데, 미연 님은 어디 나오셨어요?"

드디어 올 것이 왔구나. 나는 일단 시선을 내리깔았다. 뭐라고 대답해야 할까. 뭐라고 대답해야 이 상황을 무난하게 넘길 수 있을까.

"그러고 보니 전 미연 님에 대해 아는 게 없네요. 미연 님은 아예 제 이력서를 가지고 계시는데."

이직을 희망하는 사람들은 헤드헌터에게 자신의 이력을 거리낌 없이 밝힌다. 이력서에 기재되지 않은 내용에 대한 추가 질문에도 적극적으로 답한다. 하지만 역으로 내 이력을 물어오는 사람은 아무도 없다. 처음엔 그게 재미있고 신기했다. 순전히 호기심에 일과 관계없는 질문을 교묘하게 끼워 넣은 적도 있었다. 나는 그동안 만났던 후보자들을 떠올렸다. 내가 꼬치꼬치 캐물었을 때, 그들은 기분이 어땠을까? 일과 관련 없는 질문이라는 것을 눈치챘을까?

태환은 눈을 반짝이며 내 대답을 기다렸다. 그동안 나에게 어느 대학을 나왔는지 우회적으로 몇 번 물었지만, 뾰족한 대답을 들은 적은 없었다.

"전 언어 쪽 전공했어요."

전공이 실용영어학이라고 밝히면 사이버 대학 출신임을 눈치 챌 것 같아 이렇게만 말했다.

"어떤 언어요?"

이번엔 여자가 물었다.

"영어요."

"그럼 영문학과 나오신 거예요?"

이번엔 태환. 아주 둘이서 협공을 하고 있다.

"정확히 말하면 영문학과가 아니라 실용영어학과예요. 전 H대 사이버 대학을 나왔거든요."

머뭇거리다가, 그냥 말해버렸다. 어차피 말할 거 추궁 끝에 말 하는 듯한 인상을 주고 싶지 않았다.

"아, 그럼 고등학교 졸업하고 회사 다니시다가⋯⋯."

태환은 놀란 얼굴을 감추려 하지도 않고 이렇게 물었다.

"원래 전문대 졸업했거든요. 회사 다니다가 아무래도 공부를 더 해야 할 것 같아서 사이버 대학에 들어갔어요. 이제 됐나요?"

순간 테이블이 조용해졌다. 침묵을 지키던 개량한복은 다른 곳을 쳐다보는 시늉을 했고, 태환은 헛기침을 하며 텅 빈 와인 잔 을 들어 올렸다. 여자는 괜히 울리지도 않은 핸드폰을 만지작거 렸다.

나는 앞에 놓인 잔을 쭉 들이켰다. 왜 그냥 덤덤하게 말하지 못

217

했을까. 이제 됐나요, 라니. 그런 말을 덧붙일 것까지는 없었는데. 나는 갑자기 불쾌해졌다. 조금 전까지만 해도 동등하게 느껴졌던 태환과 여자와 나 사이에 보이지 않는 선이 그어진 것 같았다. 서울대병원의 의사라면 필시 서울대를 나왔을 것이다. 서울대 출신 의사와 Y대 출신 연구원 태환. 갑자기 그들이 나와는 태생부터 다른 고귀한 귀족처럼 느껴졌다. 나는 감히 올려다볼 수도 없는 존귀한 계급에 속한. 이들은 지금 무슨 생각을 하고 있을까. 설령 이들이 그렇게 생각하지 않는다 해도 스스로 그렇게 느낀다면 나는 이미 비천한 존재다. 나는 그런 생각에서 벗어나지 못했다. 대학 좀 안 좋은 데 나왔다고 비천하다니 그건 오버야. 수없이 되뇌었지만 자꾸만 따라붙는 자괴감은 좀처럼 떨어져 나가지 않았다.

　그다음부터는 모든 것이 엄청나게 빠른 속도로 진행되었다. 새로 와인 한 병이 오고, 개량한복이 자리를 뜨고, 여자가 먼저 일어서고, 태환이 성난 표정을 짓고, 태환과 내가 카페에 남고. 그리고 다음에는, 그다음에는 어떻게 되었던가? 태환과 나는 무엇을 했던가? 굵은 눈발을 맞으며 대학로 거리를 걸었던가? 싫다는 태환을 억지로 붙잡아 어딘가에 가서 한잔 더 마셨던가? 나를 어떻게 생각하는지 솔직하게 말해보라고 태환을 다그쳤던가? 알 수 없다. 중간중간 흐물에게서 문자가 왔던 것만 기억날 뿐. 흐물이 아직도 공원에서 기다리고 있을지 궁금해했던 것도 기억난다. 하지만 중요한 것들—어떻게 해서 내가 태환의 집에 가게 되었는지,

어떻게 해서 태환과 함께 침대에 들게 되었는지는 전혀 기억이 없다. 중간에 길바닥에 드러누워 뚝뚝 떨어지는 눈을 받아 먹었던 것 같기도 하고 펑펑 울면서 태환에게 격정적으로 이야기를 쏟아낸 것 같기도 한데, 모르겠다. 그 장면들이 실제였는지, 혹은 만취한 밤이면 벌 떼처럼 달려드는 집요한 꿈들 중 하나였는지.

12

오늘도 무사히

최 팀장과 양 대리가 회사를 나갔다. 최 팀장은 자기 회사를 차렸고, 양 대리는 Z사의 채용 담당자로 스카우트되어 갔다. 두 사람은 약속이나 한 듯 오늘부터 회사에 나오지 않았다. 덕분에 아침부터 회사가 발칵 뒤집혔다. 사장실에서는 부사장과 임애란 팀장, 정경미 팀장이 머리를 맞대고 최 팀장의 거래처들을 수습하는 방안을 모색했고, 최 팀장이나 양 대리와 직접적인 관계가 없는 부서 사람들은 삼삼오오 모여서 온갖 추측을 쏟아냈다. 두 사람의 부재에 직격탄을 맞게 된 가장 불쌍한 사람, 즉 나는 컴퓨터 화면에 얼굴을 파묻고 미동도 하지 않았다. 내 몸에서 풍기는 술 냄새 때문에 도무지 숨을 쉴 수가 없었다. 토하지 않고 외박한 티 내지 않고 무사히 하루를 넘기기. 내 머릿속엔 그 생각밖에 없었다.

두 사람의 부재가 내게 미치는 파장의 심각성을 깨달은 것은 예성이 메신저로 대화를 걸어왔을 때였다.

끈 떨어진 쪽박: 차장님, 이제 우리 어떻게 해요?

오늘도 무사히: 어떡하다니? 걍 열심히 하면 되지. 꼭 최 팀장님이 있어야만 하나?

가장 무난한 대답을 생각해내 얼른 입력했다. 예성은 개코다. 수상한 기미가 조금이라도 보이면 벌떡 일어서서 내 자리로 올 것이다. 옆에 와서 냄새를 맡는 것만으로도 내가 어제 과음하고 외간 남자 집에서 잤다는 것을 눈치챌 것이다. 예성이 알게 된다는 것은 우리 회사 모든 직원들이 알게 된다는 것을 의미한다.

끈 떨어진 쪽박: 열심히요? 오더가 없는데 뭘 열심히 해요?

오늘도 무사히: 오더? 최 팀장님 거래처들 일부는 우리한테 좀 내려오지 않을까? 그리고 내가 맡고 있는 닷컴기업들 있으니까 일단 그거라도 열심히 하다 보면…….

끈 떨어진 쪽박: 크헉. 차장님, 지금 농담하시는 거죠? 최 팀장님 거래처는 모두 부사장님이 가져가시잖아요. 임 팀장님이랑 정 팀장님 도움 받아가면서 직접 하실 거래요.

오늘도 무사히: 정말? 누가 그래?

끈 떨어진 쪽박: 그리고 차장님 닷컴기업들도…… A사, O사, Z사 빼면 오더
나오는 데 거의 없지 않아요?

　확실히 예성은 정보가 빨랐다. 예성에 의하면 부사장은 최 팀
장이 사의를 표명하자마자 바로 최 팀장의 거래처들에 서한을 보
냈다. 담당 컨설턴트가 자기로 바뀌었다는 것과 최 팀장이 회사
에서 불미스러운 일로 나가게 되었다는 것, 윤리상 해서는 안 될
일을 한 최 팀장에게 오더를 주는 것은 우리나라의 올바른 리크
루팅 문화를 세우는 데 전혀 도움이 되지 않는다는 내용을 담은
서한이었다. 최 팀장의 거래처들이 순전히 최 팀장의 인맥으로 엮
였다는 것을 생각해보면 그런 서한이 효과를 발휘하리라고는 거
의 기대할 수 없겠지만, 그것은 최 팀장의 이미지에 어느 정도 타
격을 입힐 수 있는 기민한 조치였다. 그런 생각이 서치펌 일에 문
외한인 부사장 머리에서 나왔을 리는 없고, 분명히 최 팀장과 라
이벌 관계였던 임애란 팀장의 머리에서 나왔을 거라고 예성은 덧
붙였다.
　닷컴기업에 대한 예성의 지적도 정확했다. 최 팀장이 넘겨준 닷
컴기업 중에 실제로 쓸 만한 오더를 주는 곳은 A사, O사, Z사뿐
인데, A사는 요즘 거의 망해가는 분위기라 새로 직원을 뽑을 일
이 없고, O사는 저번 오 대리 사건 때 수수료를 물어낸 후 우리

쪽으로 일절 오더를 주지 않고 있다. 남은 곳은 Z사뿐인데 이번에 인사부 내에 채용팀을 신설하고 양 대리를 팀장으로 스카우트해갔으니 우리 쪽에 오더를 줄 리 만무하다. 잠시나마 내게 용기와 희망을 주었던 닷컴기업들이 순식간에 사라져버린 것이다. 내게 닷컴기업들을 넘겨줄 때 최 팀장은 이렇게 될 줄 예상하고 있었을까.

끈 떨어진 쪽박: 최 팀장님은 어느 정도 예상하고 있었을 거예요. 어차피 양 대리님이 부사장님하고 인척 관계니까 언젠가는 Z사에 들어갈 거라고 생각하지 않겠어요?

오늘도 무사히: 뭐? 그게 무슨 소리야? 양 대리가 부사장님하고 인척 관계라니?

끈 떨어진 쪽박: 어머, 차장님 그거 모르고 있었어요? 양 대리님, 부사장님 조카잖아요. 회사 사람들 다 아는 내용인데.

부사장님 조카…… 그 소문이 사실이었구나! 나는 왜 무턱대고 사실이 아니라고 생각했을까.

오늘도 무사히: 근데 부사장님 인척인 거랑 Z사랑 무슨 관계가 있는데?

끈 떨어진 쪽박: 차장님 회사 일에 너무 무관심하시다. 부사장님이 Z사 한국지사장 사촌 형이잖아요. 원래 Z사 한국지사 설립할 때부터 양 대리님을 Z사

채용팀장으로 넣으려고 했는데, 그러기엔 HR(human resources : 인사부) 쪽 경력이 너무 없어서 우리 회사에 몇 년 데리고 있었던 거래요.

오늘도 무사히 : 그럼 최 팀장님은? 팀장님도 Z사 인사팀장이랑 끈끈하잖아?

끈 떨어진 쪽박 : 그러니까 그동안 오더를 받았죠. 그래도 인사팀장 힘이 세겠어요, 지사장 힘이 세겠어요? 지사장이 이제 채용은 외주 안 준다, 모두 내부에서 해결한다, 선언하고 채용팀 신설하겠다는데 인사팀장이 어쩌겠어요? 싫어요, 전 채용은 꼭 서치펌에 주어야겠습니다, 하겠어요? 네, 알겠습니다, 해야지.

나는 멍하니 컴퓨터 화면을 바라보았다. 이럴 땐 꼭 바보가 된 기분이다. 입사한 지 1년도 안 된 예성이 회사 돌아가는 사정을 빠삭하게 꿰고 있을 동안 나는 무엇을 했단 말인가.

끈 떨어진 쪽박 : 차장님, 괜찮으세요? 혹시 기절하신 거 아니에요? 차장님 이럴 때 보면 정말 순진하신 것 같아.

오늘도 무사히 : -.-

끈 떨어진 쪽박 : 일단 밥이나 먹으러 가죠. 다 먹고살자고 하는 짓인데. 벌써 12시 20분이에요.

12시 20분. 나는 안도의 한숨을 내쉬었다. 영겁의 세월처럼 느껴졌던 반나절이 지나가고 점심시간이 도래했다. 다양한 도끼날들이 뒤통수를 가격했지만 비몽사몽 통증을 느끼지 못했으니, 오늘 아침은 술이 덜 깬 상태인 게 차라리 다행일지도 모르겠다.

오늘도 무사히: 예성 씨 먼저 먹으러 가. 난 오늘 일 보러 나갔다 와야 할 것 같아.

끈 떨어진 쪽박: 오늘 같은 날 무슨 일이요? 혹시 차장님도 다른 회사 면접 보러 가는 거 아니에요?

오늘도 무사히: 면접은 무슨. 나 핸드폰 고장 났나 봐. 충전이 안 돼. AS 센터 가보려고.

오늘 아침, 스무 번도 넘게 핸드폰을 들여다보았지만 태환에게선 연락이 없었다. 배터리 막대기가 하나만 남아 있는 게 마음에 걸려 예성이 예전에 쓰던 충전기를 빌려다 꽂았는데, 핸드폰에 충전 표시가 들어오지 않았다. 혹시 잘못 꽂았나 싶어 여러 번 다시 꽂아봤지만 결과는 매번 마찬가지였다. 그때부터 머릿속에 계속 핸드폰에 대한 생각만 떠다녔다. 혹시 태환이 연락을 해올 때, 배터리가 다 돼서 못 받으면 어떡하나.

끈 떨어진 쪽박: 근데 차장님, 기다리는 전화 있어요? 아침 내내 핸드폰만 쳐다보시던데.

이 어수선한 와중에 내 동태까지 파악하고 있다니 예성은 정말 개코다.

오늘도 무사히: 그냥. 마음이 뒤숭숭해서 그래.

끈 떨어진 쪽박: 근데 차장님, 어제 외박했죠? 복장도 어제 그대로고 술 냄새도 장난 아니신데. 누구랑 마셨어요? 지난번에 선본 그분?

예성의 안테나가 꼿꼿이 서 있다. 이럴 때 걸리면 죽음이다. 예전에 남자 컨설턴트 하나가 사내에서 양다리를 걸쳤다가 예성의 안테나에 걸려든 적이 있었다. 예성은 걸려든 먹잇감을 집요하게 뒤쫓아 사건의 전말을 밝혀냈고, 당사자였던 남자 컨설턴트와 여자 컨설턴트 두 명에게 톡톡히 망신을 주었다. 직원들은 틈만 나면 그 사건에 대해 떠들어댔는데, 남자 컨설턴트에 대해 이야기할 때와 여자 컨설턴트들에 대해 이야기할 때 묘하게 다른 태도를 보였다. 남자 컨설턴트에 대해서는 '바람둥이', '못된 놈'이라고 욕하는 정도에서 그쳤지만 여자 컨설턴트들에 대해서는 '그러게 처음부터 여자가 몸을 조심했어야지', '몸을 헤프게 굴리니까 그런 꼴을 당하지', '싸구려', 심지어 '걸레'라는 말까지 했다. 결국 여자 컨설턴트들은 회사를 그만두었고, 문제의 남자 컨설턴트는 살아남아 지금도 당당하게 회사에 나오고 있다. 그 사건의 추이를 지켜보면서, 나는 회사에서 절대로 사생활에 대한 이야기는 하지 말아야겠다고 결심했다. 아무리 친한 사람이라 하더라도. 하물며 그것이 CNN이라는 별명을 자랑스럽게 떠벌리고 다니는 예성이 겠는가.

오늘도 무사히: 친구들이랑 마셨어. 한 친구가 이번 주말에 결혼이라 여자들끼리 싱글 파티 했지 뭐.

여자들끼리의 싱글 파티. 정말 그랬다면 얼마나 좋을까. 나는 예성에게 들리지 않도록 조용히 한숨을 내쉬었다. 태환의 알몸과 맞닿은 채 깨어났던 아침. 황금색 커튼 틈으로 들어오던 엷은 햇살. 이불로 알몸을 가리고 주섬주섬 옷을 걸치고 나올 때까지 태환은 등을 돌린 채 꼼짝도 하지 않았다. 가늘게 떨리는 숨소리로 그가 깨어 있음을 알아차렸지만, 아무 말도 하지 않고 침대를 빠져나왔다.

그는 지금쯤 무엇을 하고 있을까. 나를 어떻게 생각할까.

나는 핸드폰을 밀어 올렸다. 3월 11일 목요일 PM 12:24. 여전히 전화나 문자는 들어오지 않았다. 수신과 착신이 잘되는지 회사 전화로 몇 번 시험해보았는데 기능에는 이상이 없었다. 하나 남았던 배터리가 드디어 다 됐는지 깜빡거리기 시작했다.

끈 떨어진 쪽박: 흐물이라는 분도 같이 있었어요?

예성의 메시지가 뜬 순간 마음 한구석이 철렁, 움직였다. 흐물! 흐물이 있었지! 그는 어떻게 됐을까. 정말 마로니에 공원에서 밤을 새웠을까. 출근은 했을까. 바로 수화기를 들어 흐물의 번호를 눌렀다.

오늘도 무사히: 아니. 웬 흐물? 여자 친구들 만났다니까.

끈 떨어진 쪽박: 차장님 원래 흐물 씨 여기저기 잘 데리고 가잖아요. 저번에도 여자 친구들이 모두 커플로 나왔다고 흐물 씨 불러내서 같이 만났다면서요.

세 번 연속 걸었지만 흐물은 전화를 받지 않았다. 사무실로 전화해도 받지 않긴 마찬가지였다. 점심시간이라 자리를 비운 걸까. 출근을…… 하긴 했을까.

오늘도 무사히: 예성 씨 내 스토커야? 별걸 다 기억해. 나 간다. 배터리가 다 돼서 핸드폰 맛이 가려고 그래.

AS 센터는 굉장히 붐볐다. 내 앞으로 스물다섯 명이나 되는 인간들이 핸드폰을 고치겠다고 기다리고 있었다. 한 시간 남짓 기다린 후 핸드폰 기사 앞에 앉았을 때, 배에서 커다랗게 꼬르륵 소리가 났다. 얼마나 컸던지 기사가 참지 못하고 쿡 웃음을 터뜨렸다. 나이가 많아야 20대 초반쯤으로 보이는 통통한 남자 기사였다.

"무엇을 도와드릴까요?"

남자가 얼른 표정을 수습하며 말했다.

"아침 내내 해봤는데 핸드폰 충전이 안 되네요."

술 냄새가 풍길까 봐 손으로 입을 가리고 말했다.

"잠시만요, 고객님. 제가 한번 충전해보겠습니다."

기사는 한쪽 손을 연극하듯 활짝 들어 올려 핸드폰 고리에 달려 있는 어댑터를 분리해 본체 옆쪽에 끼워 넣었다. 그러자 거짓말처럼 불이 들어왔다.

"죄송합니다만 고객님. 충전이 잘 되시고 계십니다."

"제가 한번 해볼게요."

뺏듯이 핸드폰을 낚아채 기사가 한 동작을 재연했다. 오른손을 들어 올려, 어댑터를 분리하고…… 아! 나는 탄성을 지르며 핸드폰을 내려놓았다.

"제가…… 어댑터를 끼우지 않고 바로 충전했군요."

몸속에 있는 모든 피가 얼굴로 몰려오는 것 같았다. 아침 내내 어댑터를 본체에 끼우지 않고 고리에 달아놓은 상태로 충전을 시도했던 것이다. 세상에 이보다 더 멍청한 인간이 있을까.

주위 사람들이 모두 폰을 스마트폰으로 바꾸는 동안에도 구닥다리 핸드폰을 고수했던 것은 태환 때문이었다. 태환은 유행을 좇아 쓸데없이 기계에 돈을 쓰는 것을 혐오했다. 그리고 멍청하고 줏대 없는 나는, 그의 사상에 동조하는 기색을 보이기 위해 지금

껏 이 구닥다리 핸드폰을 고수해오고 있다!

"더 불편하신 사항은 없으십니까?"

내가 일어설 생각을 하지 않자 기사가 억지웃음을 지으며 물었다.

"네…… 감사합니다."

서둘러 AS 센터를 빠져나오는데 눈물이 핑 돌았다. 쓰린 속을 붙들고 한 시간이나 기다렸는데 이게 무슨 망신이란 말인가. 금방이라도 토할 것처럼 속이 울렁거렸다. 나는 화장실로 달려갔다. 변기를 끌어안고 속에 있는 것을 게워내는데, 갑자기 어젯밤에 토하던 장면이 선명하게 떠올랐다. 치즈, 게살, 스파게티 면발…… 꾸역꾸역 쏟아져 나오던 오렌지색 토사물들. 가만, 장소가 어디였더라? 분명히 화장실은 아니었다. 방 같은 곳이었고, 책도 많았던 것 같다. 한구석에 컴퓨터가 있었던 것 같기도 하고. 순간, 토하면서 토사물이 컴퓨터 키보드에 튈까 봐 걱정했던 것이 떠올랐다. 그곳은…… 태환의 서재였다.

빌딩 옆에 세워진 자판기에서 과육이 들어간 캔 음료를 뽑아 마시고 택시를 잡아탔다.

"잠실 2단지요."

출발하자마자 바로 눈을 감았다. 오늘은 집에 가서 쉬자. 이 상태로 회사에 가봤자 나 어제 술 마셨네, 광고하는 꼴밖에 되지 않을 것이다. 어차피 회사도 뒤숭숭한 상태라 내가 있는지, 없는지 아무도 의식하지 못할 것이다.

잠실의 고층 아파트들이 시야에 들어올 때쯤, 문자 메시지 착신음이 울렸다. 눈을 번쩍 뜨고 문자를 확인했다.

♣ 중랑구 중소형 아파트 특별분양 ♣

— 교통, 학군(AA급)

— 최저 분양가

— 2014년 입주. 역세권

"뭐야!"

소리를 지르며 삭제 버튼을 눌렀다. 아파트? 아파트 같은 소리 하고 있네. 요즘 아파트 할인해준다는 문자가 시도 때도 없이 들어온다. 아파트가 무슨 대형 마트에서 파는 휴지나 냄비도 아니고. 어처구니가 없다. 기분 좋을 때는 삭제해버리면 그만인데, 이럴 때는 발신자를 찾아가 칼부림이라도 하고 싶다. 야! 너 죽고 싶어? 스팸 문자가 얼마나 큰 스트레스인지 알아? 너한테도 이런 문자 하루에 열 개씩 보내볼까?

태환은 영영 전화를 하지 않을 생각인가. 먼저 전화를 해주면 얼마나 좋을까. 아아, 태환의 전화를 받을 수만 있다면. 그렇게만 된다면 전 재산이라도 갖다 바칠 텐데. 갑자기 엄청난 두통이 머리를 강타했다. 나는 양손으로 머리를 꾹꾹 눌렀다. 태환은 그렇다 치고 흐물이 이놈은 왜 전화 한 통 없어. 이놈의 자식이 진짜 마로니에 공원에서 밤을 새웠나? 그래서 삐졌나? 이럴 때 흐물이 나 만나면 얼마나 좋아. 소똥도 약에 쓰려면 없다더니, 얘는 도대체 지금 어디서 뭐 하고 있는 거야.

13

진실 게임

　조각 공원을 지나자 수영장이 나오고 그 뒤로 팰리스 동이 보였다. 오션 팰리스라는 화려한 이름을 가진 이 리조트는 20층 높이의 오션 동과 2층짜리 별장형 건물이 가지런히 늘어선 팰리스 동으로 나뉘어 있다. 해마다 열리는 회사 워크숍에 내가 참가한 것은 이번이 처음이다. 식당을 나올 때만 해도 환했는데 그새 낙조가 시작되어 팰리스 동 앞 수영장 물이 붉게 물들어 있다. 하얀 벽에 주황색 지붕을 얹은 팰리스 동 별장들도 오늘의 마지막 태양 빛을 받으며 먹색 윤곽을 잡기 시작한다. 이제, 밤이 올 것이다.

　"모든 사물이 밤옷으로 갈아입고 있군요."

나는 눈을 가늘게 뜨고 속삭이듯 말했다.

"네?"

옆에서 종종걸음으로 따라오던 조형경 컨설턴트가 눈을 동그랗게 떴다.

"보세요. 수영장도 붉은 옷으로 갈아입었고, 별장들도 검은 옷으로 갈아입고 있잖아요."

조형경은 의료1팀 컨설턴트로, 제약회사들을 주로 맡고 있다. 법대를 졸업하고 P제약사에서 라이선싱 일을 하다가 헤드헌터로 전향했다. 나와는 T사 법무팀장 건을 진행하면서 안면을 텄다.

"김 차장님, 낭만적인 데가 있으시네요."

조형경이 머쓱한 표정을 지었다. T사에서 제니퍼 김 변호사를 채용하겠다고 확정 통보한 것은 지난주였다. E뱅크 때처럼 헛물을 켜게 될까 봐 석세스 소식을 주위에 알리지 않았다. 제니퍼 김이 출근해서 회사에 정착하는 과정을 지켜본 뒤 석세스를 공표할 예정이었다. 그런데 저녁 식사 후 별장으로 돌아오는 길에 조형경이 내 뒤에 따라붙더니 말을 건네려 애쓰고 있다. 어디선가 석세스 소식을 들은 것이다.

"낭만이 없으면 세상을 무슨 낙으로 살겠어요."

일부러 딴청을 피웠다. 밤옷이니, 낭만이니 하는 말은 전부 흐물이 즐겨 썼던 말들이다. 요즘 흐물이 했던 말을 남들한테 써먹는 일이 부쩍 잦아졌다. 내가 엉뚱한 말을 하자 조형경은 짜증스러운 표정을 지었다. 누가 조형경에게 석세스 소식을 알려줬을까. 내가 석세스를 했다는 것을 알 만한 사람은 내 일거수일투족을 다 꿰고 있는 예성밖에 없다.

"그런데 T사는 어떻게 됐어요?"

조형경이 조심스럽게 말을 꺼냈다. 제니퍼 김을 추천한 것은 조형경이었다. 조형경은 제니퍼 김의 파일을 넘겨주면서 후보자 컨택도 내게 일임했다. 이런 경우 수수료는 35 대 35가 아니라 40 대 30으로 나눈다. 후보자를 댄 컨설턴트가 한 일이 거의 없기 때문이다.

"일단 T사 쪽에서 긍정적인 의향을 밝히긴 했는데 연봉 협상이랑 출근 시기랑 그런 게 아직 남았어요."

사실 연봉과 출근 시기도 모두 조율이 끝났다. 이런 경우 조형경에게 석세스 사실을 알리고 수수료에 대한 이야기를 하는 게 맞다. 하지만 왠지 그렇게 하기가 망설여진다. 제니퍼 김은 재미교포다. 한국말이 서투르고 한국 문화에 대해서도 잘 모른다. 평생 미국에서 살던 사람이 왜 갑자기 한국에 들어와서 토종 한국 회사에 근무하겠다는 걸까. 뭔가 이상하다. 한 달 후로 정해진 출근 날짜가 다가오면 가볍게 약속을 깨버릴지도 모른다. T사요? What are you talking about? 이러면서 알 수 없는 영어를 쏟아낼지도 모른다.

"전 모든 게 다 픽스된 걸로 알고 있는데요?"

조형경이 머리를 쓸어 올리며 나를 쳐다보았다. 아무래도 제니퍼 김이랑 통화를 해본 것 같았다.

"T사 쪽 태도에 좀 모호한 부분이 있어요. 제가 확실해지면 조대리님한테 말씀드릴게요."

지난번에 임애란 팀장이 B사 법무팀장 건을 진행할 때도 조형경이 변호사를 댔다. 그때는 이번 건과 달리 조형경이 후보자 컨택을 직접 했는데, 석세스가 되자 수수료 때문에 분쟁이 났다. 연봉이 1억 5천이 넘어가는 건이라 수수료를 35 대 35로 나누는 것과 40 대 30으로 나누는 경우의 금액 차이가 450만 원이나 됐는데, 임 팀장이 자기가 40을 갖고 조형경에게 30만 주었던 것이다. 임 팀장에게 따져서 별다른 소득을 얻지 못하자 조형경은 전체 회의에서 돌발 발언으로 이 사건을 도마에 올렸다. 결국 임 팀장은 망신을 당했고, 조형경은 자기 몫을 온전히 챙겼다. 스물일곱의 새파란 애송이 컨설턴트가 사내에서 막강한 권력을 갖고 있는 50대의 임 팀장과 맞서 승리한 것이다. 이 사건 이후 아무도 조형경을 우습게 보지 못하게 되었다.

"이참에 수수료 얘기도 확실하게 못 박았으면 좋겠어요. 제가 확실하지 않은 건 못 참는 성격이라서요."

내 숙소가 있는 B동 별장 앞까지 왔을 때 조형경은 이렇게 말하면서 등나무 벤치에 앉았다. 그리고 자연스럽게 담배를 물더니 내게도 한 대를 건넸다.

"차장님도 한 대 피우시죠."

나는 눈살을 찌푸렸다. 조형경은 나보다 10년 아래다. 그런데 실력으로 보나 논리로 보나 태도로 보나 내게 조금도 뒤지지 않는다. 원래부터 사람들 앞에서 담배를 피웠으니 내 앞에서 담배를 피우는 것이야 새삼스러울 것도 없다. 하지만 내게 담배를 권하다니. 너 담배 피우는 거 다 알거든? 그냥 피워, 뭐 어때? 이렇게 말하고 있는 셈 아닌가.

"형경 님은 반반으로 하고 싶은 거죠?"

긴말하고 싶지 않다. 이 아이와 길게 말하면 나만 손해다.

"웬 반반? 포티 투 서티(40 대 30)로 해야죠. 후보자 컨택, 김 차장님이 다 하셨잖아요."

조형경의 날렵한 어깨 뒤로 태양이 붉게 작열했다. 조형경이 입고 있는 트레이닝복은 며칠 전에 종방한 텔레비전 드라마에서 하지원이 입고 나와 유행한 것인데, 상의가 짧아 움직일 때마다 배꼽이 살짝살짝 드러났다. 나처럼 뱃살이 처지고 허벅지가 두꺼운 사람은 꿈도 꿀 수 없는 옷이다. 조형경은 아침마다 한남동에서 삼성동까지 자전거를 타고 출근한다. 건강 관리, 몸매 관리도 똑 부러지고 논리도 똑 부러진다. 부당한 대우를 받으면 그냥 넘어가지 않지만, 정당한 대가 외에는 절대로 바라지 않는다. 참으로 쿨한 아이다.

"형경 님 같은 사람을 G세대라고 하나요?"

우리 때는 신세대, X세대라고 불렸는데, 요즘 세대는 뭐라고 불릴까? N세대? G세대? Z세대? 아무튼 요즘 애들 멋지다. 나는 왜 얘네들처럼 살지 못할까. 왜 하고 싶은 말도 못 하고 담배도 당당하게 피우지 못할까.

"G세대요? 저보다 훨씬 어린 애들, 김연아 같은 애들 말할걸요? 그런 게 무슨 상관이에요. 무슨 세대, 무슨 세대 하는 거 다 마케팅이에요. 상품 팔아먹으려고 장사꾼들이 지어낸 말이죠. G세대가 어떠네, N세대가 어떠네, 그런 말 하는 사람들, 유치해요."

나는 입을 다물어버렸다. 그래, 너 참 잘났다. 나 유치하다. 유치 짬뽕이다.

"아무튼, 차장님이 피에 대한 개념이 좀 있으셔서 다행이네요. 피에 대해 무개념인 컨설턴트분들도 많잖아요, 특히 나이 드신 분들. 분명히 석세스된 걸로 알고 있는데 차장님이 별말씀 없으셔서 차장님도 혹시 그런 과인가, 살짝 긴장했어요. 이제 아닌 거 알았으니 됐고요. 저 그런 거 일일이 따지고 확인하는 사람 아니니까 신경 쓰지 마시고 그냥 편하게 일 진행하세요. 나중에 피 들어오면 그때 제 통장으로 넣어주시고요. 그럼 저 먼저 들어갈게요."

조형경은 피우던 담배를 발로 짓이긴 뒤 C동 별장으로 뛰어갔다.

나는 한동안 그 뒷모습을 바라보다가 조형경이 앉았던 벤치에 앉았다. 반쯤 피우다 만 담배꽁초에 아직도 불씨가 남아 붉게 깜박이고 있었다. 문득 오늘 담배를 개시하지 못했다는 생각이 들었다. 저거라도 주워서 한 모금 피울까. 나는 담배꽁초를 주워서 만지작거리다가 다시 내려놓았다. 금방이라도 조형경이 돌아와 '그러게 제가 피우랄 때 그냥 피우시지 찌질하게 이게 뭐예요?'라고 할 것 같았다.

그래도 조형경 덕분에 석세스를 한 건 하긴 했다. 이 건이 무사히 마무리된다면 내 손에 거의 1500만 원에 가까운 돈이 들어올 것이다. 내가 했던 석세스 중 제일 큰 건이다. T사 법무팀장 건은 예성과 내가 지난 2주 동안 했던 유일한 일이었다. 그런데 석세스와 함께 완전히 마무리되어버렸다. 앞으로는 무슨 일을 해야 할까. 부사장이 최 팀장이 하던 거래처 중 인지도가 좀 떨어지는 회사들을 내게 넘겨주었지만, 그쪽 일엔 통 손이 가지 않는다. 부사장은 서치펌 관례상 흔히 있는 일이라면서 내게 적극적인 대처를 권유했지만 사정을 뻔히 알고 있는 회사들에 전화를 걸어 며칠 전까지만 해도 상사였던 사람을 폄하하면서 앞으로 내게 일을 주십사 말하는 건 인간으로서 차마 못 할 짓이다. 차라리 맨땅에 헤딩해서 거래처를 개척하고 말겠다. 아아, 그렇다면 다음 주부터 여기저기 무작위로 전화 돌리기를 다시 시작해야 한단 말인가. 자리가 잡혔다 싶었는데, 원점으로 돌아왔다. 맨땅에 헤딩. 말이 쉽지, 생판 모르는 사람에게 전화를 걸어 우리 서치펌을 써주십사 애원하는 건 생각만 해도 얼굴이 벌게지는 일이다.

별장에 돌아와 보니 테라스 문이 활짝 열린 채 커튼이 날리고 있다. 하늘은 그새 진한 보라색으로 뒤덮여 있고, 미처 빠져나가지 못한 진홍색 노을 한 자락만 길게 꼬리를 드리우고 있다. 저녁 식사 후 누가 들어왔다가 나간 모양이다. 이 별장엔 나를 포함해 직원 네 명이 배정되었다. 나와 비슷한 나이대의 컨설턴트들이 배정되길 바랐지만, 공교롭게도 나를 제외한 나머지 세 명 모두 80년대생 리서처들이었다. 처음엔 내가 소외감을 느낄까 봐 나름대로 챙겨주더니 내가 혼자 행동하는 게 더 편하다고 말하자 아예 저희끼리 무리를 지어 몰려다니고 있다.

차장님, 숯불 밟기 시작한대요. 빨리 내려오세요.

이를 닦고 나왔더니 문자가 들어와 있었다. 룸메이트 중 하나인 채희라 리서처였다.

저 목 완전히 맛 갔어요. 방에서 그냥 쉴래요.

'셀프 리더십'을 기치로 내건 이번 워크숍은 초빙된 유명 외부 강사의 진행으로 이루어졌다. 30대 후반쯤으로 보이는 여자 강사였는데, 키가 작고 왜소했지만 목소리에 강단이 있었다. 그녀는 등장하자마자 여러 종류의 박수 연습을 시키더니 자신의 꿈을 적어 내라거나 올해 이루고 싶은 것 열 가지를 발표하라는 등 회사

워크숍에 단골로 등장하는 뻔한 주문을 해댔다. 중간중간 옆자리의 파트너를 끌어안고 사랑한다고 말하라거나 마주 보고 박수를 치며 '나는 할 수 있다'를 외치라고 시키기도 했다. 나는 꿈으로 '주식 대박'을 적어 냈다. 꿈이라니, 도대체 내 꿈이 무엇인지 생각나지도 않았거니와 꿈이 생각난다 해도 이런 자리에서 내밀한 나만의 꿈을 밝히고 싶지는 않았다. 그런데 그것이 실수였다. 다른 직원들이 모두 자신의 꿈을 진심으로 적어 내는 바람에 나의 꿈 '주식 대박'이 주목을 받게 되었던 것이다. 강사는 '주식 대박'을 쓴 컨설턴트가 누구냐고 물어 나를 앞으로 불러냈고, 나는 '부정적인' 사람으로 낙인찍혀 워크숍 내내 개조가 필요한 본보기가 됐다. 꿈을 남들에게 밝히지 않았다고 해서 부정적이라니 그런 말도 안 되는 이분법이 어디 있는가, 라고 따지고 싶었지만 직원들 앞이라 꾹 참았다. 안 그래도 '와해된' 팀의 남겨진 오리알로 동정과 호기심을 받고 있는데, 이런 자리에서 뻣뻣하고 강성이라는 인상까지 주고 싶지는 않았다. 그래서 강사의 호령에 맞춰 목이 터져라 외쳐댔다. 나는 할 수 있다! 나는 할 수 있다! 나는 할 수 있다! 아침 10시부터 저녁 먹기 전까지 쉴 새 없이 외쳤더니 목이 완전히 쉬어버렸다.

강사가 차장님 찾는데요? 차장님 와야 숯불 밟기 시작한대요.

아, 정말 짜증 난다. 강사는 새파란 애들 놔두고 왜 나를 붙들고 늘어질까. 나는 침실로 들어가 누웠다. 더 이상 식상한 구호를 외치며 꼭두각시 노릇을 하고 싶지 않다고 생각했지만, 강사의 단호한 표정이 자꾸만 눈앞에 아른거렸다. 다른 직원들이 나 때문에 시간을 흘려보내고 있으리라는 것도 마음에 걸렸다. 결국 벌떡 일어나 앞마당으로 나갔다.

파도 소리가 들려오는 바닷가 앞마당에는 벌겋게 달아오른 숯불들을 길게 늘어놓은 '숯불의 강'이 만들어져 있고, 그 앞에 직원들이 일렬로 서서 '나는 할 수 있다'를 외치고 있었다. 내가 나올 때까지 구호를 외칠 계획이었다고 했다.

나는 자원해서 첫 번째 도전자가 되었다.

"할 수 있다는 믿음을 가지고 당당하게 걸어가면 절대로 화상을 입지 않습니다. 하지만 믿음을 잃고 머뭇거리면 그 순간 화상을 입게 되지요."

강사가 내 어깨에 손을 얹고 비장하게 말했다.

"김미연 차장님. '나는 할 수 있다!' 힘차게 외치면서 스타트 끊어주시겠습니다!"

강사의 신호와 함께 함성과 박수 소리가 터져 나왔지만, 나는 발걸음을 떼지 못했다. 눈 딱 감고 발을 내디디면 될 거라고 생각했는데 막상 하려니 발이 땅에 붙은 듯 움직이지 않았다. 시뻘건 숯에 발을 데어 고통스러워하는 내 모습이 눈앞에 자꾸만 아른거렸다.

어릴 때부터, 나는 겁이 많았다. 무엇이든 일단 덤벼들고 보는 세연과 달리 나는 새로운 것 앞에서 늘 움츠러들었다. 집 앞에 폭포수 목욕탕이 생겼을 때도 세연은 용감하게 탕 안으로 뛰어들어 폭포수에 등을 들이댔지만, 나는 다른 집으로 이사 가서 그 목욕탕을 이용하지 못하게 될 때까지 폭포수가 있는 탕 안에 들어가지 못했다. 워드 프로세서가 펜의 대체품으로 등장했을 때도 그랬다. 세연은 곧바로 컴퓨터 학원에 등록해서 워드 프로세서 자격증을 땄지만, 나는 끝까지 손으로 글씨 쓰는 데 집착했다. 회사에 들어가 리셉셔니스트로 일하게 되었을 때야 비로소 워드가 피할 수 없는 대세임을 깨닫고 배우기 시작했다. 하지만 이따금 파격적인 일을 아무렇지도 않게 해치워 주위 사람들의 입을 딱 벌어지게 만들기도 했다. 아무에게도 말하지 않고 해치운 코 성형이 그랬고, 한섭과 단둘이 유럽 여행을 간 것이 그랬다. 세연은 이를 두고 '평소에 억눌렸던 언니의 자아가 일순간 폭발적으로 분출된 것'이라고 했다. 평소에 너무 움츠렸기 때문에 자기라면 꿈도 못 꿀 일을 오히려 쉽게 해치울 수 있는 것이라나. 그렇다면…… 태환과 술김에 잔 것도 그런 경우였을까?

"김미연 차장님께서 막상 숯불을 보니 겁이 나시나 봅니다. 충분히 있을 수 있는 일입니다. 모두들 한동안 망설이다 건너게 될 겁니다."

243

며칠 전, 대형 서점에 갔다가 태환이 번역한 책이 진열되어 있는 것을 보았다. 《명상으로 치유하라》라는 책이었는데, 비소설 부문 베스트셀러 2위에 올라 있었다. 이태환. Y대 기계공학과 졸업. 세계적인 핸드폰 제조업체 H사에서 연구원으로 근무하다 문득 명상에의 갈증을 이기지 못하고 회사에 사표를 제출, 바람처럼 번역계에 입문……. 옮긴이 약력 옆에는 어깨까지 머리를 늘어뜨린 태환이 나무 그늘 아래 앉아 바람을 맞으며 웃고 있는 사진이 있었다. 하룻밤을 함께한 뒤 연락이 두절된 사람의 사진을 서점에서 맞닥뜨리니 묘한 감정이 들었다. 나이트에서 만나 하룻밤 잔 상대가 알고 보니 유명 연예인이었다는 사실을 알게 됐을 때 느끼는 감정이 이럴까.

"이럴 때는 동료들의 박수가 커다란 힘이 될 것입니다."

강사의 말과 함께 다시 함성과 박수가 터져 나왔다. 나는 주먹을 불끈 쥐고 발을 내디뎠다. 나는 할 수 있다, 나는 할 수 있다, 나는 할 수 있다! 세 번 외치자 거짓말처럼 내 몸이 강 건너편에 서 있었다. 발바닥은 전혀 뜨겁지 않았다.

"김 차장님이 오늘의 베스트 파티시펀트(participant: 참가자)이십니다. 아무래도 우리 김 차장님, 주식 대박의 꿈을 이루실 것 같아요."

강사가 오른손 엄지손가락을 치켜들자 직원들이 환호성을 쏟아냈다. 나는 숨을 크게 내쉬며 가슴을 쓸어내렸다. 숯불의 강은

워크숍 공식 프로그램의 마지막이다. 판에 박힌 구호들, 독선적인 강사, 직원들의 시선, 모두 끝났다. 해방이다! 나는 숯불의 강 건너편에 자리 잡고 앉아 눈앞의 광경을 음미했다. 숯불의 강만큼은 한 명도 빠짐없이 해내야 한다는 부사장의 특명을 전달받은 강사가 엄청난 기세로 직원들을 숯불 속으로 몰아댔다. 남은 직원들이 울고 웃고 소리 지르며 하나씩 강을 건너왔다. 그중 일부는 화상을 입었다고 펄쩍펄쩍 뛰기도 했다. 언제나 그렇듯, 내가 이미 치른 고초를 다른 사람들이 치르는 모습을 지켜보는 것은 평화롭고 달콤했다.

별장 문을 열고 들어서는데 치킨 냄새와 담배 냄새가 훅 끼쳐 왔다.

"차장님, 어디 갔다 오셨어요? 한참 기다려도 안 오셔서 저희 먼저 마시고 있었어요."

고우리 리서처의 목소리. 애교가 잔뜩 실린 걸로 보아 꽤 마신 눈치였다.

"밤바다가 좋아서…… 바람 좀 쐬다 왔어요."

채희라, 유세경, 고우리. 모두 80년대생 리서처들이다. 채희라는 들어온 지 얼마 안 돼서 아직 실적이 없지만 유세경, 고우리는 실적이 굉장히 좋다. 유세경은 원래 독일계 제조업체에서 인턴으로 일하다가 정규직 포지션을 얻지 못해서 우리 회사로 왔고, 고

우리는 유명 자산운용사에서 2년 동안 비정규직으로 일하다가 임애란 팀장의 적극적인 구애를 받고 우리 회사로 적을 옮겼다. 둘 다 유학파 출신이라 자기들끼린 영어로 얘기하기도 하는데, 빠르게 오가는 유창한 영어를 듣고 있으면 도대체 이 잘난 애들이 왜 우리 회사 같은 데 와서 썩고 있는지 궁금해진다. 나 같은 무능력자는 빨리 퇴사해야 하는 것 아닌가 하는 자괴감이 들기도 한다.

"밤바다요? 밖에 아무것도 안 보이는데 웬 밤바다? 안 추우셨어요?"

유세경이 담배에 불을 붙이며 창밖에 눈길을 주었다.

"보이는 건 없어도 소리가 들리잖아요. 밤 파도 소리."

실은 밤바다를 본 게 아니라 흐물에게 전화를 걸었다. 5분 간격으로 서너 번 걸었지만 흐물은 전화를 받지 않았다. 대학로의 그 밤 이후, 흐물은 내 전화를 받지 않는다. 하도 핸드폰을 안 받아서 회사로 걸어보기도 했지만 흐물은 내 목소리를 듣자마자 '나중에 걸게' 하고 끊어버렸다. 그리고 '나중에' 걸겠다는 전화는 결코 걸려오지 않았다.

"우리 김 차장님, 은근히 낭만적이신 것 같아."

고우리가 다정하게 엉겨 붙으며 슬쩍 말을 놓았다.

"차장님, 우리 지금 엄청 낭만적인 게임 하고 있었는데 같이 하세요."

246

유세경이 자기 옆자리를 손으로 탁탁 쳤다. 내가 그 자리에 앉자 채희라가 바로 소주잔을 내밀었다. 유세경의 앞에는 소주가 가득 담긴 세 개의 소주잔이 모여 있었다.

"술 먹는 게임인가 봐요?"

나는 유세경이 내뿜는 담배 연기를 피하면서 조심스럽게 물었다. 이런 걸 격세지감이라고 할까. 내가 사회에 첫발을 내디뎠을 때는 선배들 앞에서 담배 피우는 걸 상상도 할 수 없었는데, 지금은 나보다 한참 어린 애들이 담배를 뻑뻑 피우며 내게 술을 권하고 있다.

"러시안룰렛 진실 게임 버전이에요."

"앞 또는 뒤를 외치면서 동전을 던져서 맞히면 잔을 옆으로 돌리고, 못 맞히면 자기 앞에 있는 잔을 모두 비우는 거죠."

"잔을 비운 뒤에 진실 게임에 들어가는 거고요."

셋이 앞다투어 게임의 룰을 설명했다.

"아시겠죠? 잘 몰라도 하다 보면 금방 아시게 돼요. 지금 유세경 대리 할 차례였어요."

고우리가 유세경에게 눈짓하자 유세경이 '앞'이라고 외치며 동전을 던졌다. 500원짜리 동전은 높이 치솟았다가 숫자가 있는 뒷면을 하늘로 향한 채 유세경의 손바닥으로 떨어져 내렸다.

"뭐든 물어봐요. 말 못 할 거 하나도 없으니까."

유세경이 벽에 기대앉아 앞에 놓인 소주 세 잔을 단숨에 입에 털어 넣었다.

"뭐 하죠? 첫 키스? 그런 거 물어봐도 돼요?"

채희라가 슬쩍 내 표정을 살폈다.

"첫 키스가 뭐야, 시시하게. 그런 건 듣고 싶지도 않아."

채희라보다 한 살 위인 고우리가 단호하게 말했다.

"그럼 고 대리님이 먼저 물어보세요."

"좋아. 이번엔 좀 센 거로 해볼까."

고우리가 동갑인 유세경에게 다짐하듯 말하자 그녀는 고개를 끄덕였다.

"가장 최근에 있었던 성 경험은?"

고우리가 기다렸다는 듯 재빨리 말했다. 그러자 채희라와 유세경의 입에서 비난 어린 함성이 터져 나왔다.

"뭐야, 김 차장님도 계신데."

유세경이 이렇게 말하면서 내 얼굴을 쳐다보았다. 나만 아니면 그런 질문에 얼마든지 답할 수 있다는 듯한 말투였다.

"난 신경 쓰지 마요."

나는 유세경의 얼굴을 똑바로 쳐다보았다. 이런 질문에 요즘 젊은 애들은 어떻게 대처할까?

"정말요? 그럼 김 차장님도 걸리면 솔직하게 말씀하셔야 해요."

나는 고개를 살짝 위아래로 흔들었다. 내 나이 서른일곱. 이 나이까지 성 경험이 없다고 하면 거짓말일 것이다. 하지만 나는 미혼 여성이다. 공식적인 자리에서 성에 대해 무지한 얼굴을 해야 한다. 예전에 다녔던 회사 워크숍에서도 이와 비슷한 상황이 있었다. 밤에 벌어졌던 술자리에서의 진실 게임이었는데, '지금까지 몇 명의 이성과 자봤나'라는 질문이 나왔다. 그 자리에 있던 남직원들은 모두 대수롭지 않다는 듯, 혹은 자랑스럽다는 듯 같이 잤던 여자의 수를 밝혔지만 여직원들은 서로 눈치만 보면서 아무 말도 하지 않았다. 물론 나도 마찬가지였다. 서로 성 경험이 있을 거라는 걸 뻔히 알면서도 다 같이 아무것도 모르는 표정을 지어야 했던, 참으로 민망한 시간이었다.

나는 살짝 걱정이 됐다. 진실 게임의 속성상 강도가 센 질문에 누군가 솔직하게 반응하면 결국 모든 사람들이 같은 강도의 비밀을 털어놓게 된다. 유세경이 스타트를 끊으면 나도 어떤 형태로든 내 이야기를 털어놓게 될 것이다. 하지만 설마, 유세경이 이런 질문에 대답을 할까. 무모한 애기긴 하지만 그렇게까지 생각이 없지는 않을 것이다.

"동성, 이성 아무거나?"

유세경이 눈을 가늘게 뜨고 허스키한 목소리를 냈다. 눈은 장난기로 반짝였다.

"무조건 최신 걸로."

고우리가 단호하게 말했다.

"뭘 말해야 하는데? 상대방에 대해? 아니면 내용? 횟수?"

"일시와 장소, 강도, 상대방에 대한 간략한 프로필."

고우리는 재빨리 응수했다. 최근에 이런 질문을 많이 해본 것 같았다.

"어젯밤, H호텔, 강도는 생각보다 약했고, 상대는 한 달 전에 바에서 만난 사람이었음. 됐지? 추가 질문은 안 받음."

"바에서 만난 사람하고 한 달이나 만났어?"

"그냥 원 나이트 스탠드로 끝날 줄 알았는데 꽤 오래가더라고. 그쪽에서 살짝 나한테 목매는 분위기야. 이제 그만."

나는 둘 사이에 오가는 대화를 들으며 숨을 죽였다. 유세경은 자기에게 치명적일 수 있는 이야기를 너무나 가볍게 방생했다. 진실 게임의 기본 원칙이 비밀 엄수라지만, 이 이야기는 일주일도 못 되어 회사 곳곳으로 퍼져나갈 것이다. 원래 내용 그대로 퍼지겠는가. 온갖 피와 살이 입혀져 나중에는 원형을 알아볼 수 없을 정도로 과장되어 있을 것이다.

"자, 이제 차장님 차례예요."

나는 유세경이 건네준 동전을 받아 들며 고우리의 질문을 되뇌어보았다. 가장 최근에 있었던 성 경험. 태환의 얼굴이 번쩍 떠올랐다.

"차장님 앞 하실래요, 뒤 하실래요?"

주저리주저리 말을 쏟아내는 나를 눕히고 거칠게 옷을 벗기던 태환. 순식간에 제 욕구를 채우고 바로 돌아누워 코를 골던 태환. 그 밤 이후, 완전히 지워진 것 같았던 기억은 소소한 일상과 함께 조금씩 살아나 형체를 드러냈다. 기억의 조각들이 맞춰져 커다란 덩어리를 이룰 때마다 몸서리치며 잠을 이루지 못하는 밤들이 이어졌다.

"글쎄. 앞이 좋을까, 뒤가 좋을까?"

태환과 연락이 닿지 않은 지 2주째. 몇 번 전화를 걸어보았지만 태환은 내 전화를 받지 않았다. 답답한 마음에 다른 사람의 핸드폰으로 걸었다가 태환이 너무나 밝은 목소리로 전화를 받는 바람에 놀라 수화기를 내려놓은 적도 있었다.

"참고로, 오늘 밤에 앞을 외쳤던 사람은 항상 총알을 피해 가지 못했어요."

고우리가 내 잔에 술을 따라주며 말했다. 나는 수술이라도 집도하는 것처럼 신중하게 술병을 기울이고 있는 고우리의 옆모습을 내려다보았다. 예쁜 얼굴은 아니지만 얼굴이 주먹만 하고 갸름해서 세련된 느낌을 준다. 이 아이가 나였다면 태환에게 어떻게 했을까? 이 아이에게는 술 먹고 실수로 남자와 자는 게 조금도 쓰라린 일이 아닐까? 자괴감으로 미칠 것 같은 심정이 들지 않을까? 아니면 이 아이는 아예 그런 실수를 하지 않을까? 나만 덜떨어져서 그런 어이없는 실수를 한 것일까? 이 아이에게 한번 태환의 얘기를 해볼까? 내게 일어났던 일을 고백하고 조언을 구하면 이 아이는 어떤 반응을 보일까?

251

나는 '앞'을 외치며 동전을 던져 올렸다. 가파른 포물선을 그리며 내 손바닥으로 돌아온 동전은 앞면을 하늘로 향하고 있었다.

"와, 앞 했는데 맞힌 사람은 차장님이 처음이에요."

고우리가 이렇게 말하면서 내 앞에 놓인 술잔을 자기 앞으로 끌어당겼다. 나는 살짝 아쉬움을 느꼈다. 걸리면 내 이야기를 모두 털어놓으려고 했는데. 이 자신감 있는 애어른들에게 조언을 구하려고 했는데.

다시 룰렛이 한 바퀴 돌았다. 이번에는 모두 그냥 넘어가고 나만 걸렸다.

"뭐든지 물어봐요. 나도 말 못 할 거 하나도 없으니까."

앞에 놓인 세 잔의 소주를 마시고 나자 정말 뭐든지 말할 수 있을 것 같았다. 하지만 셋은 서로 눈치만 볼 뿐 아무도 질문을 하려 들지 않았다.

"뭐야, 나한텐 그렇게들 관심이 없는 거예요?"

"제가 물어볼게요."

내가 서운한 기색을 보이자 고우리가 손을 번쩍 들었다. 나는 바짝 긴장했다. 뭐든지 말하겠다고 했지만 막상 고우리가 입을 열려고 하자 겁이 났다.

"차장님, 그 코…… 말이에요."

고우리가 나를 빤히 쳐다보았다. 나는 얼른 시선을 내리깔았다.

"그거……"

"에이, 하지 마."

유세경이 고우리의 무릎을 탁 쳤다. 나는 팔을 뒤로 쫙 펴고 몸을 길게 늘였다. 당황한 기색을 보이고 싶지 않았다.

"차장님 코, 스스로 예쁘다고 생각하세요?"

고우리가 목소리 톤을 바꾸면서 빠르게 말했다. 나는 눈을 감았다. 부끄러움, 분노, 억울함이 차례로 왔다 갔다.

"아니, 참 흉하다고 생각해요. 그렇다고 잘라버릴 수도 없고 어찌해야 할지 모르겠어요. 어떻게 하는 게 좋을까요?"

나는 고우리를 정면으로 응시했다. 좌중은 순식간에 조용해졌다.

"다른 사람들은 궁금한 게 없나 봐요? 그럼 넘어갑니다."

민망한 침묵을 깨고, 고우리에게 동전을 넘겼다. 생각 같아선 고우리의 귀싸대기를 갈겨주고 싶었지만, 초인적인 의지를 발휘해 참았다.

"장난이었어요, 차장님. 맘 상하지 마세요."

가만히 있으면 좋았을 텐데, 고우리는 이렇게 덧붙였다. 나는 이번에도 자제심을 발휘했다.

"그래요. 난 괜찮으니까 얼른 던져요."

애는 그냥 어리고 철이 없을 뿐이다. 일부러 내게 상처를 줄 의도 같은 건 없었다. 그냥 궁금했을 뿐이다. 내 코가 수술한 건지 아닌지. 아니, 수술한 건 확실히 알겠고, 내가 그 질문을 받으면 어떤 반응을 보일지가 궁금했을 것이다.

"정말 괜찮으신 거죠? 그럼 저 할게요."

다시 한번 다짐하듯 묻는 고우리를 향해 나는 살짝 웃어주었다. 사실 고우리에게 무슨 잘못이 있겠는가. 잘못이 있다면 코를 성형한 내게 있을 것이다. 앞으로도 이런 경우를 종종 겪게 될 텐데 그때마다 어떻게 대처해야 할까. 세상에 성형수술을 받은 사람이 수도 없이 많을 텐데, 그 사람들은 이런 상황에 어떻게 대처하며 살고 있을까. 아아, 이렇게 무거운 천형이 얹힐 줄 알았다면 나는 절대 성형수술을 받지 않았을 것이다.

러시안룰렛이 두 바퀴 더 돌아갔지만 나는 다시 '죽음의 총알'에 걸리지 않았다. 나를 제외한 세 명의 젊은이들은 모두 한 번씩 걸려서 자신의 연애사를 털어놓으며 우애를 다졌다. 하지만 유세경이나 내게 했던 것 같은 노골적인 질문은 다시 나오지 않았다. 그런 질문들이 별로 쿨하지 못하다고 느꼈던 것일까. 아무튼 내가 다시 걸리지 않았다는 사실에 대해서는 아무도 아쉬워하지 않았다. 오히려 안도하는 눈치였다.

게임이 끝나고 바닥에 깔린 술자리를 정리한 뒤 테이블에 둘러앉아 와인을 마셨다. 환기를 위해 열어놓은 창을 통해 툭툭, 건물 외벽을 때리는 빗소리가 들려왔다. 파도 소리도 간간이 섞였다. 아이들은 각자 와인을 따라 마시며 현재의 경제 상황에 대해 이야기했다. 지금 경기가 회복되는 것처럼 보이는 것은 금융 효과일

뿐이며 실물 경기가 전혀 살아나지 않았기 때문에 향후 경기 전망은 암울하다, 풀린 유동성 자금이 갈 곳이 없어 결국 주식 시장으로 흘러갈 것이므로 당분간 주식은 오를 것이다, 하지만 유럽 상황과 국내 부동산이라는 복병이 있으므로 주식 시장의 활황세도 어떻게 될지 모른다는, 상당한 경제 지식을 기반으로 한 대화였다.

세 명의 총명한 20대들이 나누는 대화를 들으며 나는 홀짝홀짝 와인을 들이켰다. 나는 저 나이대에 저런 대화를 나누지 않았다. 지금도 저런 해박한 대화는 나누지 못한다. 성에 대해 부모 세대처럼 보수적이진 않지만 이 아이들처럼 당당하게 밝히지도 못한다. 흡연자이지만 이 아이들 앞에서조차 대놓고 담배를 피우지 못한다. 여자가 결혼 전까지 성적으로 순결해야 한다거나 담배를 피우면 안 된다고 생각하는 것은 아니지만, 그 얘기가 나오면 자동으로 움츠러든다. 현실에서 그 두 가지를 공개적으로 하는 여자가 얼마나 큰 불이익을 당하는지 수도 없이 보았기 때문이다.

"유 대리, 그런 말 하고 나면 좀 겁나지 않아요?"

두 번째로 딴 와인이 바닥날 때쯤, 술기운을 빌려 이렇게 물었다. 실은 태환에 대한 이야기를 털어놓고 싶었지만, 그 얘기는 혀끝에서만 맴돌았다.

"무슨 말이요?"

유세경이 눈을 동그랗게 떴다. 소주와 와인을 꽤 마셨는데도 얼굴이 조금도 빨개지지 않았다. 표정에도 전혀 흐트러짐이 없었다.

"아까…… 그…… 바에서 만난 사람 얘기……."

"아, 그 사람하고 잔 거요?"

나는 얼른 시선을 돌렸다. 나도 차마 입에 담지 못하는 얘기를 또박또박 말하다니, 도대체 이 아이에겐 부끄러움이라는 게 없는 걸까.

"그게 왜 겁나요?"

유세경이 나를 빤히 쳐다보았다.

"그런 거 소문나면…… 사람들이 뒤에서 뭐라고 할 텐데……."

"뭐라고 하는데요?"

나는 말 꺼낸 것을 후회했다. 마치 내가 뒤에서 뭐라고 하기라도 한 것 같았다.

"그렇잖아요. 남녀가 같이 관계를 가져도 사람들은 여자만 손가락질하잖아요. 헤프다느니, 걸레라느니……."

"걸레……요?"

유세경의 낯빛이 변했다.

"아니, 꼭 그런 말까지는 아니더라도……."

"여기 있는 사람들이 말하고 다니지 않으면 누가 알겠어요? 그리고 누가 말하고 다닌다 해도 전 상관없어요. 남들이 뭐라고 하든 말든 그게 무슨 상관이에요."

유세경의 얼굴이 벌겋게 달아올랐다. 나는 유세경의 잔에 남은 와인을 전부 쏟아부었다. 이 아이, 화가 나 있다. 남들의 시선을 아주 의식하지 않는 건 아니다.

"요즘 젊은 사람들은 참 우리 때랑 다른 것 같아요. 나 사회생활 막 시작할 때는 여자가 사람들 앞에서 담배 피운다는 건 상상도 할 수 없었는데……."

나는 화제를 돌리기 위해 얼른 이렇게 말했다. 말하고 보니 굉장히 촌스러운 말 같았다.

"뭐, 저 회사 들어올 땐 안 그랬나요."

그러고 보니 유세경이 입사할 때도 그랬다. 유세경은 우리 회사에서 공개적으로 담배를 피운 첫 여직원이었다. 입사하던 첫날, 커피 자판기 앞에서 남직원들과 함께 담배를 피운 유세경은 바로 부사장실로 불려 들어가 심한 꾸중을 들었다. 유세경은 자리에 돌아오자마자 이를 인트라넷 게시판에 올려 공론화했다. '여자 컨설턴트는 담배를 피우면 안 된다는 사규가 있나요?'라는 자극적인 제목의 글이 올라오자마자 120개의 댓글이 달렸고, 결국 이 사건으로 숨어서 담배를 피우던 여성 컨설턴트들 중 일부가 수면 위로 고개를 내밀고 당당하게 담배를 피울 수 있게 됐다. 물론 20대 여성들에 국한된 얘기고 나 같은 30~40대 컨설턴트들은 아직도 수면 밑에서 뻐끔거리고 있지만. 아무튼 유세경이 한 일은 우리 회사 여성 흡연사에 분수령으로 기록될 것이다.

"남이야 남자랑 원 나이트 스탠드를 하든 텐 나이트 스탠드를 하든 무슨 상관이에요? 일만 잘하면 되지. 꼭 일 못하는 사람들이 남 얘기 가지고 뭐라고 한다니까."

생각할수록 분하다는 듯 유세경이 씩씩거렸다.

"맞아요. 남의 사생활 가지고 이러쿵저러쿵하는 사람들이 이상한 거지. 신경 쓰지 마요."

이렇게 말했지만, 살짝 염려가 되었다. 이 자리에서 있었던 발언들이 어떤 파장을 낳게 될까.

나는 일어서서 창문을 닫았다. 철썩거리는 파도 소리가 순식간에 아스라해졌다. 태환은 지금 무엇을 하고 있을까. 내 생각을 할까. 나처럼 수치심을 느낄까.

나는 태환을 그리워하는 것이 아니다. 한 사람과의 만남을 단숨에 형편없는 것으로 만들어버린 그 밤의 과음을 후회할 뿐. 태환과 다시 만나고 싶은 건 그 밤의 거친 단면을 조금이라도 다듬고 싶어서다. 이대로 연락이 끊긴다면 그 단면은 영원히 다듬어지지 못하고 틈날 때마다 내 영혼에 생채기를 내리라.

그를 만나고 싶다. 깔끔하게 차려입고 만나 허리를 꼿꼿이 세우고 앉아 천천히 식사를 하고 싶다. 예의를 갖추어 이야기를 나누고 싶다. 안녕히 가시라는 인사를 하면서 정중하게 헤어지고 싶다. 그렇게 내 아픈 단면을 조금이나마 어루만지고 싶다.

자리로 돌아와 보니 유세경은 고우리와 머리를 맞대고 자신이

예전에 다녔던 독일계 제조업체의 인재들을 고우리의 거래처로
퍼 나를 방안을 연구하고 있었다. 그런 유세경을 보며, 나는 기도
하는 마음이 되었다. 훗날 이 자리에서 나왔던 얘기가 구설수에
오른다 해도 그저 한 사람의 사생활로 가볍게 거론되고 넘어가
길. 설사 '걸레'라는 말이 나온다 해도, 이 아이가 지금처럼 눈 하
나 깜짝하지 않고 의연하게 대처하길.

14

공범 의식

거실 창밖으로 찬란한 위용을 자랑하는 초고층 빌딩들과 바다 위로 길게 놓인 광안대교가 보였다. 색색의 불빛을 반영한 밤바다 위로 가는 비가 덮이고, 인적이 드문 모래사장으로 노란색 우산을 쓴 연인이 허리를 감싸 안고 걸어갔다. 블랙 앤 화이트로 통일한 집 안 내부는 모던한 분위기를 연출했다. 직접 등을 달지 않고 천장의 넓은 테두리 면을 통해 은은하게 빛이 스며 나오도록 한 거실의 조명이 집 전체를 우아하게 만들고 있었다. 몇 년 전에 작은외삼촌이 바닷가 앞으로 이사 갔다는 소식은 들었지만, 이렇게 호화로운 주상복합건물에 살고 있는 줄은 몰랐다.

"너도 와서 와인 한잔 해라."

ㄱ자형으로 놓인 소파 주위를 돌며 와인을 따르던 작은외숙모가 내 쪽으로 고개를 뺐다.

"야경이 환상이에요, 숙모. 이런 집에서 살면 밤에 잠도 안 올 거 같아요."

숙모가 따라준 와인을 들고 세연의 옆에 앉았다. 소파엔 엄마, 아빠, 작은외삼촌, 제부가 앉아 있고, 세연은 바닥 카펫에 앉아 성준을 어르고 있었다. 우리 모두를 모이게 한 장본인인 할머니는 소파 옆에 놓인 카우치에 누워 성준을 물끄러미 바라보고 있었다. 외삼촌의 딸인 은영이는 부엌과 거실을 왔다 갔다 하며 숙모를 도왔다.

"환상은 무슨. 앞을 봐도 아파트, 옆을 봐도 아파트, 뒤를 봐도 아파트, 온통 아파트 천지구만. 솔직히 바다 있다는 거 빼고 여기가 서울이랑 다를 게 뭐 있어? 바다도 이 앞에 놓은 다리 때문에 전경 다 망쳤더구먼. 광안대교라 그랬나? 무식하게 그 다릴 왜 놨대?"

숙모가 뭐라고 대꾸하기도 전에 세연이 나서서 초를 쳤다.

"너는 말을 해도……. 네 눈에는 비 내리는 저 밤바다가 안 보이니? 여기랑 서울이랑 어떻게 같아? 너도 이런 데 살고 싶은데 못 사니까 괜히 심통 부리는 거지?"

숙모 눈치를 보며 내가 얼른 말했다. 숙모는 20년 전, 큰외삼촌이 돌아가시고 큰외숙모가 시집과 인연을 끊은 후부터 쭉 맏며느

261

리 노릇을 해왔다. 10년 전, 할머니가 눈길에서 넘어져 하반신을 못 쓰게 된 뒤로는 할머니를 모시고 살았다. 올해로 아흔셋, 하반신 마비에 치매 증상까지 있는 할머니는 돌아가실 듯 돌아가실 듯하며 끈질기게 생을 이어왔다. 그동안 할머니가 위독하시니 급히 내려오라는 전갈을 받고 내려갔던 적이 세 번, 이번까지 합치면 네 번이다. 눈길에서 넘어졌을 때 할머니 나이가 여든셋, 가족들은 모두 할머니의 임종이 가까워 왔다고 생각했다. 숙모는 길어야 몇 개월일 거라고 생각하고 선뜻 할머니의 병간호를 떠맡았다. 그리고 10년. 온몸이 검버섯과 주름으로 뒤덮인 노인의 대소변을 받아내며 숙모는 인고의 나날을 보냈다. 이 집은, 그런 숙모에게 일종의 보상처럼 주어진 것이었다. 세연은 이것을 못마땅해했다. 좋은 요양기관이 얼마나 많은데 고생을 자처해? 외삼촌도 그래. 할아버지가 남긴 돈이 얼마나 많은데 자기 부인한테 치매 든 노인 수발을 직접 들게 해? 그리고 그 대가로 겨우 아파트 한 채? 나 같으면 초고층 아파트 백 채를 준다 해도 언제 끝날지 모르는 노인네 병 수발을 들면서 인생을 낭비하지는 않을 거야. 이렇게 말하면서 자기 일처럼 분개했다.

"눈 내릴 때가 더 멋있어. 저번 달에 눈 온 적 있었지? 여기 서서 음악 틀어놓고 바다에 눈 내리는 거 보는데 가슴이 막 떨리더라."

숙모는 세연의 말을 못 들은 척, 아파트 자랑을 늘어놓았다.

"성준아."

그때까지 아무 소리를 내지 않던 할머니가 갑자기 성준이를 불렀다. 손에는 언제 준비했는지 막대 사탕이 들려 있었다.

"우리 어머님 또 정신 돌아오셨나 보네."

숙모가 성준이를 할머니 쪽으로 보내려고 하자 세연이 만류했다.

"아직 밥도 못 먹는 앤데 사탕을 주면 어떡해요?"

"얘, 숙모가 설마 8개월 된 아기한테 사탕을 주겠니? 그냥 할머니가 주고 싶어 하니까 주는 시늉만 하는 거야."

숙모는 단호하게 말한 뒤 성준이를 할머니 가까이로 데려갔다. 할머니는 환하게 웃으며 막대 사탕을 내밀었다. 할머니는 아무도 알아보지 못하지만 가끔 아이들을 알아볼 때가 있다. 성준이의 경우, 이번이 첫 대면인데도 할머니는 성준이의 이름을 또렷하게 부르면서 준비한 사탕을 내밀었다. 평소에도 큰외삼촌 이름은 부른 적이 없지만, 큰손자인 기성의 이름은 하루에도 서너 번씩 부르며 눈시울을 붉힌다고 한다. 기성. 연락이 끊길 때 중학교 1학년이었으니 지금은 사회인이 되었을 것이다. 어쩌면 결혼을 하고 아이를 두었을지도 모른다.

"할머니, 기성이랑 예성이 보고 싶어서 어찌하실까. 숙모, 큰숙모 소식 들은 거 없어요?"

세연이 기어이 기성이 얘기를 꺼냈다.

"큰숙모 소식 끊긴 지가 언젠데 그 얘기를 꺼내니? 쓸데없는 소리 말고 애 기저귀나 봐줘라. 구린내 난다."

엄마가 소리 나게 와인 잔을 내려놓았다.

"어, 성준이 조금 전에 똥 쌌는데?"

"어머니인 것 같아요. 어머니, 잠깐만 돌아누워보세요. 기저귀 갈아드릴게."

숙모가 소파 뒤에 있던 성인용 기저귀를 꺼내자 아빠와 작은외삼촌, 제부가 슬쩍 일어나 건넌방으로 갔다. 숙모가 능숙한 솜씨로 기저귀를 가는 동안 할머니는 옆으로 고개를 돌리고 성준과 눈을 맞추며 웃었다.

"어유, 냄새."

세연이 눈살을 찌푸리며 손으로 부채질을 했다.

"야, 조금 전에 성준이 똥 쌌을 땐 더했어. 그때는 성준이 기저귀에 얼굴 파묻고 황금 변이라고 좋아했으면서."

내가 핀잔을 주자 숙모가 세연의 역성을 들었다.

"어른 똥이랑 아기 똥이랑 같아? 창문 열어줄 테니까 조금만 참아."

숙모가 협탁에 놓인 리모컨을 들어 창문 쪽을 향해 버튼을 누르자 통유리 아래쪽에 달린 작은 창이 지잉, 소리를 내며 안쪽으로 열렸다.

"다들 이쪽으로 오세요. 끝났어요."

숙모가 할머니의 속바지를 올리고 건넌방을 향해 소리쳤다.

4월이지만 밤바람이 소스라치게 찼다. 빗물 섞인 바람이 거실

안으로 들어오자 탁한 공기가 금세 깨끗해지는 것 같았다. 숙모가 다시 리모컨 버튼을 누르자 맑은 피아노 소리가 거실을 가득 채웠다. 〈달빛〉. 드뷔시의 곡이었다. 안개가 끼어 달이 보이지는 않았지만 비 내리는 밤바다를 보며 듣기에 안성맞춤인 음악이었다. 나는 무릎에 고개를 묻고 조금씩 고조되는 피아노 선율을 음미했다. 드뷔시의 〈달빛〉은 흐물이 즐겨 듣던 음악이었다.

"숙모, 드뷔시 좋아하세요?"

클래식 마니아인 세연이 아는 척을 했다.

"이게 드뷔시니? 난 그런 거 몰라. 그냥 이것저것 섞인 세트 중에서 하나 튼 거야."

숙모가 멋쩍은 듯 웃었다. 프릴이 잔뜩 달린 남색 원피스에 흰색 카디건을 입고 화려한 해운대의 야경을 배경으로 앉아 있는 숙모의 앳된 모습을 보고 있으니 가슴 한구석이 찡했다. 비 내리는 밤바다와 치매 든 노인의 똥 기저귀. 얼마나 어울리지 않는 조합인가. 엄마는 숙모를 늘 '애 같은 사람'이라고 했다. 감상적이고 철딱서니 없고 낭비벽이 심하다는 비난이었지만, 숙모의 그런 순수함이 없었다면 치매 든 할머니가 이렇게 조용히 부산에서 살고 있지는 않았을 것이다. 요양원에 들어갔거나 우리 집과 부산을 왔다 갔다 하며 영원한 분쟁거리로 떠오르지 않았을까.

"아픈 노인네를 데리고 창문도 제대로 열리지 않는 고층 아파트에 들어가 산다니 정신이 있는 거야, 없는 거야?"

몇 년 전 작은외삼촌이 전화로 이사 소식을 알려왔을 때 엄마는 대뜸 이렇게 말했지만, 그 후로는 아무 말 없이 외삼촌과 숙모가 하는 대로 내버려두었다. 그게 못마땅하시면 형님이 어머님 모셔 가시든가요. 행여 숙모가 이렇게 나올까 봐 겁났던 것일까. 숙모가 할머니 명의로 된 다른 부동산들에 욕심내지 않고 최신식 고층 아파트 한 채로 만족하는 것에도 은근히 안도했던 것 같다.

"이래서 결혼하면 여자만 고생이라니까. 낳아주고 길러준 아들 딸들이 있는데 왜 피 한 방울 안 섞인 며느리가 시부모의 노후를 떠맡아야 해? 이건 야만적인 풍습이야. 이제 우리나라도 노후를 며느리에게 떠넘기는 대리 효도 문화에서 탈피해 요양원에 가는 문화를 정착시켜야 해."

숙모 얘기가 나올 때마다 세연은 눈에 불을 켜고 이렇게 말했다. 하지만 내 생각은 달랐다. 할머니는 결혼해서 아이를 낳았기 때문에 늙고 병들어도 저렇게 자식들과 함께 살 수 있는 것이다. 물론 며느리에게 일이 편중되는 것은 바뀌어야 할 문화지만, 딸이 모시건 아들이 모시건 나이 들어 자식들과 함께할 수 있다는 것은 얼마나 큰 축복인가. 같이 살지 않고 요양원에 간다 하더라도 가끔씩 보러 오고 신경 써줄 자식이 있으니 그것 또한 다행스러운 일 아닌가. 세연도 지금은 애 둘 키우며 회사 다니느라 눈코 뜰 새가 없지만, 시간이 흘러 아이들이 크고 나면 여유 있게 삶을 관조하며 아이들로 인해 파생된 인연들을 소중하게 돌아볼 것이다.

"언니는 절대 결혼하지 말고 혼자 살아. 언니 일 하면서 여행도 다니고, 친구들도 만나고, 가끔 연애도 하고. 자유롭고 얼마나 좋아?"

결혼제도에 대한 신랄한 비판을 늘어놓은 후에 세연은 꼭 이런 말을 덧붙였지만 나는 세연이 부러웠다. 세연은 가족이라는 울타리 안에 들어가 있다. 물론 비합리적이고 불공평한 면이 있긴 해도, 그 길을 계속 걸어가다 보면 가족에게서만 나올 수 있는 따뜻한 끈이 형성될 것이다. 하지만 나는. 나는 노후에 누구와 끈을 만지작거리며 살게 될까.

"음악이 좋네요."

좀처럼 감정을 드러내지 않는 아버지가 이렇게 말하며 일어서 창가로 갔다. 나도 창가로 가 아버지 옆에 섰다. 비를 맞으며 출렁이는 밤바다를 보고 있으니 넘실거리는 물결 위로 큰외삼촌의 영혼이 떠다니고 있는 것 같았다. 마흔넷이라는 젊은 나이에 갑자기 부인과 아이와 노모를 남겨두고 세상을 떠나야 했던 가엾은 영혼. 큰외삼촌은 폐렴이었다. 대수롭지 않게 생각하고 입원했는데 입원한 지 사흘 만에 합병증이 급속도로 진행되어 세상을 떠났다. 큰외삼촌은 비가 올 때마다 파도를 타고 초고층 아파트에서 눈을 끔뻑거리고 있는 노모를 찾아오지 않을까. 어머니. 어머니. 슬퍼하지 마세요. 저 잘 있어요…….

할머니가 위독하시니 상복을 준비해서 내려오라는 연락을 받은 것은 금요일인 어제저녁이었다. 부랴부랴 짐을 챙겨 고속버스로 내려가 보니 할머니는 의식을 잃고 병원 침대에 누워 각종 튜브에 둘러싸여 있었다. 밤새 생사의 기로를 넘나들던 할머니가 갑자기 눈을 뜨고 기성을 찾은 것은 이튿날 새벽, 세연이 성준을 안고 나타났을 때였다. 그때부터 할머니는 거짓말처럼 멀쩡해졌다. 호흡도 보통 사람 수준이 되었고, 각종 장기 기능도 정상으로 돌아왔다. 잠깐이었지만 또렷한 눈빛으로 눈앞의 딸과 아들, 손주들을 일일이 호명하기도 했다.

그렇게 하루를 병원에서 보냈다. 저녁때쯤 되자 병원 측에서 기적 같은 일이라며 퇴원을 권했다. 우리는 표정 관리에 신경 쓰며 할머니를 모시고 작은외삼촌네로 갔다. 다시 할머니를 부축하고 집에 들어섰을 때 숙모의 마음은 어땠을까. 3일 전, 의식을 잃은 채 온몸의 구멍으로 배설물을 배출하던 할머니를 둘러업고 병원으로 갈 때 숙모는 이제 끝났다고, 무거운 짐을 내려놓을 수 있게 되었다고 안도했을 것이다. 탕수육과 자장면을 시켜 먹었던 어색한 저녁 시간, 시어머니에게 조의금 조로 30만 원을 받아왔는데 또 양치기 소년이 되었다며 투덜투덜하는 세연을 빼고는 아무도 입을 열지 않았다.

"할머니, 꽁초 좀 피우지 마세요. 자기야, 얼른 가서 담배 좀 사와. 할머니가 계속 꽁초를 피우시잖아."

갑자기 세연이 제부에게 버럭 소리를 질렀다. 할머니는 담배꽁초가 수북이 쌓인 재떨이에서 가장 긴 꽁초를 꺼내 막 불을 붙이려던 참이었다.

"비 오잖아."

제부가 아버지가 일어서서 생긴 빈자리로 다리를 쭉 뻗으며 말했다. 목소리에서 무기력과 나태함이 뚝뚝 떨어져 내렸다.

나는 할머니 옆에 놓인 빈 담뱃갑을 쳐다보았다. 청색 바탕에 큼직한 영문 로고가 쓰인 담뱃갑. 할머니는 나와 같은 브랜드의 담배를 피우고 있었다.

"자기도 담배 떨어졌다고 아까 사러 나가야겠다고 그랬잖아. 왜, 내가 사 오라고 하니까 갑자기 담배 피우기 싫어졌어? 사람이 왜 그래? 할머니 꽁초 피우는 거 보고 안됐다는 생각도 안 들어?"

세연 부부의 말싸움이 시작됐다. 할머니는 갑자기 언성을 높이는 세연의 눈치를 보며 연신 라이터를 켰다. 길이가 짧아서인지 담배엔 불이 잘 붙지 않았다. 순간 내가 성큼성큼 걸어가 내 백에서 담배를 꺼내는 상상을 했다. 내려오는 길에 휴게소에 들러 디스플러스 한 갑을 샀다. 화장실에서 한 대 피우고 나머지를 고스란히 백 속에 넣었으니, 마음만 먹으면 할머니가 원 없이 담배를 피우시도록 해드릴 수 있다. 나는 백을 흘끔거리며 나직이 한숨을 쉬었다. 할머니가 저렇게 원하는 담배가 바로 코앞에 있는데 드릴 수가 없다니. 도대체 여자는 몇 살이 되어야 가족들에게 떳

떳하게 흡연자임을 밝힐 수 있는 것일까.

"내가 갔다 올게. 숙모, 여기 가까운 편의점이 어디 있어요?"

나는 백을 들고 현관 쪽으로 걸어갔다. 내 담배를 드릴 수 없다면 사다 드리기라도 하자.

"1층에 편의점 있어. 엘리베이터 타고 가면 바로 연결되니까 우산 안 가져가도 돼. 역시 미연이가 착해, 그렇지?"

숙모가 어릴 때 하던 것처럼 내 머리를 쓰다듬으며 5000원짜리 한 장을 내주었다.

"숙모, 저 돈 잘 벌거든요. 할머니 담배 한 갑쯤은 사드릴 수 있다고요."

나는 손사래를 치며 숙모가 내민 손을 제자리에 돌려놓았다.

"돈만 잘 벌면 뭐 하니. 시집을 가야지."

갑자기 엄마가 끼어들었다. 요즘 들어 시집 타령이 잠잠해졌는가 싶었는데, 친척들 얼굴을 보니 다시 병이 도졌나 보다.

"다녀올게요."

밤바다와 기저귀 찬 할머니가 있는 풍경을 뒤로하고 현관문을 나섰다. 당신, 언니가 사 온 담배에 손대기만 해봐. 손을 확 잘라버릴 테니까. 거실에서 세연의 앙칼진 목소리가 들려왔다. 한쪽 면이 통유리로 된 엘리베이터를 타고 내려가면서, '이런 곳에서 사랑하는 사람과 살면 얼마나 좋을까' 하는 헛된 생각을 했다.

1층에 있는 편의점이 문을 닫아서 건물 밖으로 나갔다. 건너편 위쪽으로 주상복합건물에 편의점이 있는 것이 보였다. 금방 갈 수 있을 것 같아 추리닝 점퍼에 달린 모자를 덮어쓰고 가는데, 갑자기 빗발이 거세지면서 번개가 쳤다. 건너편 건물에 있는 편의점 문을 열고 들어가 옷을 비틀어 짰다. 몇 분 안 되는 짧은 시간이었는데, 전신이 흠뻑 젖어 있었다.

"어서 오세요."

편의점 카운터에 서 있던 단발머리 여자애가 무표정하게 인사말을 건넸다. 밝지도, 그렇다고 우울하지도 않은 표정. 편의점 측에서 직원들에게 무표정 교육이라도 시키는 걸까. 마트 직원들은 억지웃음이긴 하지만 늘 활짝 웃는 얼굴인데, 편의점 직원들은 한결같이 얼굴에 표정이 없다. 눈앞에 있는 사람의 몸에서 물이 떨어지건, 피가 떨어지건 똑같은 표정으로 '어서 오세요'를 외치도록 입력된 로봇 같다.

카운터 뒤에 여러 종류의 담배가 일렬로 늘어서 있는 것을 눈으로 확인한 뒤 편의점을 한 바퀴 돌았다. 냉장고 옆쪽으로 10대로 보이는 남녀가 간이 식탁 위에 컵라면을 올려놓고 같이 먹고 있는 것이 보였다.

"입 좀 다물고 먹어. 후루룩 쩝쩝, 그게 뭐냐? 여자애가."

"남 말 하네. 너 먹는 소리가 백 배는 더 크거든요."

"뭐? 너? 이게 어디다 대고 반말이야. 너 오빠한테 자꾸 그러면 확, 한 번 더 해버린다."

말과 동시에 남자애가 여자애의 허리를 확 당겨 안았다. 여자
애가 꺄악, 소리를 지르며 간이 식탁을 붙잡았다. 그 바람에 라면
용기가 떨어지면서 옆으로 지나가던 내게 국물이 쏟아졌다.

"엄마!"

얼른 옆으로 비켜섰지만 이미 추리닝 윗도리에 라면 가락과 야
채 조각이 다닥다닥 달라붙은 뒤였다.

"어머, 어떡해."

눈을 동그랗게 뜬 여자애가 남자애 품으로 파고들었다.

"죄송합니다."

남자애가 여자애를 당겨 안으며 꾸벅 고개를 숙였다. 서로 꼭
끌어안고 나를 응시하는 남녀. 무슨 대단한 적군이라도 만난 것
처럼 서로를 보호하기에 여념이 없다. 나는 두 사람의 얼굴을 빤
히 쳐다보았다. 여자애 얼굴은 군데군데 화장이 지워져 있고, 남
자애 얼굴에는 자신감이 넘친다. 막 성관계를 마치고 나온 연인
들에게서만 나올 수 있는 분위기. 인생의 비밀스러운 곳을 함께
탐험하고 온 이들 사이에서만 오갈 수 있는 긴밀하고 친근한 분
위기였다. 순간 가슴이 뻐근해지도록 질투심이 치솟았다. 이 아
이들, 얼마나 아름다운가. 얼마나 건전한가. 술에 취해 몸을 섞은
뒤 단절로 대응했던 태환과 나보다는 편의점에서 라면으로 끼니
를 때우며 성관계를 암시하는 말을 타인이 알아챌 정도로 함부로

내뱉는 이들이 백 배는 더 건강하고 아름다우리라.

"그렇게 서 있지 말고 좀 닦아주시죠?"

나는 추리닝 점퍼를 벗었다. 이미 젖어 있던 점퍼에 음식물 찌꺼기까지 가세해서 차마 봐주기 힘든 형색이 되어 있었다.

"아, 네."

남자애가 떨떠름한 표정으로 내 윗도리를 받아 들었다.

"어떻게, 휴지로 닦아드릴까요?"

여자애에게는 람보 분위기를 내던 남자애가 내게는 머리를 긁적이며 순한 양 같은 표정을 지었다. 까무잡잡한 얼굴에 작고 가는 눈, 검은 뿔테 안경, 선량한 표정. 나는 남자애를 유심히 쳐다보았다. 이 아이, 흐물과 닮았다!

"이게 휴지로 닦이겠어요? 화장실에 가서 빨아 오시던가요."

앙칼지게 쏘아붙였다. 말로만 닦아주겠다고 하면서 어물쩍 넘어가려는 남자애가 얄미웠다.

"아, 그러면 되겠군요. 잠시만요. 깨끗하게 빨아 오겠습니다. 현영이 너, 여기 있어 봐. 내가 이 아줌마 옷 빨아 올 테니까 그동안 사고 치지 말고 얌전히 있어."

남자애가 여자애에게 씩 웃음을 지어 보인 뒤 내게서 옷을 낚아채 편의점을 나갔다. 멀대같이 큰 키나 한쪽 입가를 끌어당겨 웃는 장난기 가득한 표정이 정말로 흐물과 닮았다. 혹시…… 흐물과 친척일까?

남자애는 금방 다시 돌아왔다.

"왜 이렇게 빨리 왔어?"

콤팩트를 꺼내 화장을 고치던 여자애가 얼른 화장품을 백에 넣으며 말했다.

"화장실이 있긴 한데 세면대가 고장 나서 물이 안 나와. 아줌마, 이거 죄송해서 어떡하죠? 혹시 이 근처 사시는 분이면……."

나는 반사적으로 남자애를 째려보았다. 요즘 들어 '아줌마'라는 소리를 자주 듣는다. 평소에는 그 말이 별건가 싶은데 막상 들으면 기분이 확 상한다.

"저 아줌마 아니거든요? 됐으니까 이리 주세요."

나는 거칠게 옷을 빼앗아 들었다. 그리고 빠른 걸음으로 카운터로 가 디스플러스 한 보루를 산 뒤 편의점을 나왔다. 밖은 아직도 빗발이 거셌다. 나는 앞에서 서성대다가 다시 편의점 안으로 들어갔다. 라면을 먹던 남녀가 다시 들어서는 나를 보고 놀라는 표정을 지었다.

"뭐 살 거 있어서 다시 왔어요. 신경 쓰지 말고 먹어요."

이렇게 말해주고 편의점을 한 바퀴 돌았다. 비는 그치지 않았다. 나는 출입문 옆쪽에 놓인 책 가판대로 갔다. 《멈추면, 비로소 보이는 것들》《어떻게 원하는 것을 얻는가》《엄마 수업》등 몇 번 제목을 들어본 베스트셀러들이 꽂혀 있었다. 나는 《어떻게 원하는 것을 얻는가》 옆에 꽂힌 얇은 책을 뽑아 들었다. 흰 표지에 검은 먹으로 꽃 한 송이가 그려져 있는 책의 위쪽으로《명상으로 치유하라》라는 제목이 적혀 있고, 아래쪽에는 '요시 하타미쉬 글, 이태환 옮김'이라고 쓰여 있었다. 나는 책 중간을 펼쳐 읽어보았다. "읽었을 때 자연스럽게 읽히면 그게 잘된 번역이에요." 어떤 게 잘된 번역이냐는 내 물음에 태환은 이렇게 말했었다. 자연스럽게 술술 읽히는 걸로 보아 태환의 번역은 잘된 것 같았다.

지난 주말, 태환과 만나 점심을 먹었다. 청담동에 있는 유명 이탈리안 레스토랑에서 스파게티를 먹고 에스프레소 더블을 마셨다. 토요일 아침에 갑자기 태환이 전화를 걸어와 이루어진 만남이었다. 만남은 내가 바랐던 대로 흘러갔다. 대낮에 깔끔하게 차려입고 만나 예의를 갖추어 대화하며 음식과 차를 마신 뒤 정중히 인사하고 헤어졌다. 레스토랑에서 처음 대면했을 때, 말을 더듬으며 연신 안경을 추어올리는 태환의 모습을 보고 그도 당황하고 있음을, 그에게도 그 사건이 쇼크였음을 깨달았다. 그날 밤에 대해서는 전혀 언급하지 않았지만 우리 사이에는 동병상련이랄까, 공범 의식이랄까, 뭐 그런 종류의 묘한 친밀감이 흘렀다. 귀하게 여겨야 할 만남을 단숨에 파괴해버린 어리석은 자들끼리 서로 어루만지는 듯한. 그 만남으로, 거칠게 파헤쳐져 속살을 드러냈던 내 내면이 진정되었다. 어쨌든 내겐 동지가 있었다.

나는 냉장고로 가서 맥주 세 캔을 꺼냈다. 밤에 같이 마시자고 하면 세연이 좋아할 것 같았다. 그새 내게 라면 국물을 선사한 남녀는 자취를 감추고, 카운터에 있던 단발머리가 간이 식탁에 묻은 음식물 찌꺼기를 휴지로 닦아내고 있었다. 씨발, 뭐야. 지저분하게. 중얼거리다 나와 눈이 마주친 단발머리가 흠칫 놀라는 표정을 지었다.

"그거 계산하실 거예요?"

단발머리의 얼굴은 피로와 권태에 절어 있었다. 라면을 먹던 남녀와 비슷한 나이인 것 같은데, 표정으로만 보면 꼭 30대 같았다.

"네."

어른들 중에도 맥주를 마시고 싶어 할 사람이 있을 것 같아 다섯 캔을 더 꺼냈다. 계산하면서 카운터 옆에 놓인 오징어와 꿀땅콩도 집어 들었다. 그새 비는 좀 잦아들어 있었다. 나는 편의점 문을 열고 밖으로 나왔다. 빗발이 가늘어진 틈을 타 뛰어가려고 했는데 비닐봉지가 너무 무거워서 뛸 수가 없었다. 두 봉지로 나눠달라고 할 걸 그랬나. 한쪽 손으로 라면 국물 묻은 추리닝 윗도리를, 다른 손으로 무거운 비닐봉지를 들고 낑낑대며 걸어가는데 핸드폰이 울렸다. 뭐야, 이 시간에. 무시하고 그냥 걸어갔다. 전화벨은 한참 울리다 끊어지더니 곧바로 다시 울리기 시작했다. 뭐야, 기다리고 있으면 어련히 내가 전화 안 할까. 투덜거리며 손에 든 짐을 내려놓았다. 핸드폰을 꺼내려고 추리닝 윗도리를 들어 올리는데 주머니에서 핸드폰이 쑥 미끄러져 땅에 떨어졌다. 순간, 엄청난 비가 쏟아지기 시작했다.

나는 핸드폰과 비닐봉지를 주워 들고 뛰기 시작했다. 외삼촌네 아파트에 거의 도착했을 때쯤, 다시 벨이 울렸다.

"여보세요."

"미연아, 뭐 해?"

민선이었다.

"나 지금 비 맞고 있거든? 내가 이따 전화할⋯⋯."

"너 흐물 오빠 결혼 소식 들었어?"

민선이 내 말을 끊고 다급하게 말했다.

"뭐?"

나는 그 자리에 멈춰 섰다. 그새 굵은 우박으로 변한 빗발이 사정없이 땅으로 내리꽂혔다.

"흐. 물. 오. 빠. 결. 혼. 한. 대."

손에서 추리닝과 비닐봉지가 빠져나가 땅에 떨어졌다. 빗소리, 차 소리, 민선의 말소리. 순식간에 세상이 거대한 소리가 되어 윙윙거리기 시작했다. 그러다 한순간, 모든 소리가 사라지고 내 숨소리만 커다랗게 들려왔다.

"듣고 있어? 흐물 오빠, 인화 언니랑 결혼한대. 어떻게 된 거야. 흐물 오빠, 너 좋아하는 거 아니었어? 그동안 너 만나고 다니느라 적금도 깨고 여기저기서 돈도 빌린 걸로 알고 있는데. 너네 싸웠어? 야, 적금 깨고 돈 빌렸단 얘긴 아는 척하지 마라. 너한텐 비밀로 해달라고 신신당부했으니까⋯⋯."

나는 차도 한가운데에 멈춰 섰다. 온 세상이 흑백 화면으로 정지했다. 방금 빠져나온 편의점 간판의 불빛도, 빗물이 모여 강물처럼 흘러가는 거리도, 눈인지 우박인지 모를 하얀 알갱이들이 바다로 떨어져 내리는 모습도, 모두 의미심장한 배경이 되어 묵직하게 내려앉았다.

15

세련된 인간

아침에 환기하려고 창문을 열다가 깜짝 놀랐다. 하룻밤 새에 세상이 온통 보랏빛으로 물들어 있는 게 아닌가. 아파트 1층 화단에 분홍, 보라, 진홍색 철쭉이 만개해 완전히 푸르러진 신록과 함께 현란한 자태를 뽐내고 있었다. 5월의 첫날. 때아닌 폭설과 비바람을 뚫고 드디어 봄이 도착했다. 영영 안 오는가 싶었던 봄이 간신히, 하지만 어느 때보다 찬란하게 모습을 드러냈다.

지하철역으로 가는 길, 일부러 대로변이 아닌 산책로를 따라 걸었다. 아파트 외곽으로 조성된 산책로를 걸어가다가 빈 벤치에 잠깐 앉았다. 벤치 주위로 진분홍 철쭉이 만개해 거대한 군락을 이루고 있었다. 눈물처럼 맺힌 채 좀처럼 피어나지 못했던 꽃들이 하룻밤 사이에 활짝 피어나 화사한 미소를 보내왔다. 나는 멍하니 앉아 그 광경을 바라보았다. 이번 봄은 참으로 더디게 왔다. 이제 오는가 싶으면 강추위가 닥쳤고, 이번엔 오겠지 싶으면 폭설이 내렸다. 힘들게 맺은 망울을 터뜨리지 못하고 올 듯 말 듯한 계절을 하염없이 기다렸을 식물들을 생각하니 코끝이 찡해졌다. 이 순간의 아름다움을 위해 얼마나 긴 시간을 기다렸을까. 지난한 과정을 견디고 피어났지만, 며칠 지나면 소리없이 자취를 감추고 잊힐 것이다. 다시는 돌아오지 않을 찰나의 아름다움. 날벼락이 치고 폭설이 내려도 어김없이 봄은 오지만 지나가버린 봄은 다시 오지 않는다. 하여 내가 보고 있는 이 봄 풍경은 다시는 보지 못할 단 한 순간의 풍경, 오직 나의 뇌만이 이 풍경을 기록하여 추억할 것이다.

나는 천천히 일어서서 지하철역으로 이어지는 대로변으로 향했다. 토요일 아침 10시. 대로변에는 밝은 분홍색 정장 차림의 여자 하나만 또각또각 발소리를 내며 걸어가고 있었다. 머리끝부터 발끝까지 깔끔하게 빼입은 걸로 보아 누군가의 결혼식에 가는 듯했다. 누구의 결혼식일까. 친구? 직장 동료? 친척? 이런 날 결혼하는 사람은 얼마나 좋을까. 조물주가 결혼하는 이들을 위해 의도적으로 조성해놓기라도 한 듯 화창한 날이다.

"너 몰라, 윤아 임신한 거?"

바삐 걸어가던 여자가 멈춰 서더니 스타킹을 끌어 올리며 큰

소리로 말했다. 핸드폰을 손에 들고 있지 않은 걸로 보아 블루투스로 통화 중인 듯했다.

"임신해서 결혼하는 거야. 지금 4개월이니까 배도 꽤 나왔을 걸? 이따 배 부분 잘 봐봐."

통화 내용으로 보아 여자가 참석하는 결혼식의 신부가 임신 4개월인 것 같았다. 지난주에 내가 참석했던 결혼식의 신부도 임신 3개월이었다. 우리 회사 남자 컨설턴트의 결혼식이었는데 결혼 전부터 신부의 임신 사실을 어찌나 떠벌리고 다녔는지 사내에 그 사실을 모르는 직원이 하나도 없을 정도였다. 요즘 임신해서 결혼하는 게 트렌드인가. 내일 결혼하는 연예계 유명 커플도 몇 주 전, 언론에 임신 3개월임을 당당하게 공표했다. 며칠 전에는 임신 3개월에 결혼해서 이미 아이 엄마가 된 여자 탤런트 D가 어떤 개그 프로그램에 나와서 남편이 자취했기 때문에 속도위반을 할 수밖에 없었노라고 너스레를 떨어 좌중을 폭소케 했다. 이런 걸 보면 혼전 성관계에 대한 인식이 크게 바뀐 것 같기도 하다. 혼전 순결을 목숨처럼 지켜야 한다는 기존의 인식이 자연스레 자취를 감춘 것이다. 그런데 과연, 정말 그럴까?

잘 생각해보면 또 그렇지도 않은 것 같다. 이들이 당당하게 혼전에 성관계가 있었음을 알린 것은 결혼이 확실하게 전제되어 있었기 때문이다. 만일 D가 아이의 아빠와 결혼하지 않고 헤어졌다면? 임신 사실은 물론 성관계 사실까지 철저히 비밀에 부쳤을 것이다. 그러므로 나 같은 미혼들은 괜히 헷갈리지 말아야 한다. 이 때까지 그래왔던 것처럼 사생활에 대해 입을 꼭 다물고 조심, 또 조심해야 한다. 섣불리 입을 열었다가 언제 '걸레' 소리를 듣게 될 지 모를 일이므로.

"윤아한텐 잘된 일이지. 걔 나이가 서른넷인데. 신랑은 또 얼마 나 실하냐? 외모 착해요, 직업 완전 착해요. 신랑 직업? 너 몰라? 걔 신랑 의사잖아, 치과 의사. 그 나이에 동갑내기 의사랑 결혼하 면 완전 성공한 거지. 난 걔 보니까 솔직히 부럽더라. 우리 나이가 몇이냐. 이제 좀 있으면 마흔이야, 마흔. 우린 이제 결혼해도 애도 잘 안 생길걸?"

나는 핸드폰을 받는 척하며 살짝 여자를 쳐다보았다. 멀리서 봤을 땐 앳돼 보였는데 가까이서 보니 피부 화장 밑으로 기미와 오돌토돌한 사마귀가 잔뜩 돋아 있는 게, 내 나이와 같거나 한두 살 많아 보였다.

"당연하지. 야, 운이 좋아서 임신에 성공한다 해도 정상적인 아이를 무사히 낳을 수 있을지는 아무도 장담 못 해. 서른다섯 넘 으면 양수검사 하는 이유가 뭔데."

떠들어대던 여자가 갑자기 고개를 홱 돌려 나를 쳐다보았다. 왜 그렇게 쳐다보는 건데? 나는 얼른 고개를 돌리고 빠르게 걸었다.

전철에 타서도 여자의 말이 계속 뇌리에 맴돌았다. 결혼해도 애도 잘 안 생길걸. 결혼해도 애도 잘 안 생길걸. 결혼이나 아이를 특별히 갈망하는 건 아니지만 이런 얘기를 들으면 덜컥 겁이 난다. 뭔가 엄청난 것을 놓친 것 같은, 대오에서 뒤처져 앞사람들을 영영 따라잡지 못하게 된 것 같은 느낌.

어디예요? 생각해보니까 내가 집으로 데리러 가도 될 것 같은데.

태환에게 문자가 온 것은 약속 장소였던 강남역을 막 지나쳤을 때였다. 태환은 오늘 점심 먹으러 이천에 있는 이름난 쌀밥집에 가자고 하면서 그전에 강남역에서 만나자고 했다. 오래전부터 구입하려 했던 CD가 강남역 교보문고에 입고되었다는 소식을 받았다는 것이다. 태환의 문자를 받고서야, 강남역을 지나쳤다는 사실을 깨달았다.

볼일이 있어서 먼저 나왔어요. 그냥 강남역으로 11시까지 갈게요.

태환과 만나기로 한 시간까지 아직 50분이나 남아 있었다. 전철은 태환과의 약속 장소를 지나 하염없이 서쪽으로 달려갔다. 나는 텅 빈 좌석 한가운데에 앉아 맞은편 좌석의 창을 바라보았다. 캄캄한 창으로 연회색 정장을 입은 긴 생머리의 여자가 보였다. 얼굴도 갸름하고 파인 정장 사이로 살짝 드러난 쇄골이나 어깨선도 꽤 봐줄 만했다. 긴 생머리도 그럭저럭 괜찮은 실루엣을 만들고 있었다. 기미가 잔뜩 낀 피부나 눈가의 주름이 보이지 않는 흐릿한 전철 창을 통해 보면 꽤 그럴싸해 보이는 여자였다. 나는 그 여자를 물끄러미 바라보았다. 너, 지금 어디 가고 있니? 왜 정장을 입었니?

오늘은 흐물이 결혼하는 날이다. 흐물이, 인화 언니랑 백년가약을 맺는 날이다. 비상용으로 구비해두었던 이성이 결혼하는 날, 사람들은 무엇을 할까? 나는…… 나는 태환을 만나러 간다. 평소에 흠모해 마지않았던 태환을. 회사를 그만두긴 했지만 여전히 허우대 멀쩡하고 스펙 좋은 태환을. 흐물보다 열 배는 잘생겼고, 흐물보다 열 배는 세련되고, 흐물과는 비교도 할 수 없을 만큼 스펙이 좋은 태환을.

그때 내 핸드폰 벨이 울렸다.

"어디야? 오늘 흐물 오빠 결혼식 올 거야?"

민선이었다.

"아니. 내가 거길 왜 가."

나도 모르게 격한 목소리가 튀어나왔다.

"하긴…… 네가 갈 자리는 아닌 것 같다. 너…… 괜찮지?"

괜찮냐니, 뭔 소리? 누가 들으면 내가 흐물을 좋아하기라도 한 줄 알겠다.

"얘 좀 봐. 흐물이 결혼하는데 내가 괜찮고 말고 할 게 뭐 있어? 가서 박수라도 쳐주고 싶다. 야, 흐물이 어디 가서 인화 언니만 한 여자를 만나겠니? 약속만 없다면 식장에도 가주고 싶은데 남친이 어찌나 만나자고 하는지."

침착하게 대응해야 하는데 자꾸 과장된 말이 튀어나왔다. 이러다 민선이 내가 흐물에게 미련이라도 갖고 있는 줄 알겠다.

"남……친?"

민선이 천천히 내 말을 곱씹었다.

"응…… 태환 오빠."

한 번도 오빠라고 불러본 적은 없지만 왠지 지금은 그렇게 불러야 할 것 같았다.

"이태환? 너 그 남자랑 계속 만나? 이제 별로라고 하지 않았어? 환상이 깨졌다고."

그날 밤 이후 태환에 대한 환상이 깨진 것은 사실이다. 다시 만나서 마음이 좀 누그러들긴 했지만, 더 이상 태환이 근사하거나 지적으로 보이지는 않는다. 기분이 좋지 않을 때 통화하면 겉멋이 잔뜩 든 그의 한 마디 한 마디가 신경에 거슬려 참을 수가 없다. 한 사람이 시차를 두고 이렇게 달라 보일 수 있다는 사실이 놀라울 정도다.

"그래도 잘생기고 스펙 빵빵하잖아. 내가 얘기했지? 서점 가면 태환 오빠가 번역한 책이 베스트셀러 진열대에 꽂혀 있다고? 너, 교보 같은 데 가봐. 베스트셀러 베스트 텐 꽂아놓은 데에……."

"그래. 그러면 다행이고. 그 남자랑 잘해봐. 흐물 오빠보다야

백배 낫겠지."

민선은 내 말을 끊고 기계적으로 말했다. 실제론 그렇게 생각하지 않으면서 그냥 내 말에 장단을 맞추어주는 듯한 말투였다.

"넌 어디야?"

수화기 너머로 아이들 소리와 차 소리가 들리는 것으로 보아 밖인 것 같았다.

"명동성당. 규진 오빠랑 답사도 할 겸 미리 와 있어. 오늘 흐물 오빠 결혼식 보고 괜찮으면 우리도 성당에서 하려고."

단호한 무신론자였던 흐물은 독실한 천주교 신자인 인화 언니와 결혼하기 위해 성당에서 교리 과정을 밟고 영세를 받았다고 한다. 평소 흐물은 하느님만큼 권위적이고 잔인한 신이 없다면서 성경의 교리를 엄청나게 비판했었다. 그랬던 놈이 결혼 한번 해보겠다고 덥석 하느님 품에 안겨? 쓸개 빠진 놈.

"넌 규진이랑 잘돼가고 있어?"

지난달에 양가 상견례 날짜를 잡기로 했다는 얘기를 들은 뒤로 민선과 통화하지 못했다.

"응. 상견례 하고 지금 결혼식 날짜 조율하고 있어. 어머님이 잘 아는 분한테 날짜 받으려고 기다리고 계시나 봐."

어머님. 그런 말이 술술 나오는 거 보니 잘돼가긴 하나 보다. 옛날엔 오빠네 엄마라고 했는데.

"이제 서로 앙금 다 풀린 거야? 서빈이 얘기는 어떻게, 잘됐

286

어?"

"오빠가 그동안 독하게 했거든. 부모님이랑 연락 딱 끊고 생신 때도 안 갔어. 아들이 그렇게 나가니까, 안 되겠다 싶었나 봐. 어머님이 아버님을 많이 설득하셨대. 억지로 그러는 게 티 나긴 하는데 어쨌든 나한테도 살갑게 대하려고 노력 많이 하셔. 서빈이는…… 당분간 엄마가 키워주셔야 할 것 같아."

결국 서빈이는 받아들여지지 않고 있는 것이다. 너는 받아줄 수 있어도 너의 아이는 받아줄 수 없다. 이렇게 나온 걸까?

"그래서 갑자기 바빠졌어. 날짜가 다음 달 말쯤으로 잡힐 것 같은데. 야, 할 일이 왜 이렇게 많냐. 결혼 준비가 이렇게 복잡할 줄 몰랐다. 챙길 것도 많고 전화할 데도 많고……."

"그래. 준비 잘하고."

나는 얼른 이렇게 말했다. 오늘 같은 날 결혼을 앞둔 신부의 행복한 넋두리를 들어주고 싶지는 않다.

"그래. 우리 다음 주쯤 한번 보자. 내가 전화할게. 흐물 오빠 빠진 다음부터 우리 한 번도 안 만난 거 알지? 얼굴 좀 보고 살자."

그러고 보니 흐물과 연락이 끊긴 뒤로 민선과도 뜸해졌다.

"네가 결혼 준비하느라 바빠서 그런 거지 뭐. 난 언제든 시간 되니까 연락해. 한번 보자."

말은 이렇게 했지만 앞으로 민선과 만나기 힘들 것이라는 사실을 나는 알고 있다. 아마 다음 만남은 민선의 결혼식장이 되겠지.

결혼 날짜를 잡은 친구들이 빛의 속도로 바빠지면서 멀어지는 걸 한두 번 겪은 게 아니다.

"그래. 전화할게."

"민선아, 잠깐만."

끊으려는 민선을 다급히 붙잡았다.

"왜?"

"축의금 얼마 할 거야?"

"나? 10만 원 정도 할 건데? 오빠랑 같이."

10만 원? 규진이랑 같이? 계집애, 짜기도 하다. 흐물이 서울 와서 우리한테 뿌린 돈이 얼만데. 민선의 말에 따르면 흐물은 그동안 민선과 나를 만나느라 적금도 깨고 마이너스 통장까지 만들었다. 그 돈을 채우려고 주식에도 손을 댔는데, 사는 종목마다 폭락해서 투자한 돈의 반도 못 건졌다. 나야 몰랐으니까 그렇다 쳐도 그 사실을 뻔히 알고도 흐물이 돈을 뿌리도록 내버려둔 민선은 얼마나 얌체인가. 자기 남친인 '규진 오빠'가 그랬어도 그렇게 내버려두었을까.

"내 축의금 대신 내줄 수 있어?"

"축의금? 너도 내려고?"

"내야지. 그동안 흐물한테 얻어먹은 게 얼만데."

일부러 '얻어먹은'이라는 말에 힘을 주었다. 너도 좀 더 내라, 이 짠순아.

"……얼마?"

나는 생각에 잠겼다. 얼마를 내야 하지? 생각 같아선 백만 원, 아니 천만 원이라도 내고 싶다.

"30만 원 정도? 더 내면 이상하게 보일까?"

"야, 30만 원도 너무 많아. 네가 무슨…… 흐물 오빠 친척도 아니고."

아…… 그렇다. 나는 흐물에게 많은 축의금을 낼 신분이 아니다. 친척도, 친구도…… 아무것도 아닌 것이다. 그런 내게 그렇게 많은 돈을 쏟아부었다니 흐물은 얼마나 멍청했던가. 실속 없는 놈 같으니. 흐물의 표현에 따르면 흐물의 부모님도 '찢어지게 가난한 전라도 촌부들'인데 결혼 비용은 어떻게 마련했을까. 인화 언니가 다 댔을까. 인화 언니는 그런 실속 없는 놈이랑 왜 결혼할까.

"그럼 10만 원만 해줘. 나중에 계좌로 넣어줄게."

전화를 끊고 바깥을 보니 '신림'이라고 쓰여 있었다. 나는 벌떡 일어서서 전철에서 내렸다. 다시 강남역으로 돌아가면 얼추 태환과 만나기로 한 시간이 되어 있을 것이었다.

태환은 커다란 흰색 꽃이 그려진 하늘색 라운드 티에 흰 바지와 흰 구두를 신고 있었다. 그 촌스러운 차림 때문에, 금방 그를 찾을 수 있었다.

"아름다운 티를 입으셨군요."

손에 든 음반을 들여다보고 있던 태환이 뒤를 돌아보았다.

"아, 오셨어요."

태환이 어색하게 웃었다.

"티가 참으로 아름다워요."

나는 그가 들고 있던 음반과 같은 음반을 꺼내 들었다. 턱을 괴고 물끄러미 앞을 응시하고 있는 젊은 남자의 흑백 사진을 재킷으로 한 음반이었다.

"번역을 하게 되면서 좋은 점 중 하나가 복장이 자유로워졌다는 거죠. 어제 이 옷을 사면서 그동안 회사에 다니면서 제가 취향을 자발적으로 억압해왔다는 걸 깨닫게 됐어요. 조직에 속한다는 게 그런 거죠. 자신의 색깔을 자동적으로 억압하는 걸 습속으로 삼는 거."

나는 인상을 쓰지 않으려고 엄청나게 노력했다. 지금 뭔 소리를 하는 거야. 난 네 티가 촌스럽단 얘기를 하고 있다고.

"윤디 리 연주 들어보셨어요?"

태환이 턱으로 내가 들고 있는 음반을 가리켰다. 흑백 사진 밑에 붉은 글씨로 'YUNDI'라고 쓰여 있고, 그 밑에 'CHOPIN NOCTURNES'라고 적혀 있었다.

"아뇨, 아직."

뭐라고 대답할지 한참 궁리하다가, 솔직하게 말했다. 태환은 클래식 마니아다. 그동안 태환에게 장단을 맞추기 위해 클래식을 좋아하는 척했지만, 사실 나는 클래식에 대해 잘 모른다. 그냥 들으면 이게 클래식인지 아닌지 구별할 수 있는 정도다.

"그럼 이 음반 한 장 선물해드릴까요? 윤디 리가 쇼팽 녹턴 전곡을 녹음했더라고요."

태환이 들고 있던 CD를 내게 내밀었다. 나는 엉거주춤 CD를 받아 들면서 이렇게 말했다.

"윤디 리 좋아하세요?"

두 번째로 만났던 날, 태환은 뜬금없이 말러를 좋아하느냐고 물어왔다. 내가 클래식을 좋아하리라는 전제하에 던진 물음이었다. 그런 태환에게 말러가 누구냐고 물을 수는 없었다. 싫어하진 않아요. 나는 이렇게 대답했다. 클래식에 대해 잘 모른다는 걸 티내지 않으면서 자연스럽게 넘어갈 수 있는 가장 무난한 대답이었다. 그때부터, 태환과 만나고 오면 인터넷으로 작곡가와 연주자들을 검색하기 바빴다. 그러면서 차츰 모르면서 아는 척하는 것에 이력이 붙었다. 모르는 사람의 이름이 나오면 확고한 말투로 그 사람을 좋아하느냐고 반문하면 되고, 연주에 대해 평을 해야 할 경우에는 스케일이 아주 큰 것 같다거나 정통적인 해석에만 치중한 것 같다는 두루뭉술한 말로 넘어가면 되었다.

"저는 쇼팽이라는 작곡가를 그다지 좋아하는 편이 아닌데, 윤디 리의 쇼팽은 좀 끌리더라고요. 연주자 때문에 역으로 작곡가에게 호감을 갖게 된 케이스죠. 20대 때는 폴리니 같은 교과서적인 연주가 좋았는데, 나이가 드니까 오히려 윤디 리 같은 패기 넘치는 격한 연주가 좋아지네요."

열정적으로 얘기하는 태환의 입에서 거품 섞인 커다란 침이 튀어나와 내 얼굴에 착륙했다. 나는 멍하니 태환의 두툼한 입술을 바라보았다. 이 사람도…… 침을 튀기네? 태환은 아랑곳하지 않고 계속 말을 이었다.

"그렇다고 이 친구 연주가 감정 과잉인가 하면 그렇지도 않아요. 정통적인 해석 위에서 조심스럽게 개성을 구축한다고 해야 할까. 아무튼 귀족적이고 우아하면서도 감정 과잉을 절제할 줄 아는 아주 똑똑한 친구예요. 쇼팽의 피아니즘을 철저하게 구현했다고 할 수 있죠."

"오늘 사신다는 음반이 이거였나요?"

나는 핸드폰을 꺼내 시간을 들여다보았다. 11시 25분. 점심 먹으러 이천까지 갈 거라면서 여기서 왜 이렇게 늑장을 부릴까.

"아, 그건 벌써 구입했습니다. 야냐체크 오페라인데, 희귀본이 입고됐다는 소식을 들어서요."

태환이 가방을 뒤적거려 CD 박스를 꺼냈다.

"그럼 그만 출발하죠. 토요일이라 차도 많이 막힐 텐데."

나는 짜증 난 기색을 보이지 않으려 최대한 침착하게 말했다.

"〈죽은 사람들의 집으로부터〉예요. 마케라스 지휘 빈필 연주죠."

태환은 내 말을 무시하고 오늘 구입한 오페라 음반에 대해 설명하기 시작했다.

"최근에 나온 염가판이 리브레토도 없이 종이 케이스에 담긴 거라 마음에 들지 않았는데 마침 예전 판 재고가 들어왔다는 소식이 와서 얼른 구입했습니다. 아주 운이 좋은 날이죠."

이 남자는 왜 나를 만나는 걸까. 죄책감에? 심심해서? 아니면 그냥 버릇이 되어서? 아무튼 내가 좋아서는 아닐 것이다. 나를 좋아한다면 내 말을 깡그리 무시하고 저렇게 일방적으로 말을 늘어놓을 수 없다. 망설임 없이 자기 하고 싶은 대로 하지도 못할 것이다. 이 사람이 나를 바라보는 눈빛에는, 나를 대하는 태도에는, 일말의 떨림도 없다.

"재미있는 건 이 오페라가 도스토옙스키 작품을 원작으로 했다는 사실이에요. 오페라화하기엔 아주 난해한 작품인데 만년의 원숙함을 살려 성공적으로······."

"오늘 친한 친구가 결혼을 해요."

나는 불쑥 이렇게 말했다.

"네?"

태환이 놀란 표정을 지었다.

"아무래도 거기에 가봐야 할 것 같아요."

나는 그의 손을 잡아당겨 내 손에 있던 CD를 쥐어주었다. 차갑고 건조한 손. 나는 한동안 그 손을 바라보았다. 저 손이 나를 쓰다듬기를 간절히 바랐던 적이 있었다. 기대했던 형태는 아니었지만 어쨌든 그 바람이 실현된 적도 있었다. 나, 이 사람을 원망하지 않을 것이다. 이 사람만 아니었다면 그 밤에 흐물을 마로니에 공원에 혼자 두고 가지 않았을 것이라고 후회하거나 안타까워하지도 않을 것이다. 어차피 생이란 그런 것. 진행 과정에서 조금이라도 경각심이 든다면 그것은 파국이라 할 수 없으리라. 완전한 격정과 놀라운 속도, 그리고 이전의 생에서는 좀처럼 찾아보기 힘들었던 일탈이 혼연일체를 이룰 때 돌이킬 수 없는 파국은 완성된다. 원인과 과정이 선명하게 시야에 들어오는 것은, 인연이 이미 모래알처럼 손가락 사이로 빠져나간 다음. 그 순간에 할 수 있는 일은 오직 한 가지, 받아들이는 것뿐이다. 받아들이고 다시 걸어가는 것. 생에 같은 순간이 두 번 오는 것은 있을 수 없는 일이므로 파국으로 인한 교훈도 실은 불가능하다고 해야 하리라. 그러므로 누구를 원망하거나 스스로 돌아보며 후회하는 것은 가장 어리석은 후일담이다.

나는 돌아서서 교보문고를 빠져나왔다. 오래전에 끊어졌어야 할 인연이 여기까지 이어져왔다. 하지만 그것 또한, 인연일 것이다.

성당에 도착했을 때 결혼식은 끝나고 성당 뒷마당에서 기념 촬영이 한창이었다. 성당으로 오르는 길 양옆에 놓인 강렬한 원색의 팬지들 너머로 녹색 잎으로 뒤덮인 나무들이 바람에 몸을 흔들고 있었다. 수많은 하객들에게 포위되다시피 한 신랑, 신부의 뒤쪽으로 절정에 오른 색색의 철쭉들이 한껏 축제 분위기를 냈다. 나는 그쪽으로 걸어가려다가 멈추어 섰다. 햇빛이 너무 강렬해서 눈을 뜰 수가 없었다. 하는 수 없이 성당 앞 계단에 쭈그리고 앉아 백을 뒤지기 시작했다. 어디 갔지. 오늘 아침에 분명히 넣었는데. 거칠게 손을 놀렸지만 선글라스는 좀처럼 잡히지 않았다. 몇 번 더 헤집다가 백을 뒤집으려는데 뒷마당에서 와, 하는 함성이 들려왔다. 돌아보니 신랑이 신부를 번쩍 안아 들고 성당 쪽을 향해 달려가고 있었다. 달려가는 신랑의 동선 뒤로 한층 강해진 햇살이 찬란히 빛을 내뿜었다. 한동안 그 장면을 바라보다가, 일어서서 다시 계단을 내려왔다.

봄의 명동 거리는 인파로 북적거려 발 디딜 틈이 없었다. 나는 사람들과 부딪치지 않으려 조심하면서 천천히 앞으로 나아갔다. 조금 전에 보았던 결혼식의 환한 아우라가 계속 뇌리에서 맴돌았다. 결혼식. 한 타인과 영원히 인생을 함께할 것을 서약하는 자리. 그 끝이야 누구도 장담할 수 없지만 영원을 서약하는 예식이란 얼마나 아름다운 것인가. 얼마나 성스러운 것인가. 흐물이 비판을 일삼던 종교에 귀의한 이유를 알 것 같았다. 순간적으로, 흐물에게 전화해서 '흐물! 네가 왜 하느님 품에 안겼는지 알 것 같아!'라고 말하는 내 목소리가 들리는 듯했다. 금방이라도 물방울이 튈 것처럼 생생하고 낭랑한 목소리가. 나는 멈추어 섰다. 흐물과 통화할 때, 내 목소리는 얼마나 자신감에 차 있었던가. 흐물과 있을 때, 나는 찬란히 빛났다. 만방에 아름다움을 과시했다. 그렇다면 흐물과 나, 둘 중 누가 누구를 이끌었던 것일까. 흐물이 나를 이끌어주었을까, 내가 흐물을 이끌어주었을까. 일방적으로 흐물을 이끌어주었다고 생각했던 그동안의 나는 얼마나 어리석었던가.

신발 가게가 즐비한 좁은 골목을 지나가는데, 거리 한복판에 자리를 깔고 앉아 목탁을 두드리는 스님이 보였다. 그 옆으로 몸에 딱 붙는 나시 원피스에 굽 높은 샌들을 신은 여자가 지나가다가 갑자기 발을 삐끗하면서 스님의 자리에 엎어졌다. 스님은 눈썹 하나 까딱하지 않고 계속해서 목탁을 두드렸고, 여자는 재빨리 일어나 인상을 쓰며 다시 걸어갔다. 바삐 지나가느라 나 외에는 아무도 그 광경에 눈길을 주지 않았다. 나는 생각에 잠겼다. 불가에서는 스쳐 지나가기만 해도 전생에 대단한 인연이 있었던 것이라고 하던데, 저 스님과 여자는 전생에 어떤 인연이었을까.

정말 전생이라는 게 있을까. 그렇다면 나와 흐물은 전생에 어떤 인연이었을까. 다음 생에는 어떤 인연으로 만나게 될까. 영혼에는 정말 영속성이 있을까. 다음 생의 내 영혼은 흐물을 기억할까.

어느새 지하철역이 코앞으로 다가와 있었다. 나는 고개를 세차게 저은 뒤 천천히 눈을 감았다 떴다. 이제 다음 행선지로 움직일 시간이다. 가자, 강남역으로. 컴퓨터 학원들이 밀집해 있는 강남역에 직접 가서 웹 개발자를 찾는 거다. 오늘 당장 E뱅크에 보낼 웹 개발자를 찾지 못한다 해도 컴퓨터 학원들에 명함을 뿌려두면 언젠가 도움받을 날이 오리라. 지나고 나면 이 봄은 다시 오지 않겠지만 다음 봄이 올 것이다. 이 봄과 똑같지는 않겠지만 새로 오는 봄 또한 오직 하나뿐인 색과 향기로 눈부신 아름다움을 연출해내리라. 물론 내게도, 가슴이 저릿할 정도로 아름다운 봄이 다시 올 것이다. 살아 있기만 한다면. 그러므로 나는 돌아보지 말고 걸어가자. "세상에는 미처 인식하기도 전에 지나가버리는 사랑이 있다는 것을 알았다." 나는 이렇게 되뇌어보았다. 그러자 굉장히 세련된 인간이 된 것 같은 기분이 들었다.

작가의 말

　나는 만났던 사람을 잘 잊지 못한다. 잠깐 만났던 사람이라도 그 사람의 눈빛, 웃음, 말투, 몸짓, 향기, 함께했던 계절이 내 안에 들어와 뿌리를 내린다. 상대방이 나에 대해 깡그리 잊은 후에도 나는 여전히 그 사람을 기억하고, 아파하고, 궁금해한다. 그래서 늘 억울해한다. 나를 기억하지 못하는구나! 나는 이렇게 선명히 기억하고 있는데! 하여 나는 후회하고, 돌아보고, 그리워하면서 참으로 쿨하지 못하게 살아왔다.

　그렇게 꾸역꾸역 살던 어느 날, 글을 쓰기 시작했다. 내게 쓸쓸함과 설렘을 동시에 안겨주었던 수많은 이들을 지면에 마구마구 토해냈다. 그리고 깨달았다. 나는 글로써만 나를 해소할 수 있다는 것을. 내게 글쓰기는, 만남에 대한 최소한의 예의다. 내게 커다란 우주를 열어 보여준 이들과 만났을 때의 환희와 절망, 미세한 떨림을 형상화해보고자 하는 맹렬한 몸짓이다. 순간을 영원하게 만들려는 덧없는 발버둥. 또한 절대자에 대한 물음표이기도 하다. 만남 놀이, 학벌 놀이, 외모 놀이, 가치관 놀이, 돈 놀이 등 수많은 인생 놀이를 지어내고 그 놀이들이 조화를 이루며 돌아가는 광경을 흐뭇하게 지켜보고 있을 절대자에 대한 물음표. 인간은 어떻게 생겨났을까? 신은 정말 있을까? 있다면, 태초에 신은 어떻게 존재하게 되었을까?

나는 서른을 넘기고서야, 사람들이 왜 그렇게 좋은 대학, 좋은 대학 노래했는지 알게 되었다. 출신 대학이 우리네 삶에 미치는 위력이, 모르는 척 아닌 척하면서 우리 모두 마음에 안고 가는 순위표가, 다양한 형태로 일상에 모습을 드러냈다. 어떻게 된 일인지, 출신 대학으로 사람을 평가하는 문화는 내가 어렸을 때보다 지금 더 심화되고 굳건해진 것 같다. 그나마 내가 입시를 치를 때는 모든 이들이 공평하게 하나의 시험을 치르고 들어갔는데, 지금은 전형이 여러 개로 나뉘면서 사실상 경제력 있는 가정의 아이들이 대학에 들어가기 좋은 구조로 바뀌었다. 아무리 좋은 과거제도를 신설해도 시간이 지나면 음서제에 야금야금 먹혀버렸던 옛 역사를 돌이켜보면, 결국 인간은 똑같은 오류를 반복하도록 운명 지어진 것 아닌가 하는 씁쓸한 생각이 든다.

헤드헌터는 타인의 이력을 마음대로 열람할 수 있고 타인의 향후 인생 여정에 지대한 영향을 끼칠 수 있는, 그러나 아직 우리나라에 제대로 된 직업 철학이 자리 잡지 못한 모호한 직업이다. 나는 헤드헌터라는 프리즘을 통해 우리 사회에 암암리에 존재하는 계급을 드러내 보이고 싶었다.

영문학의 단맛을 알게 해주셨던 강자모 교수님, 소설가가 되라고 호명해주셨던 임영태 선생님, 예리하고 정확하게 글을 짚어주셨던 김현영 선생님, 소설가의 열정을 눈부시게 발산하시던 손홍규 선생님, 감사합니다. 한겨레출판 관계자분들과 부족한 작품을 뽑아주신 심사위원분들께도 깊이 감사드립니다. 더 좋은 소설을 쓰겠습니다.

2013년 7월
정아은

개정판 작가의 말

저녁을 먹던 중이었다. 진학을 이야기하던 아이 입에서 '서연고
서성한……'이란 말이 튀어나왔다. 자연스럽게 입에 올리는 폼이,
평소에도 많이 듣거나 쓰는 말인 듯했다. 나는 한동안 아연했다.
사교육 기관들을 일종의 '돈을 주고 사는 공동체'처럼 필수로 드
나들어야 하는 요즘 고등학생들의 사정을 생각하면 충분히 예상
가능한 일이었지만, 막상 나와 같이 사는 10대의 입에서 국내 대
학들의 서열이 랩처럼 튀어나오는 걸 들으니 마음이 서걱거렸다.
 아무리 들어도 익숙해지지 않는 그 '대학 서열 줄임말'은 30년
전 내가 입시를 준비하던 때도 있었다. 다만 그때는 지금처럼 그
말을 당연한 '팩트'인 양 거리낌 없이 입에 올리는 분위기는 아니

었다. '상위권 대학 입학'에 내포된 사회적 함의가 무엇인지 알면 서도 그것을 노골적으로 표현하지는 않는, '에둘러 감의 예의' 같 은 게 있었던 것이다.

그렇다면 지금, 내가 고등학생이었던 30년 전보다 학벌의 영향 력이 더 세진 것일까? 10년 전 내가 《모던 하트》를 세상에 내놓 던 때보다 더 막강해진 것일까? 그런 것 같기도 하고, 달리 보면 그렇지 않은 것 같기도 하다.

예전에는 '상위권 대학'을 나오기만 하면 거의 평생 일정한 수 입과 사회적 역할을 보장받았다. 하지만 지금은 어떨까. 지금은 누군가 특정한 대학을 나왔다는 이유로 사회의 지분을 오래도록 보장받는 일이 가능하지 않은 시대다. 공동체가 가진 자원의 일 정량을 상당 기간 보장받는 것을 학벌의 핵심 기능이라고 본다 면, 그 기능이 상당 부분 쇠퇴한 셈이다. 그러나 출신 대학의 이 름이 주는 위신과 심리적 파장, 네트워크 형성에서 오는 기회 선 점을 학벌의 후광효과라고 본다면, 그 효과는 이전과는 비교할 수 없을 정도로 커졌다. 공중파 방송에서 상위권 대학 출신 연예 인을 노골적으로 추어올리거나 '지잡대' 같은 멸칭이 아무렇지도 않게 사람들 입에 오르내리는 분위기가 그 증거이리라.

학벌에 내포된 핵심 기능과 후광효과 사이의 이 선명한 간극은 아마도 시대의 변화에서 기인했을 것이다. 규격화된 물건을 대량 으로 빠르게 만들어내는 작업이 중요했던 산업화 시대를 지나 세상에 단 하나밖에 없는 아이디어를 만들어내는 작업이 중요한 정보화 시대에 접어들었지만, 사람들이 익숙해진 생각의 틀에서 미처 빠져나오지 못했기에 실체와 그림자 사이에 간극이 생겨났으리라는 말이다. 이러한 간극이 언제까지 유지될지는, 달라진 실체에 맞추어 제도와 관습이 언제쯤 그 구태를 벗게 될지는, 아무도 예측할 수 없다. 다만 현재를 살아내야 하는 우리가 할 수 있는 일은 이 사회의 구성원 누구도 자유롭다 큰소리칠 수 없는 고정관념의 안팎을 들여다보는 일일 것이다. 그리고 그 관념이 뿌리를 튼 성채의 무게와 형태가 이전과는 분명히 달라졌고 여기저기 균열이 생겨나고 있음을, 그 균열의 틈새를 파고들면 거대한 다른 우주와 만날 수 있음을 직시하는 일일 것이다. 이 땅에 사는 이들의 10년 전 습속과 생활상을 담아낸 이 작은 소설이 그 일을 하는 데 조금이나마 보탬이 될 수 있었으면 좋겠다.

2022년 9월
정아은

추천의 말

헤드헌트라는 말은 멋지다. 외래어 속에 숨겨진 세세한 사정을 모르니 더 멋지게 보인다. 멋진 외래어는 우리 사회의 치부를 감추는 그럴듯한 포장지가 된다. 정아은은 이직이 생존이 되는 험난한 자본 정글, 대한민국을 유쾌하면서도 날카롭게 보여준다. 직업적 은어들의 리드미컬한 배치도 신선하다. 《모던 하트》는 새롭고, 사실적이며, 뜨끔하다.　　　　　　　　　　　　－강유정(문학평론가)

늘 커피 체인점을 드나들며 수시로 아이패드로 카톡을 하거나 메신저로 대화하는 현대적 일상, 결혼과 이직을 둘러싼 평범한 샐러리맨의 욕망과 비애, 학벌주의와 계급을 둘러싼 정글 자본주

의의 생태학……. 이처럼 익숙하면서도 쿨한 대도시, 연인과 직
장의 풍속도를 유능한 헤드헌터의 시선으로 생생하게 포착한《모
던 하트》에 의해 '한겨레문학상'의 스펙트럼은 한층 다채롭게 확
장되었다. 이 소설을 읽으며, 문득 내가 이 거대하고 슬픈 도시에
서 여전히 살아간다는 사실에 잠시 마음이 아연해졌다.

　　　　　　　　　　　　　　　　　　　－권성우(문학평론가)

　어떤 무게를 지닐 것인가? 무거우면 침잠하고 가벼우면 휘발된
다. 얼마나 진창에 발을 빠뜨릴 것인가? 비속하면 천해지고 고상
하면 조롱당한다. 어떻게 말할 것인가? 가르치자면 배울 사람이
없고 자성만으론 허망하다. 현실 속의 제자리를 탐색하는 문학의
난문제에《모던 하트》는 대답한다. 가벼움과 무거움의 경계, 통속
과 품위의 경계, 훈계와 반성의 경계에서 즐거이 줄타기하겠노라
고. 2013년식 세태소설의 모범 답안이다.　　　－김별아(소설가)

　《모던 하트》는 모처럼 읽은 건강한 세태소설로서 내 마음에 남
는다. 현실의 이면까지 체크하는 꼼꼼한 진술과 과장이나 감상에
빠지지 않는 서사, 그에 따른 견실한 문학적 관점이 장점이다. 이
는 오늘의 삶을 충직하게 반영하는 소설이 많지 않은 문단의 일
반적인 트렌드와 배치된다는 점에서 귀하게 읽힌다. 현재 진행형
의 우리네 세태를 이만큼 가감 없이 형상화하는 일은 쉬운 듯하

지만 기실 쉽지 않기 때문이다.   —박범신(소설가)

《모던 하트》는 현재를 달리는 기차 안의 세상이다. 헤드헌터의
눈에 비친 풍경들은 목적지가 모두 다른 동승자, 소설의 가독성
처럼 우린 너무 짧은 시간에 먼 곳까지 와버렸다.
                                              —백가흠(소설가)

헤드헌터의 세계를 치밀하게 그린 소설일 거야, 라고 생각했다
가 얼얼한 펀치를 맞았다. 오지랖 넓은 남자 흐물, 채식주의자 시
크남 태환, 슈퍼맘 여동생, 전직 군인 아버지, 위층에 이사 온 첫
사랑, 동호회에서 만난 민선, 결혼했거나 애인이 있는 여고 동창
생들, 그리고 회사 동료들……. 이 소설은 당당한 싱글 커리어 우
먼이 그들과 나누는 대한민국 2013년판 실시간 대화록 같다. 눈
으로 소설을 읽고 있지만 귀로 들리는 신기한 소설이다. 좋은 소
설은 세세한 설명도, 어려운 사유도 필요 없다. 책을 덮고 나면
따뜻한 희망이 남는다. 그것만으로도 훌륭하다.   —서진(소설가)

《모던 하트》는 모든 것이 세속적 욕망 앞에서 휘발되어 날아가
는 한국 사회에 대한 충실한 기록이자 그 심연에 대한 보고서다.
헤드헌터인 미연에게 도시는 학벌로 번식하고 스펙으로 증식하는
인간들의 냉혹한 정글과 같다. 이곳에서 사랑과 가족은 안심하고

잠들 수 있는 보금자리가 되지 못한다. 현대인의 내면을 때론 유머러스하게 때론 불안하고 쓸쓸하게 보여주고 있다는 점에서 《모던 하트》는 '세속의 심연 또는 핵심'이라고 읽어도 될 것이다.

―서희원(문학평론가)

우리는 드라마에 나오는 주인공들처럼 살 수 없다(아니, 그렇게 살아지지가 않는다). 집만 해도 그렇다. 소파, 스탠드, 식탁, 침대 커버와 커튼들. 어쩜 저렇게 완벽하게 조화로운지! 내가 사는 집을 한번 둘러보기만 해도 단번에 비교가 된다. 욕실 타일 사이에 낀 곰팡이, 유행 지난 벽지, 식탁 한쪽에 쌓인 각종 영양제들. 드라마는 먹는 걸 자주 보여주지 치우는 걸 보여주지는 않는다. 하지만 우리는 매일 음식물 쓰레기를 버린다. 그걸 버리러 갈 때마다 다른 집들의 음식물 쓰레기 더미를 보아야 한다. 하물며 연애는 더더욱 드라마와 다르다(누구나 다 아는 사실이지만, 그럼에도 드라마처럼 꿈꾸고 싶긴 하다). 일이고, 연애고, 결혼이고…… 늘 우리의 예상을 벗어난다. 예기치 못한 것이 간섭한다. 그것이 우리를 초라하게 만든다. 아무리 노력해봐도 근사해지지 않는다. 그 예기치 못한 놈이 바로 '일상'이다. 날마다 반복되는 생활이 내 발목을 붙잡는다. 그래서 이 소설을 읽고 나면 지저분한 내 집을 누군가에게 들켜버린 느낌이 든다. 무심한 듯 던지는 삐딱한 말들이 가슴에 박힌다. 그건 인물들이 삐딱해서가 아니라, 대사 속에 일상이 있기 때문이다. 주인공은 한 번도 세련된 적이 없는 여자인데 스스로 그걸 알까? 그래서 자신이 굉장히 세련된 인간이 된 것 같은 기분을 느끼며 강남역을 향해 가는 여자의 마지막 모습이 더더욱 슬프다.   -윤성희(소설가)

《모던 하트》는 무리한 설정이나 과잉 의식 없이 자신이 가고자 하는 방향을 향해 착실하게 서사를 쌓아간다. 연애라는 강물이 흘러가면서 주변에 있는 회사, 가정, 사회 등의 디테일을 하나하나 정밀하고 사실적으로 살려낸다. 그 결과 우리 사회의 문제적 단면이라고 할 풍경 하나가 완성되는 것이다. 이번엔 다소 좁고 유유한 강이었지만 앞으로는 격랑을 불러오고 범람을 일삼으며 힘차게 흘러가기를 기대해본다.   -은희경(소설가)

소설은 시민권을 획득한 이들의 독점물인 아크로폴리스의 언어가 아닌, 이로부터 추방당한 이들의 공간인 아고라의 언어다. 소설이 구체적인 삶의 결들을 담아야 하는 까닭은 이 때문이다. 나아가 소설은 문학적 상상력을 통해 지금의 삶 '너머'에 대한 꿈을 꾸어야 한다. 《모던 하트》는 세태에 대한 천착으로부터 인간을 '상품'으로 전락시키는 '헤드헌터'의 시대, 야만의 신자유주의 시대의 풍속도를 그려내는 데 성공했다. 이로부터 우리는 비로소 이토록 비루한 현실과는 다른 삶을 꿈꿀 수 있을 것이다. 바로 그

것이 소설이다. —장성규(문학평론가)

    《모던 하트》는 막스 베버가 경고한 '영혼 없는 전문가, 가슴이 없는 향락주의자'로 살아가는 현대인들의 이야기다. 누구보다 회사 일에, 그리고 연애에 열정적이지만 그들의 열정의 대상은 '그 일과 그 회사'가 아니어도, '너'가 아니어도 된다. 고유명사 대신 화려한 '브랜드'에 헌신하며 살아가는 현대인의 열정, 《모던 하트》는 이 현대인이 품은 차가운 플라스틱 '하트'에 대한 블랙코미디다. —정은경(문학평론가)

모던 하트

제18회 한겨레문학상 수상작
ⓒ 정아은 2022

초판 1쇄 발행 2013년 7월 12일
초판 2쇄 발행 2013년 7월 25일
개정 1판 1쇄 인쇄 2022년 9월 10일
개정 1판 1쇄 발행 2022년 9월 20일

지은이 정아은
펴낸이 이상훈
편집인 김수영
본부장 정진항
문학팀 최해경 김다인 하상민
마케팅 김한성 조재성 박신영 김효진 김애린
사업지원 정혜진 엄세영

펴낸곳 (주)한겨레엔 www.hanibook.co.kr
등록 2006년 1월 4일 제313-2006-00003호
주소 서울시 마포구 창전로 70(신수동) 화수목빌딩 5층
전화 02)6383-1602~3   **팩스** 02)6383-1610
대표메일 munhak@hanien.co.kr

ISBN 979-11-6040-891-1 03810

＊값은 뒤표지에 있습니다.
＊파본은 구입하신 서점에서 바꾸어 드립니다.
＊이 책의 내용 일부 또는 전부를 재사용하려면 반드시 저작권자와
  (주)한겨레엔 양측의 동의를 얻어야 합니다.